U0921702

人文松江
创作文库

陆 军 主编

松江百景赋

SONGJIANG BAIJING FU

任向阳 著

上海辞书出版社

总　序

“惟楚有材，于斯为盛。”我的家乡松江，吴越楚文化交融，人文荟萃，比之楚地不遑多让。每次触摸到这片神奇的土地，脑海里最先跳出的信息，一定是那一长串震烁古今的名字：陆机、陆云、赵孟頫、杨维桢、袁凯、陶宗仪、徐阶、董其昌、陈继儒、陈子龙、夏完淳、王鸿绪、史量才、施蛰存、赵家璧，等等。这些人中的大多数，不仅有才，而且有品；不仅有品，而且有志。他们的才、品、志，无不着眼于家国情怀，无不奉献于社稷苍生，按今天的话来说，一个个都是“德艺双馨”的名师大家。

先世之风，延泽后代。古之华亭，今之松江，生活在这片土地上的人们，也仍然在以自己的方式诠释为国为民之思，咏叹伟大的时代，在文学艺术领域取得了不容小觑的成果。因此，在通过编撰“一典六史”（即《松江人文大辞典》《松江简史》《松江文学史》《松江诗歌史》《松江戏剧史》《松江书法史》《松江绘画史》）这套全方位记录松江人文历史和现状的大部头丛书，对松江的人文资源作全面梳理与系统归纳的同时，组织四海精英，对一些极为重要的时代际会、历史事件、世俗人境、物候民风，以艺术创作与学术研究两种介入方式加以深入挖掘、悉心呈现，为今天的读者、后世的研究者留下诠释松江精神的范本，也是不得不做的事了。正是基于这样的思考，《人文松江创作文库》与《人文松江研究文库》应运而生，并成为松江“一典六史”编辑部另一项重要的文化工程。

从《人文松江创作文库》入编书稿的要求看，凡描摹时代之变、讴歌国家之进、激励奋斗之志、催生创造之力、回应人民之呼、礼赞发展之果的精品力作、新人佳作均可入编。而以戏剧作品《松江历史名人五部曲》为开篇之作，则主要有如下几个原因。

其一，松江自古以来就是戏剧之乡。中国戏曲成熟于宋代，其时华亭县所属的青龙镇已有勾栏艺伎的歌舞表演。元代，松江演出兴盛、名伶辈出，更出现了以夏庭芝、陶宗仪为代表的戏剧理论家。《青楼集》记载了元代戏曲艺人的生存状态，而《南村辍耕录》则录述院本名目690种，留存了重要剧目的原型史料。明代，《绣襦记》《焚香记》和“博山堂三种曲”等由松江剧作家创作的传奇享誉剧坛；何良俊提出的“本色”“当行”说、陈继儒提倡的“至情”与“奇巧”，至今仍为学界所重；热衷收藏元剧的董其昌促成了元明戏曲最重要的文献《也是园古今杂剧》的刊梓，而他与汤显祖书信往来、惺惺相惜的故事更是被后人传为美谈。清代，《雷峰塔》一枝独秀，《劝善金科》与《昇平宝筏》开宫廷连台本戏之先河；更有《长生殿》盛大排演，洪昇亲临松江指导，历三昼夜始毕；在戏曲理论的著录上，俞粟庐有《度曲刍言》面世，对昆曲的传承具有重要指导意义。民国的松江剧坛热闹纷呈，远近闻名的“滩簧码头”为1941年本地滩簧“申曲”发展为沪剧奠定了坚实的基础。中华人民共和国成立以来，松江戏剧持续发展，人才辈出，作品丰硕。基于如此优厚的演艺传统，推戏剧集为首卷，也是一件顺理成章的事了。

其二，所选五部剧作中的主人公，都是松江人中的翘楚，其中徐阶、董其昌、陶宗仪、侯绍裘的艺术形象已在近年先后与观众见面，陆机也即将走上云间剧院的舞台。同时，《徐阶》刊载于《剧本》月刊2015年第3期，为国家艺术基金、上海市重大文艺创作资助项目，并获第31届田汉戏剧奖剧本一等奖；《董其昌》刊载于《戏剧文学》2020年第7期，为上海市文化发展基金会资助项目，并获第35届田汉戏剧奖剧本一等奖；《侯绍裘》为上海市重大文艺创作资助项目，刊载于《剧本》月刊2021年第7期；《陆机》也是上海市文化发展基金会资助项目。客观地说，这些剧作都获得了很好的社会反响，如今通过结集出版来仰先贤、励后学，在我看来，应该是其最恰当的留存于世的方式了。

其三，众所周知，戏剧具有得天独厚的形象性和观赏性，“其化人也速”，容易引起观众的共鸣，起到娱乐和教化作用。陈独秀在《论戏曲》中甚至这样认为：“戏曲者，普天下人类所最乐睹、最乐闻者也，易入人之脑蒂，易触人之感情。故不入戏园则已耳，苟其入之，则人之思想权未有不握于演戏曲者之手矣。……由是观之，戏园者，实普天下人之大学堂也；优伶者，实普天下人之大教师也。”陈先生的话虽然有些夸张，但道理是对的。因此，首卷推出戏剧集，于情于理，都说得过去。

当然，“创作文库”也必定会兼容文学艺术的各种体裁，以展示各路才俊通过文字的方式表达爱祖国、爱人民、爱家乡的炽热情感与出色才华。

从《人文松江研究文库》入编书稿的要求看，凡涉及松江历史文化、民俗文化、地域文化、宗教文化（伦理）、建筑文化、饮食文化、服饰文化、产业文化、语言文化、法律文化、旅游文化、影视文化等形态的优秀研究成果均可入编。

创作与研究，被称作文化之两翼。创作是研究的根本，没有创作，则研究无法展开；没有研究，则创作的成果得不到深入的探讨，而创作的良性发展、提升，也有赖于研究的助力。很多时候，创作者或湮灭无闻，或张冠李戴，唯有在前人的笔记中还能找到些雪泥鸿爪，还原真相。王国维钩沉前人笔记小说中记录的演出情况，方成皇皇巨著《宋元戏曲史》。没有录音录像的古代，世间百态的生活细节，仅能从前人的文字中去爬罗剔抉，如果前人对当时的演出状况一无所录，今人又何以能想象古人的剧坛盛景？夏庭芝的《青楼集》记录了元代几个大城市100余位戏曲女演员的生活片段，其在戏曲史上的价值不亚于钟嗣成的《录鬼簿》。陶宗仪的《南村辍耕录》，除了小说、书画、戏剧和诗词本事的记述之外，还有关于宋元两朝的典章制度、史事杂录、文物科技、民俗掌故的丰富史料。正是因为有了他们的记述，我们对于过去先民的怀念才不至于只停留在想象上。

正因为学术研究的重要性，《人文松江研究文库》首卷推什么，就显得举足轻重。几乎不加思索，我一下想到了朱恒夫教授。恒夫是上海师范大学的二级教授，中国戏曲史论研究的权威，民俗学、地方文化史研究专家，学富五车，著作等身，且对人文松江建设有感情、有研究、有贡献。由他来组织研究团队，对以往松江地方文化史研究方面的薄弱环节分专题进行重点研究，逐个探究，应是不二人选。果不其然，恒夫教授很快邀约了一批学界名宿，有著名农史专家曾雄生研究员、著名戏曲史专家俞为民教授和程华平教授、书法家与书法理论家程兴林研究员、文史专家戴燕教授、古代文学专家吕双伟教授、语言学家鲁国尧教授等，以《江南文化的样本——松江》为题展开多维研究，经过一年多的努力，终于完成了一部深入探讨松江及毗邻地区经济、宗教、文化、教育、艺术、风俗等历史的高水平学术专著，借此帮助人们更好地了解松江的过去，更好地把握松江特有的文化风貌，更好地体悟松江人奋发图强的精神品格，更好地理解“人杰”辈出的松江之“地灵”的真正内涵。

由此想到，当年夏庭芝、陶宗仪的研究是自发、偶然的个人行为。而今天，在中共松江区委、区人民政府的领导下，我们可以集中人力、物力、财力，有组织、有准备、有计划地去做这件事，躬逢其盛，何其荣焉！当然，需要注意的是，创作也好，研究也罢，我们强调历史的梳理，我们更重视现代的记录；我们倚重学养深厚的名家大咖，我们也特别关注锐意进取的青年学者。我们努力做到每一次创作、每一项研究都要成为精品。即使不能够给松江文化以精准的概括，至少要给后世留下可以信赖的研究基础。日积月累到一定程度后，形成松江研究和松江创作的系列成果，作为“一典六史”的补充，献给那些一直默默关注我们前行的父老乡亲。

我想，如果将中华文化比喻成一条波涛翻滚、气势不凡的大河，那么松江文化就是这条大河中一朵绚丽多姿的浪花，正是朵朵形态各异、与众不同的浪花，才构成了中华文化的万千气象、滔滔洪流。我国前贤孔子说过“逝者如斯夫”，古希腊哲学家赫拉克利特也说“人不可能两次踏进同一条河流”，可见，中华文化的巨川虽然有大模样在，想要捕捉这具体的一朵朵浪花又何其难哉！这就促使我们不得不通过记录、研究、创作，尽可能地保留松江这一江南文化的样本，从而更多地守住中华文化的身姿与根脉。正因如此，我们希望，后人在看到这些成果的时候，不仅对过去的松江刮目相看，更对今天的松江刮目相看——“上海之根”松江了不得！是的，这就是吾乡，这就是松江！

2021年12月30日

作者为松江“一典六史”、《人文松江研究文库》、《人文松江创作文库》策划、主编，国家“万人计划”教学名师，上海市文史研究馆馆员，上海戏剧学院学术委员会主任，上海人文松江创作研究院院长。

序

陆　军

近两年了吧，一晃。

清晰地记得，前年8月的一个下午，与松江区政协原副主席刘健等几位好友去松江区中心医院五楼病房看望向阳兄时的情景。与往常有些不一样，那天的阳光裹挟着几分阴冷，慢吞吞地透过窗户，无精打采地落在病房内，使病房内本来就有些悲凉的气氛变得更加凝重。我们围在病床前，静静地凝视着似在熟睡中的向阳。所幸的是，他那张慈祥的脸依然饱满，依然从容，甚至还有几分婴儿般的笑意。我知道，那是他与生俱来的善良与长年累月的修为所积淀而成的精神表征，即使在濒危中，也依然在给周遭带来高尚灵魂的光芒。

那一刻，时间仿佛已停止。我们在喟叹人是自然界最脆弱的一枝芦苇的同时，更在暗暗祈祷，默默祝福，希望奇迹能降临。不知过了多长时间，我们的眼里都噙满了泪水。临分别时，我弯下腰，在向阳兄耳边轻轻地说："《松江百景赋》是您献给松江人民的一份厚礼，我们一定尽全力给予出版。"说这句话时我无法看到向阳的表情，但我听到了他轻微的咿咿呀呀的回音。而同在病床前的友人们说，那一刻，他们都分明看到了向阳脸上露出的笑容。那么我想，他一定是听到了，听进去了，也欣然答应了。苍天有情，如我所愿！

熟悉向阳的朋友都知道，向阳是有情之人，朴实恳切，如他老家奉贤的羊肉烧酒，透着热气腾腾的亲切与踏实。身为文化人，他想得多，做得实。早在二十世纪九十年代中后期，作为一个地区政府文化部门的主要行政领导，他便敏锐地捕捉到改革开放带来的大众文化价值观、审美观、消费观的变化，要求在《奉贤文化报》上开设文化视野专版，向读者推介文化新现象、新时尚；又畅想让远郊市民享受中心城区市民一样的文化待遇，提出让高雅艺术走进奉贤、红色经典走进校园、传统戏曲走进社区，先后引入俄罗斯国家级艺术院团和沪上知名艺术院团到奉贤演出。向阳晓得什么是好的，也要让别人都晓得，而对生命中的一切美好，向阳都有着喷薄而出的热情。

向阳更是大善之人。还记得第一次与他去奉贤一小食堂吃羊肉烧酒时的一段插曲。那天与朋友们刚坐定，熟菜、老酒已备，向阳不见了。我忙寻问，座中老友、奉贤区文联原主席瞿建国笑道，不用找，他一定是在厨房给厨师递烟。我忙过去察看，果不其然，向阳与美滋滋抽着烟的厨师们聊得正欢。这一温馨的场景，至今想来依然余韵悠长。建国兄还告诉我，好多年前京剧表演艺术家包婉蓉从浦东搬到奉贤海湾之后，老两口有些孤独，向阳就经常去看望他们。后来他调到松江去当领导了，老两口有点失落。但是向阳没有忘记这两位老人，还会抽空去看望他们，有时候给他们带点米，有时候给他们带点蔬菜。包婉蓉经常念叨："任向阳真是个好人啊！"

向阳也是勤于创造之人。他对文学情有独钟，二十几岁就开始创作，写过电影剧本、小说、散文。生命的最后几天，他还在用手机写他的最后一篇文章《当了一趟"牛"》。但是胶质瘤压迫神经，使得他无法精准地点击手机屏幕，文章写得"支离破碎"，那些"碎片"发到报社，报社编辑怎么也看不懂，就请了一位老师，把"碎片"拼凑起来。令人惋惜的是，文章发表的时候，向阳已经无法阅读了。

向阳的这份情、这份善、这份创造力，便是《松江百景赋》的由来。向阳到了松江，就爱上了松江。本书共计153篇（依写作时间排序），用赋的形式，写尽松江百景。百景蕴于笔端，这是何等的气魄，又是何等的眷恋。

"赋"本是众所周知的古代文体，虽然盛行于汉魏六朝，但流传过千年，在人们的生活中始终未曾缺席。历史上著名的"赋"不胜枚举，写景、叙事、抒情、说理，皆可用之。它既是韵文，也是散文。虽然不同于《诗经》中"赋、比、兴"的"赋"，但同样以铺陈和直叙的方式来描述想要描述的对象，并且融入《诗经》"讽谏"的传统。

赋，既是一种自由书写的体裁，也是一种对文采与语感的考验，自由，又不自由，对作者的文学素养和知识积累都有很高要求，且要有足够能力去驾驭文字。它古老悠久，但始终未曾落伍。出现在诸子百家散文中的"赋"是"短赋"。上接楚辞《离骚》余韵，衍生蜕变而来的赋是"骚赋"。而我们的古代乡贤，西晋时期著名的文学家、书法家，"二陆"中的兄长陆机曾在《文赋》中解释过“诗”和“赋”的区别:“诗缘情而绮靡，赋体物而浏亮。”但唯一的遗憾，是将“诗”与“赋”的界限划分得泾渭分明。仿佛是“诗”便拥有了抒情的特权，而是“赋”便理所应当被排除在情字之外。但好在，这只是晋代人对“赋”的理解。“诗”也要状物，“赋”也要写情，且要写得好。王国维在《人间词话》(删稿)中曾经说过:“昔人论诗词，有景语、情语之别，不知一切景语皆情语也。”

“赋”这种体裁发展到今日，承载了更多表情达意的需求，已非过往传统写法能满足。《松江百景赋》中，向阳以白话写法进行尝试，遣词造句踏实恳切，状物抒情皆出自肺腑。

“百景”是实指，抑或虚言?翻开《松江百景赋》，你会被一种“白首如新”的快乐所征服。向阳的文字踏实亲切，系深入民间、足之所至，更系情之所至，每一景，他都曾实地调研。在他笔下，你会发现我们的家乡，竟有如此之多珍贵而丰富的细节值得我们重新去一一拜访，去持续品鉴。

在这片云间热土上，向光阴的长河中回溯，一个个优雅的涟漪留下了它们的痕印。那些古老的山林、寺庙、祠堂、石桥、园林、旧宅……无不记录着真正意义上的岁华荏苒、千古风流。然而这还仅是松江关于“往事”的那一部分，除了往事，我们还有“现在”。除了长河中倒映的过往，我们还有水面上游翔的崭新时代之舟。松江是“上海之根”，曾承载着中国近代史上的辉煌，时至今日，仍于斑驳中透出史卷特有的幽香，那些统一被冠以“公共建筑”之名的当铺、米行、教堂……无一不铭刻着昔日的人声和彼时的日夜，种种“当时只道是寻常”的细节酝酿到今朝，便是这本《松江百景赋》中细腻描叙出的值得珍惜的一切。

替松江之景作赋，便是替松江之情作赋。松江自有深情，否则如何孕育出千百年来许许多多风流人物。作赋之人更有深情，否则如何不辞辛劳、苦心孤诣为松江的一点一滴作此情语。一个“景”字，不足以言松江之境，一个“情”字，也不足以言作者之意。情景交融之时，以“赋”这一中国文化史上最传统也最自由的文学形式展示出来，我们看到松江所呈现在世人面前的无限风光，更看到向阳这位深爱松江之人是如何歌之咏之，犹不足之，故此以深情之笔，喷珠溅玉，留下这一本《松江百景赋》，恳切热烈地向我们细细叙说，这一生是如何的景也圆满，情也圆满。

情景交融，叙不尽也怀不尽。受此感染，我便奔走呼号，我便落笔为文，为了兑现对向阳兄的一个承诺，更为了致敬向阳兄对松江这片土地的深情。

行文至此，我又想到了那个8月的下午。而此刻，我仿佛看到，向阳兄正站在天堂的窗口，一脸微笑，他一定是闻到了这本《松江百景赋》的墨香。也许他在想，如果有来世，他也一定会继续伴随松江人民创造的步伐，写出更多的赋、更多的诗文来！

因为，在这个世界上，情，永不泯灭！善，永不泯灭！创造，也永不泯灭！

忽然想到，天人感应，同类相动。那么，窗外那铺天盖地的新绿，莫不也是大自然为人间的情、善与创造力而恣情挥毫、一气呵成的赋作吧？！从这个意义上说，《松江百景赋》，是向阳兄为一个个松江的美景倾情抒写的赋；同样，松江百景，也可视为一篇篇为向阳兄的情、善与创造力而深情吟哦的“赋”。

这样一想，我的心情便渐渐明媚起来……

是为序。

2024年5月2日改于云间

目　录

汤村庙古文化遗址赋

人文小昆山，古迹真辉灿，古代汤村庙，遗址被发现，西濒华田泾，南临走马塘，两河交汇处，定为遗址保护点。遥想五千多年前，先民拓荒在此间，村落无痕已堙没，地层堆积两层面，文管部门来探挖，崧泽文化特征现。

遗址上层灰黑土，石、陶瓷器好多件，下层生土四口井，更有墓葬、灰坑奠，芦苇竹片编井圈，支撑井壁柔且坚，古人富有创造力，井水更比河水甜。墓葬四座骨架全，随葬物品三十八件，长方石斧具砍斫之功，陶纺轮捻线有器械，壶、罐、豆、杯、盆、瓶、鼎，饮食礼仪见一斑。

单孔石犁三角形，虽有残缺最稀罕，农耕时代留见证，刀口入土可犁田，锄耕已然转犁耕，牛拉犁架土翻卷，一片石犁虽扁薄，印证文明意深远。农业生产大跨越，经济成效更可观，国内发现仅两把，年代最早极少见。先人坚韧肯苦干，打磨石犁为巧干，犁耕提高生产力，原理至今仍灵验。当代耕田靠农机，莫忘石犁敬先贤。发掘灰坑有四个，找到砺石和石镰，亦有建筑奠基物，彼时屋舍浑不见。

汤村而今是平原，田野葱茏万亩田。传说房屋一千间，当年市井何曾见？唯见遗址保护碑，一碑默然胜千言。华田泾流黄浦江，走马塘水汇华田，江潮漫漫过平原，平原储宝越千年。

汤村庙古文化遗址保护碑

汤村庙崧泽文化遗物——石犁

广富林郊野公园赋

广富林，农耕旧迹留郊野；广富林，绿野新貌入园林。

紧傍广富林遗址，与千年古迹相连，地处辰花路西侧，与辰山植物园为邻。田栽稻禾，地种油菜，水拥郊野，河过桥洞，路透浓荫，道载游人，林吐新氧，树秀俊英，村迎来客，宅在水汀。

园蓄旷野郊田，门塑古时旧颜，或粗硕古树拗成门头，或宫墙残垣耸立大门，或经幢形制对立成门，或小径直通旁开便门，或石坊古楼树立门口。未入园内，古风已扑面，待入其境，好景尽赏观。看二号门，门柱如古时遗留，砖柱存半截，进口辟三条，城头缀插枯枝，貌似出自前世。入园见得奔鹿雕塑，鹿蹄劲健，欲迈腾云疾步，鹿首含情，回望充溢乡情。鹿为云间[1]吉祥物，鹿乃松郡游子之喻，雕塑“十鹿九回头”，意为茸城昌明富庶，游子思归心切也。

广富林郊野公园雕塑

[1]“云间”为古华亭（今上海市松江区）、松江府的别称。

“湿地渔村”板块，水沼两片连通，“静水叠杉”处，有秋杉横叠，水岸红影轻抚，浮水绿杉秋叶红。红中泛绿，绿里透红。草鲜叶湿，水色斑斓，多彩多姿中，更见泽地中央水静。“绿野闲踪”留，水漫草尖空无人，滩涂近处走河马，疏树稀小，湿地水浅，地被青青草色新。借问闲情寄何处？三二行人，缓步徐行，最是有闲情。

广富林郊野公园湿地

“露营基地”板块，房车营地在西，帐篷设营于东，房车以车当房，车上设施简洁，可餐可宿可起居，卫生洁具标配齐，床头上网看新闻，车旁闲聊品咖啡。车在野外，人在车中，享自然风光，用机械之利，过别样生活。帐篷营地诗意栖息，布帐篷色彩缤纷造型各有创意，尽情接纳地气，营造温馨意趣。畅想随风筝放飞，草地上跑来奔去；激情如

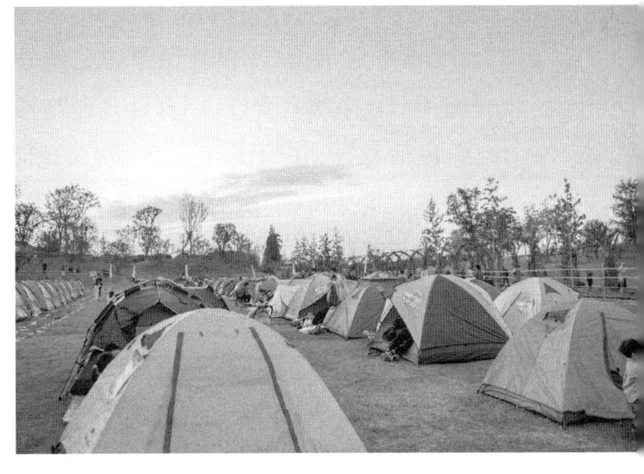

广富林郊野公园露营基地

烧烤般炽烈，烤炉上炭红火热。营地营造简朴生活，帐篷包容和合梦想。

“果林风光”板块，桃花岛桃林赘枝已修剪，桃树无言，花开待春天。田垄沟清水沃，树朴枝劲，桃树潇潇洒洒列队不动，一任您纵目阅览。待到芳菲春三月，树梢凸显红粉，翠叶染林间，满园桃红尽暖风。花之灼灼，桃之夭夭，夏熟时分果上枝头，提篮采摘笑上眉头。桃花岛外，辰山塘外又一景，文化遗址广富林，隔岸相望待追寻。森林氧吧，香樟绿野间叶红，地湿叶鲜，林木青翠，小道蜿蜒，小枝密密把路掩，树下光线暗，林间氧多多，任你吸纳，任你呼喊，更有水杉直立齐向天，高树坚挺，上枝斜穿，雄昂之势，如列兵傲然，柔美之形，似秀发逸然。杉木夹道，更觉步道悠长，杉林蓊郁，顿觉空气清鲜。

“农园采摘”板块，积蓄一冬能量，绿满油菜花田，叶舒茎展，油菜正欣然。要等春阳播暖时，金黄菜花尽开枝。满眼辉灿黄金色，烂漫盛开自由姿。菜花开后稻花香，“老来青”稻田留种子。农耕文明五千年，先人垦殖传经验，良种沃田清流水，肥水适宜稻在田，稻孕新穗秀青谷，农家美景耕耘篇。松江珍米“老来青”，壳薄米糯创高产。平畴稻浪翻，良田翠野似浦南。

“马术俱乐部”，东北角上马道铺展，良驹载客行，马开四蹄心甘愿，矮马虽矮也可乘，悠悠骑行无危险。

“游客中心”，分明是开敞大庭院，灰砖砌屋，接待游客讲文明。花廊沿河，花红草绿缀廊前，水车辐圆，水乡符号又重现。餐馆面店，乡间美食可尝鲜，木桥架河，登桥瞰流望农田。

“根雕展示馆”，根脉深厚刀工精妙，自然意象生动展现。“时光记忆”，老照片留住乡愁看变迁。“百姓戏台”，露天影场，群众文化魅力无限。

民宿联排，白墙乌瓦在河边。“花园中心”，公园之中有花园，花开时节赏名花，梅冷桃艳牡丹红，桂香兰幽茶花浓。春夏秋冬时有花，花开四季花换新。花廊休闲，拱廊簕花，花径绵延。

田园风貌收眼底，上古风韵水乡景，农耕文明自然风，郊野公园广富林。

天马山赋

山势峻拔如天马，腾骧欲飞出云间，松郡九峰耸青翠[1]，天马神采人称羡。干将莫邪铸剑处，千年旧名呼“干山”，山中停留看剑亭，春秋名人古今传。剑气禅心贯石岩，佛光迷人是奇观，声随峨眉黄山后，善众齐称“烧香山”。

山有南门西门，西进南出通顺。西门门厅古朴，浅檐飞角横身，门外石级高垒，门内山坡缓升。护珠宝塔迎面，塔身斜向东南，原为家庙宝塔，合族共祈平安[2]。七层八角砖塔，塔底残缺斑斑，神态峻拔干练，气势贯通世间。当年演戏祭神，鞭炮引燃塔顶，塔刹塔心塔檐，大火灼灼烧完[3]，唯余砖

天马山

[1] 在松江的九峰之中，天马山仅次于佘山，海拔100.23米，山地面积约1 800亩。

[2] 据徐侠《清代松江府文学世家述考》记载，周敦颐后裔周文达为南宋银甲将军，辞官后在干山下定居，他们在山上建有家庙，护珠塔是其家庙的宝塔。

[3] 火灾发生于清乾隆五十三年（1788年）。

体塔身，权作残身留观，有人拆砖觅钱，致使窟窿扩展，圆塔地基变动，日渐倾向侧边[1]，更叹五色舍利，宝珠踪迹不见[2]，江海无以登览，宝塔体缺身残，砖块紧紧粘连，神力通向塔颠，宝塔斜而不倒，一说银杏护缘，文保部门修缮，钢筋打入砖间，斜塔斜势巍然，天马长留奇观。银杏勃郁参天，大树古貌童颜，一株冠领群峰[3]，古塔常年有伴。中峰古寺恢复，紧靠宝塔塔院，塔庙白墙灰瓦，寺中佛像座端。清泉潜流塔下，上清泉留井圈，僧人香客同饮，提神醒脑嘉泉。设若迷蒙晨昏，天马佛光呈现，光环七彩迷离，镶挂宝塔腰檐，更有大雾造影，幻似百塔礼瞻，佛光带来祥瑞，烧香山名盛传。设若恰逢雨天，山间鼓突珍泉，茶圣留下手迹，褒赞第四名泉[4]，清泉明月相映，掬之明净双眼。南坡自有峭壁，陡直势拔高天，涓涓溪泉流下，滴滴润泽山间。

山坡缓然向上，高峰有客登览，上峰寺院旧址，当年旧迹认辨，日寇劫走铜像，火烧庄严圣殿，劫后残存地基，乡民存怀想念，当年烧香名山，理当重续佛缘，再铸观音造像，金光宝地显现。

林间山道蜿蜒，鲤鱼奇石照面，石如跃海鲤鱼，佑护天马泰安。北峰名楼“选胜”，楼台玲珑美观，楼内塑制白马，正在回首休闲，登临六角楼台，放眼葱翠坡沿，珙桐冷杉挺拔，香樟油茶漫山，山色浓浓淡淡，山下大路伸延。楼北平台凸起，将军曾经舞剑，一代银甲武将，解甲归来怅然，天马山上起舞，剑石留凭忠肝[5]。

移步三高士墓[6]，绿竹浓荫满园，高士志存高洁，文名世间相传，圆庐三穴共存，碑文事迹宣传。人称“文章巨公”，杨氏铁崖诗擅，“一代名手”陆氏，书法流传佳篇，钱氏惟善才高，“曲江居士”声远。三士元末为官，先

[1] 截至2015年，此塔向东偏离2.28米，倾斜度7.10°，比1982年上海市文物管理委员会勘测的6°51′52″又有倾斜。

[2] 南宋绍兴年间，高宗所赐五色佛舍利珍珠藏于塔内。

[3] 天马山上的古银杏树相传为周文达亲手栽植，是松江九峰树龄最高的名木，已有700多年历史。

[4] 天马山南坡有濯月泉，池中古石上有陆羽题写的“天下第四泉”字迹。

[5] 相传周文达护跸南下的宋高宗偏安临安一隅，报国无门，解甲在天马山隐居，怅然之际，常来此舞剑。

[6] 三高士墓在天马山东麓，东南为杨维桢墓，西边为陆居仁墓，北边为钱惟善墓。三位高士都曾在朝廷为官，但在元末群雄并起时，先后弃官归隐天马山，数次坚辞张士诚的招请。

天马山护珠塔、银杏树

三高士墓

后辞官还山，明朝太祖屡召，名士拒辞婉然。皆爱九峰山水，以文会友陶然，吟诗著书作画，坚心铁骨铮然，峻节胜如修竹，遗韵萧萧奏弹。更有留云层阁，塔身描绘画卷，似亭似塔似楼，高标高士风范。

秀逸亦复雄奇，天马豪情冲天。

春申君祠赋

先君封地江东，开疆拓土建功，二千五百年前，水利航道疏通，率民开浚三江，东江娄江吴淞，大浦通江达海，水患难以逞凶。水泽良田万顷，江行大船稳重，生命之水供饮，惠及城乡繁荣。后人铭记君恩，春申黄浦称颂，申江申城佳名，上海别称隽永。松江新桥春申，小村君王举踵，指挥疏浚浦江，村名存遗旧踪，曾立春申祠堂，原地重建朝宗。

而今春申村童，儿歌依然传唱："嘟嘟嘟，嘟嘟嘟，爷娘去开黄浦江，回来又开春申塘，领头的爷爷叫春申君，住在伲村头黄泥浜。"

春申塘边，望见祠堂，拾级过石桥，历史在闪光。祠前着地有图案，河洛图书对天光，河卵细石密密排，长河水花汇一堂，广场四周绕明渠，堂前似见江流淌，君祠面向开江处，坐东朝西江头望，高长照壁作回应，巨型铜雕赞吾邦，上海之根水韵长，松郡先业启吴王，名人盛事铸塑像，凝聚功德同瞻望，九峰三泖伴云影，砖墙铜像溯既往，浦江起始在松江，孕育上海百业旺。

春申君祠堂

歇山屋顶檐角飞，白墙方窗敞明堂。春申君祠匾描金，十髪[1]题书表崇尚。中堂画像奉圣君，乌木供桌置前方，布帷高张益肃穆，楹柱刻联显端庄，“厚德载物”念君德，蛰存书匾悬中堂，史书载有黄歇名，史家论评挂墙上，战国扬名四君子，春申君最有名望。古时场景犹在画，松江古迹辟展堂，春申建业在先秦，疏浦拓田地不荒，吴风越韵楚文化，兼容并包敢担当，洋洋海派源流长，春申功业世无双。

春申君祠堂正厅

出得祠堂见“琅轩”，琅轩刻题湖山上，太湖云石垒成山，此山原在莫家弄，莫家弄中居是龙[2]，豪爽书画笔健朗，老城拓宽山移来，山伴水远流世芳，留得文脉继传统，要学疏浦巧开创。

浓树成荫遮长廊，廊道连接古时光。举步长廊，古意绵绵，今风送爽，思绪悠悠，思君难忘。楚土越地吴界，春申祠庙依旧可望，岁月如水水可逝，大业烁金金辉煌，春申村里慕春申，开源导流是至尚。

[1] 即程十髪（1921—2007），中国画家，松江（今属上海）人。

[2] 即莫是龙（1537—1587），明文学家、书画家、藏书家，华亭（今上海市松江区）人。

小昆山赋

松郡西北，名山可望，山低而方过百米之半，覆地千亩之半[1]，山有两峰，由东南向西北绵延，南高北低。若俯而瞰之，状似葫芦双圆，山形圆润，山色秀朗。“昆山”之名曾“婉娈”而入陆机《昆山》诗中，因与苏南昆山重名，特添一“小”字，正名“小昆山”。斯山虽小，然历史底蕴厚实，人文价值厚重。

登山见华亭，亭势飞动而稳然。台阶六级，亭柱六础，亭檐六角双层，皆翘角高扬。低檐稍舒展，上檐略缩进，上下连贯而豪气相通，其形俊昂。匾书“华亭”二字，秀润而灵动，似述说悠悠往事。华亭之名，始见《三国志》[2]，名将陆逊因战功获封“华亭侯”。今人建斯亭，意在纪念迁居古华亭

小昆山

[1] 小昆山高55米，山地面积500亩。

[2] 华亭之名，始见于《三国志·吴志·陆逊传》。

谷[1]之先人陆逊，吾等亦可追寻华亭之古旧文脉也。

上北峰，九峰禅寺坐北朝南，乃沪地唯一建于山上之寺院。唐朝龙朔初年[2]，慈雨塔始建。南宋乾道元年[3]寺僧心古因尊崇西域远来之泗州和尚，而将募建之寺院名之“泗州塔院”，其后增建多重殿宇，寺院日渐壮观。清顺治七年[4]，有寺僧因山势南高北低，谓有风水之碍，遂起改易朝向之愿。住持本月与特来此山之工匠，用巨木遍缚于壁而推移转向。一夜之间，“一壁不移、寸瓦不动”，大殿及佛像皆由面向正南推移至面向正北[5]。圣上顺治亦以此为奇，乃御书“乐天知命”字幅及“一池荷叶花无尽，数亩松花食有余”“天上无双月，人间本一僧”两联，赐以本月住持，寺院声名大振。康熙四十六

九峰禅寺藏经楼、法堂

[1]“古华亭谷”即今小昆山。

[2] 661年。

[3] 1165年。

[4] 1650年。

[5] 事可参见清代叶梦珠《阅世编》。

年[1]，帝康熙巡幸，御赐“奎光烛泖”。享江南名刹之誉。其后，变化频仍。至二十世纪五十年代，全寺皆毁。一九九八年，政府批准恢复宗教活动，因小昆山为松郡九峰之九，定寺名为“九峰禅寺”。

由南而入，进得后殿，殿为双层重檐藏经楼，斯楼经书在藏，亦为法堂。藏经楼北，宝殿雄昂，观音菩萨，面南慈航，法力大雄，高台建堂。正堂大殿，仪阵堂堂，佛面慈祥，佛向北方。银杏古树，枝干劲苍，向天独立，遗迹无双。大殿之北，供奉天王，天王前殿，殿柱环廊。山崖北峰，照壁首当。山门向北，入口南方，倒座寺院，九峰独创。

二陆[2]草堂，置于山腰，今人辟建，顶铺茅草，花格门窗，古风迢遥。当年吴国国破，二陆结伴归来。黄石垒桌，砌读书台，玉人隐居，读书遣怀，潜读十年，积学成才。双双入洛阳，文名传开。入仕为官，领军战败，惨遭诬告，先后被害[3]，呜呼哀哉！文章传世，文华不衰。陆机《文赋》，独具光

二陆草堂

[1] 1707年。

[2] “二陆”指三国名将陆逊的孙子陆机、陆云，二人是西晋时著名文学家。

[3] 西晋太康十年（289年），晋武帝争取士族贤者入仕，陆机、陆云前往洛阳应召，兄弟二人的文才受到大学者张华的青睐与推介，“二陆”文名一时大振，成都王司马颖因之也很喜欢二陆。太安二年（303年），陆机受成都王之命任大都督，与长沙王司马乂对阵，惨遭失败。陆机被宦官孟玖诬告通敌谋反而遇害。其弟陆云也遭连累被害。临终前，陆机长叹：“华亭鹤唳，岂可复闻乎？”

彩，研究创作，赋以文采，气韵高标，文开八代，文风清丽，“电坼霜开”，《平复帖》书，陆机墨迹，“天下墨皇”[1]，传世不易，笔墨圆润，苍劲古意，书于九峰，山孕传奇。绿树丛丛，山道秀逸。今入草堂，探寻旧迹，字画在堂，复制挂壁，二陆雕塑，读书知礼，九峰俊杰，魂归故里。书圣书风，流播云间，书法名城，文明传继。

北坡壁崖，苏轼壁题，“夕阳在山”，夕晖迷离，字体丰腴，子瞻瞩意，人生旅途，云涌风起，壁崖苍茫，文豪留迹，玉出昆岗，辉光熠熠。

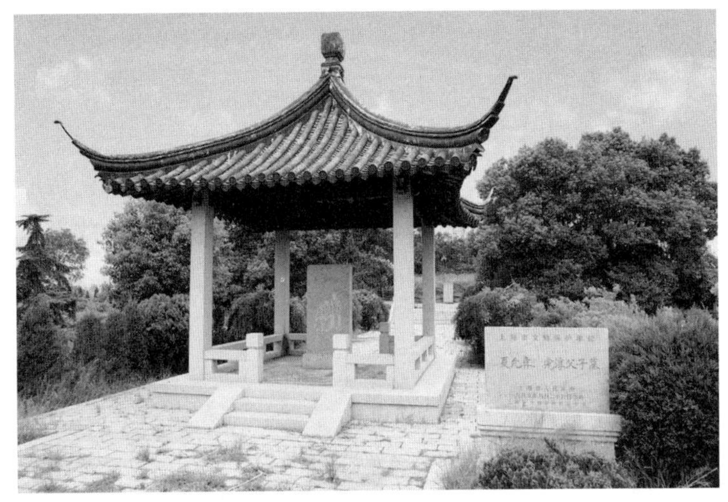

夏允彝、夏完淳父子墓

小昆山下，夏墓静谧。“夏允彝夏完淳父子墓”，由陈毅市长题写。墓椁半圆，象征事业未竟。夏允彝毁家抗清，华亭陷落，作绝命书投水自亡。夏完淳起兵反清失败被捕，临刑时凛然屹立而拒不下跪。夏氏父子，一门忠烈，云间浩气，九峰存义。

游小昆山，于梵音中探历史踪迹，历史在这里演奏过一部起起伏伏的交响曲，时而恬淡、时而顿挫、时而清雅、时而激越、时而浑莽、时而雄放、时而高亢、时而低迷……

[1] 张大千在西安对携《平复帖》而来的张伯驹说：“《平复帖》谓天下墨皇，天上至珍，非熏香更衣，不能随便一见。”

李塔赋

唐风宋骨，宝塔七层形方正，秀檐刚身，峰泖一带添名胜。塔座坚实，有沉稳之础，塔刹高标，现俊朗之桓。

当年曹王李明，唐太宗之十四皇子。高宗立，贬曹王，李明苏州任刺史。其母巢王妃，逐出王宫无音讯。忽一日，曹王于黄浦江上游得梦，母妃托梦造浮屠。李明乃觅得宝地，大兴土木建塔，塔壁嵌入石雕佛像。塔成之日，灵光闪耀，母子相会在塔前。曹王孝举感动邑人，因母子于塔前相会，遂有“李塔汇”之地名。斯为千年传说，亦见《延寿院记》。

后世翻建修塔，循例称为李塔。塔矗浦滨，过往江船依此定航向。奉玄宗之旨，塔东曾建李明王祠堂。李塔，凝聚一段历史故事，故事深含明礼孝亲内涵。故事感人，礼节动人。李塔由是亦名“礼塔”，“李”与“礼”相通，

李塔

李塔出土文物

美意寄身塔中。

李塔汇镇李塔街，李塔街上望李塔。先有李塔建立，后有延寿寺院。塔为寺院添彩，寺为李塔增辉。

李塔唐风今续延，寺院风格依唐宗，汉白美玉塑佛像，佛门净地静心功。南入山门仰高殿，天王在殿楼高耸；唐塔位居寺中心，七级浮屠孝慈功；大雄宝殿行大礼，千人汇聚满堂颂；寺院正北第三层，藏经殿阁续法统；东厢客堂迎香客，法师蔼然茗茶冲；钟楼悬挂大铜钟，洪音远播课晨功；地藏菩萨白玉身，面向四方容信众；药师殿中坐药师，功法得力祛病痛；西厢特设明王殿，李明事迹永传颂；鼓楼暮时声咚咚，鼓点震得云飞动；观音殿立四面身，四面皆可敬佛宗；文殊宝殿敬文殊，文风蔚然运亨通；海会楼里舒放眼，名山宝刹会灵通。

殿阁重整，院容焕然释圆通[1]，佛光辉照，塔势巍然驻梵宫。

---

[1] 延寿院曾名澄庵、圆通。

横云山赋

横山一卧如“一”横，一字卧展两头尖，松郡九峰列第七，东西横卧名横山。东望天马腾骏山，西瞰圆润小昆山，北顾机山陆机[1]缘，横山有情慰陆云，唐代易名“横云山”[2]。

斯山古有十景，而今山体宛然，当年官民上山顶，虔心求雨祭龙坛，联云嶂，丽秋壁，碧岩来泉三冷涧，忠孝祠与黄公庐，只怡堂和来谷潭，横云山庄宿云坞，得月塔，小赤壁，陆氏三杰魂回还[3]，遗迹湮没山犹在，山南山北松竹喧。九峰状如花芙蓉[4]，云横岩壑花形灿，走马塘北立险峰，奇石秀水

横云山

[1] 陆机（261—303），字士衡，吴郡华亭（今上海市松江区）人，家住小昆山之北，西晋著名文学家、书法家。

[2] 横云山原名横山，据南宋时《云间志》记载，为纪念陆云，唐天宝六载（747年），此山易名为“横云山”。山高海拔68米。

[3] 据《吴地记》载，陆逊、陆机、陆瑁墓俱在横山（即横云山）中。今无迹可考。

[4] 历代松江文人喜欢将云间三泖之间的九峰比作九朵芙蓉。元代钱惟善《三泖》诗云“西望苍茫浴远天，芙蓉九点秀娟娟”；明代董其昌《过泖看九峰》诗云“九点芙蓉堕森茫，平川如掌揽秋光”。

云横天。洞深穴隐回声长，藤萝缘壁缀山岚，山北竹坞迷行径，大石陡岩矗东南，清溪无言汇低潭，矶石临水水不漫。一山横云崖陡峭，山青泉流多景观，古有丹青高妙手，临山摹画誉画坛，松江画派[1]获神韵，拜山亲水画横山，流云深壁生灵感，墨松素�画坛。

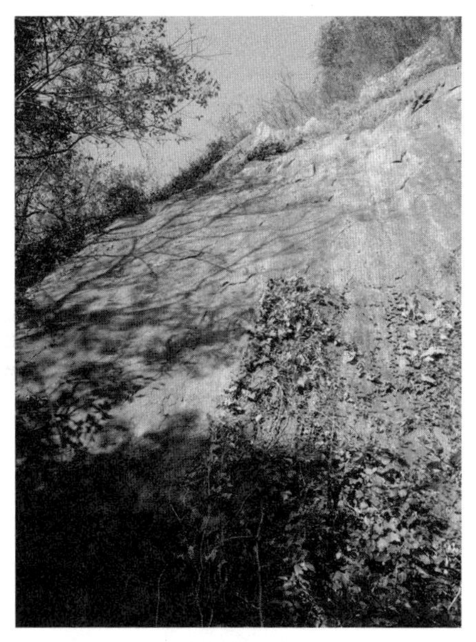

横云山摩崖石刻

云横九峰连谷水，山卧云间似扁担[2]。而今横云山，山色更郁然，林相再优化，四季皆可观。东坡乌桕杂红楠，银杏黄栌红木莲，林间繁花开似景，山头色彩竞化变；西坡枫香金钱松，青冈栎配广玉兰，常绿树叶伴落叶，乔木挺秀灌木满，油桐刺槐仍留存，香樟杂竹各为安，毛石小道穿幽林，野草杂木最自然。崖壁石刻留石瑗，浅刻“横云”[3]字雄健，崖石如削势雄浑，擘窠大字镌崖颠，横云凌空山景美，山低云高意不凡。为使横山多好景，优化林相暂封山，但得山景浓艳时，再启山门共探看。

[1] 松江画派是指明代松江地区出现的松江、云间、华亭等山水画派的总称，以董其昌、莫是龙、陈继儒等为代表，讲究水韵墨章、古雅神韵、用笔洗练、墨色淡雅，富于江南清疏情志。

[2] 横云山因东西横卧，山形如一挑扁担，故民间俗称“扁担山”。

[3] “横云”两字为清代工部尚书张祥河（1785—1862或1864）所书。

唐经幢赋

唐经幢

刻石铭经，立幢虔心，弘法消灾，千年精品，地面建筑，沪上最高龄。

晚唐建石幢，礼佛安乡邦，处士倡捐款，超度求兴旺，妇人应者众，华亭慨而慷。传说有海眼，人心常惶惶，水妖“黑鱼精”，兴风又作浪，佛法具神力，镇妖阻孽障。青石雕佛经，陀罗尼标榜。不近佛殿前，定位大道旁，城中添胜景，风范如盛唐。层分廿一级，身高九米上，耸立大路口，砌石风化防，历经年代久，半身被埋藏，文物当修复，一体见天光，神圣不偏斜，刚健又端庄。

塔幢八面棱，雕刻最精心，造型好雄伟，畅意通天顶，立柱有定力，向上伴云影。初级海水纹，涓然流波形；盘龙束圆腰，山岩龙穿行；台座莲花瓣，莲叶舒卷云；蹲狮八面雄，风格同乾陵；仰莲石托座，牡丹缠花荫；束腰浅浮雕，菩萨显身形；叠涩无刻痕，大方好器型；勾栏护幢座，望柱竖八棱；幢身录捐者，高刻陀罗经；狮首凸华盖，神力护好运；连珠圆又满，颗颗紧相连；卷云腾托座，云开别样天；浮雕四天王，神情好威严；八角围腰缠，化变有薄片；龙蟠圆柱上，护法心向善；托座雕圣花，圣洁是仰莲；仰看固底座，座高看不全；高高“礼佛图”，佛祖生平展；八角攒尘盖，风声来相伴；菱形平顶盖，层级最上面。松江唐经幢，气势最壮观，

唐经幢上的浮雕——《郡主礼佛图》

刻工细又精，形象活泼现，图案生动态，技法真熟练；地下水波涌，地上是人间，天上现佛国，三界皆可观。

凡界有理想，艺术作呈现，经幢镇海眼，水妖莫出现，经文消灾祸，石幢齐心建。唐人才华浓，雕像图圆满，流云拂经文，往事载千年，禅功鎏华文，匠心塑经典。

福田净寺赋

抒开江气度，续文化根脉[1]，人间福种栽田，佛门净业善哉。

泗水会波形胜，庙会聚市成镇。宋元明清四朝，庵、堂、院、寺替更；宋代观音小庵；元初观音堂成；明朝普渡禅院，大殿失火重整；清朝嘉庆年间，东田禅寺弘恩；日军炸而遭毁，复建重启山门[2]；让位沪松公路，禅房片瓦无存[3]；欣逢改革开放，严家庵礼佛获准，性修方丈呈请，泗泾八庙并归一门，迁建城隍庙址，圆通大殿先成，宣化再开正果，福田净寺名正。

正南大开山门，唐风宋韵浑成，双檐端庄轻盈，福田深植善根。钟鼓楼阁精巧，晨钟暮鼓对称。首进天王大殿，弥勒天王共存，弥勒笑颜常开，福

福田净寺

[1] 福田净寺位于泗泾镇开江路与文化路路口。

[2] 东田禅寺1937年被日本侵略军炸毁，1942年重建。

[3] 1956年修建沪松公路，东田禅寺被拆毁。

相内心生成，四大天王发威，护佑善信众生。二进圆通宝殿，屋脊高标法轮，观世音佛端庄，礼敬慈慧法身。殿外银杏古树，传说神乎其神，宝驹进食叶果，霍然病体振奋[1]。仰观宝殿双墙，五百罗汉位尊，黑色大理石片，浅雕形象传神。殿西池塘鱼戏，善信念佛放生，回廊池边展延，廊亭观音金身。漫步佛画连廊，十八罗汉威猛，佛祖八相成道，描画觉悟历程。厢房东西对应，东殿观音清芬。芭蕉绿叶肥硕，苏铁勃郁兴盛，香樟青荫伸展，冬青翠叶齐整。三进千佛大殿，白玉佛像至尊，厅房洁净端正，念佛法音声声。接待室内品茗，茶禅悟道人生，闲看六角小亭，云水禅心相衡。

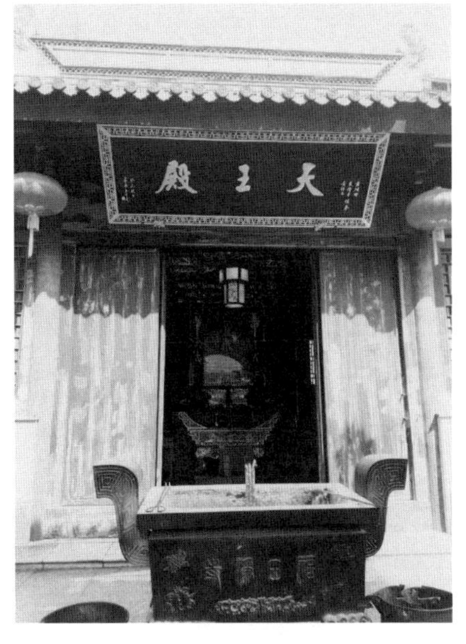

福田净寺天王殿

泗泾与佛有缘，观音善相生根，东田传钵福田，瑞暾光被古镇。

[1] 民间传说在清乾隆十六年（1751年），乾隆帝的宝马白龙驹染病不起，嚼食了东田禅寺的一株前明所栽的银杏树所产的白果和银杏叶后，顿时康复，精神大振。

松江东岳庙赋

松江东岳庙，贵德重尊道。宋尚书右丞，朱谔扩斋醮，元代至正年，楼阁亦见高[1]，历代添砖瓦，专建杨侯庙[2]，位居城中心，民间声誉好。书店点心铺，茶楼开门早，书场唱评弹，戏台武将跳，窥看西洋镜，猴戏玩枪刀，说唱小热昏，练拳卖膏药，线粉油豆腐，酒酿糖梨膏，风味小吃多，锅灶热气冒，庙前聚人气，曾经很热闹。

松江东岳庙

千年银杏昂然傲立，东西对峙见证变迁。岳庙正殿高宏崔嵬，风调雨顺鱼龙飞檐。高台轩敞气势崇严，屋宇巨丽清气弥天。八方善信亦步亦趋，巨制香炉缭绕青烟。松青柏茂琳宫崇峻，匾高额悬道衍先天。岳庙雅称东岳行

---

[1] 元代至正年间（1341—1370），松江东岳庙仅剩真武阁和玉凤楼两处建筑。

[2] 杨侯名杨文圣。相传为松江典岳官，一次失慎全岳被焚后民间尊其为神，塑像面呈焦黑色。赐封"昭天侯"。

宫，东岳圣帝位尊中间。炳灵公在管领三山，碧霞元君照察人间。斗姆宫中紫光铮亮，武将文臣侍立在殿。三清大殿高居三楼，玉皇身后三清共现。

上海道教学院，仙风飘逸后庭，诵经祈祷神明，利人济世修行，时闻道乐悠扬，曲牌连奏动听。

承继正一道统，诚待乡邻善信。十四十五上香，三十初一连进，月月香期四天，松江独有盛景。特设昭天侯殿[1]，杨爷黑面善心，牛头马面相护，皂班抬轿开行。乡民敬奉杨爷，腊月法会封印[2]。殿前铜铸黑羊，传说神奇通灵，吃进整支香烟，纸币辨识分明。敬羊祈求福到，民间创造神明。道士重生伐邪，斋醮佑国裕民，修道神畅气和，诵经句真字清。

东首观音神殿，东海播传佳音；关帝殿奉祖神，关公尊师道陵；文昌殿额儒雅，云间辉灿文星；月老殿前牵手，祈愿美满婚姻；娘娘殿三娘娘，红袍锦衣吉祥；长生殿慕仙人，寿星笑意殷殷；三官殿化生境，天地水官升临；财神殿盼丰盈，开源节流记铭。

修道道从正一，重文文采焕然。得九峰之浩气，通三泖之劲澜，望浦江之畅达，坐茸城之绚灿。尊老子之法道，循大道之自然。

松江东岳庙，行道在云间。

松江东岳庙天王殿

[1] 即杨侯庙。

[2] 松江当地民俗，在每年农历十二月廿日起，让杨老爷（尊称杨大神）“封印”休假一个月，并分别举行封印、开印法会。

泗泾古镇赋

携来洞泾、张泾，揽入通波、外波，四水来汇泗泾，古镇上佳方位。四水会波波复回，泗泾塘上燕来归。福连拱桥张弓对天，安方宝塔箭挺如桅，桥如弓，塔似箭，弯弓盘箭呈祥瑞。

福田净寺银杏，一千三百多岁，动乱年代枯亡，博物馆中安睡。存遗另株银杏，树体雄健苍翠，傲立五百余年，笑看来波逝水。

开江路口驻足，前朝街市思追，元末依水成镇，八方来赶庙会。石拱孔桥安架，塘南塘北相辉，米市米厂密布，鱼行鱼市集萃，醋坊酱园临河，百业百姓兴遂。

泗泾古镇（2020年）

转入马泗宾堂，窄弄宽院藏美，走马回楼在上，大堂好戏联袂，十锦锣鼓奏乐，皮影灯前翻飞，面塑栩栩生彩，剪纸纸上生辉。

登上福连拱桥，三孔高桥镇水，当年东中西市，普度武安已毁，唯存中市一桥，福连重修在位，古有三弓一箭，今留塔桥一对。

泗泾十锦细锣鼓

福连桥

泗泾物产丰富，鱼米之乡味美，斧形广利粽子，肉粽夹精夹肥，小吃阿六汤团，吃口软糯鲜美，白切泗泾羊肉，肉质鲜嫩入味。

人家枕水而居，前街后河布局，马鞍水埠双坡，垂直水埠探水，推窗水汽弥漫，窗外客船来归，码头直通水屋，水乡船运来回，马头高墙翘角，雕花门窗精美，院落层层推进，天井花香草媚，楼阁木作巧构，厅堂稳居正位。

史量才君故居，报界泰斗声蜚，建筑中西合璧，海派风格砺淬，厅堂布置展厅，走马楼道巡回，笔墨追随时代，浩气潆洄泗水。

老街三里店市，沿河廊棚伴随，前店人来人往，后门住家连缀，楼廊遮风挡雨，骑楼精致实惠，立柱丰厚笃实，门洞弯拱如眉，住家喝茶聊天，商帮卸下货堆，廊道宽同街道，纵观深远如隧，廊道泗泾符号，水乡文化精髓。

马相伯君故居，旦复旦兮涵晖，创立复旦大学，先生至功至伟，呼唤民众抗日，爱国老人尽瘁，正厅满堂生德，老楼上下神追。

泗水漫漫东流，市西河宽浪飞，当年南村草堂，陶公积叶写萃，追慕先人圣迹，泗滨躬耕修为，乐在耕读之际，学问贵在积累。

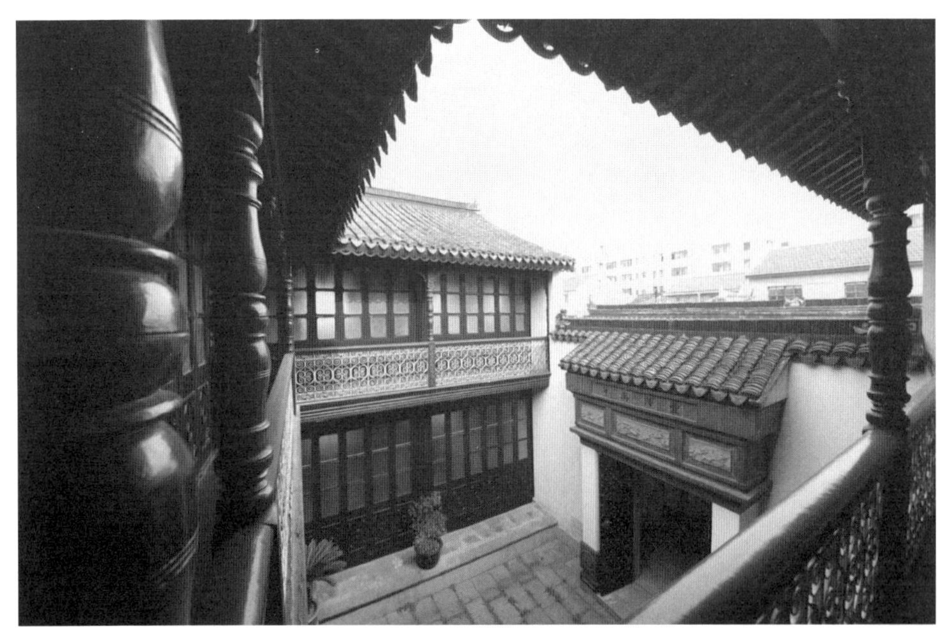

史量才故居

登上安方宝塔，七级八角高巍，顶层佛像安座，祈愿定安除危。西瞰滨江大道，石柱八根俊伟，视域顿觉开阔，集镇新楼巍巍。东望古镇民居，屋顶四合成围，瓦片层层叠叠，院落双双对对，时见天井高墙，老街色调青灰。风吹塔铃作响，宝塔安佑泗水。

塔下牌楼雄峻，江川大路面对，路西开辟广场，江边风光明媚，八大圆柱高昂，风调雨顺心遂，柱雕龙凤呈祥，石刻鱼跃鸟飞，照壁镌刻古诗，水乡好景描绘，清风江中吹来，岸柳柔条掠水，花架伸进绿地，平台亲水探慰，游人江滨赏景，高楼南岸崔巍。

千年水乡古镇，待看明珠重辉。

上海方塔园赋

宝塔九层最玲珑[1]，立身原在闹市中。北宋年间建方塔[2]，兴圣教寺塔高耸。历代精心作修葺，清代塔刹换新工，解放前夕塔萎颓，七十年代大整容[3]。唐风宋貌檐翩然，瘦腰杖栏风铃动。塔秀园美古意存，文脉久远可追踪。

公园北大门，古今巧交融，现代钢结构，青瓦古味浓。石墙伸两侧，厚石铺宽垄。简朴连通透，坡顶佑万众[4]。

举步石甬道，道路坦且直，左侧花坛曲，右侧树繁枝。渐然路下展，主景待探知。

方塔园

[1]《松江竹枝词》赞曰："巍巍楼阙梵王宫，金碧名蓝杳霭中。近海浮屠三十六，怎如方塔最玲珑。"

[2] 兴圣教寺塔建造于北宋熙宁至元祐年间（1068—1094）。

[3] 1974—1977年，方塔大修工程按照松江建筑公司木工师傅徐文达制作的施工图进行。经专家考察鉴定，国家文物局将此修葺工程列为中华人民共和国成立后全国古建筑修缮质量最好的实例之一。

[4] 方塔园由同济大学建筑系著名教授冯纪忠规划设计。冯先生围绕"与古为新"的设计理念，采用辟水景、开草坪等大开大合的手法，使方塔园工程成为中国建筑史上的经典之作。

豁然至广场，三公街旧址[1]。明代照壁墙，城隍庙前置，全国最古老，唯此最精致[2]。巨兽似麒麟，砖雕贪婪姿，如意犀牛角，元宝珊瑚枝，四足踏四宝，宝地长灵芝，更有神奇树，生财插双翅，钱财飞贪嘴，富贵度日子。贪心不满足，欲吞太阳食，天道有公理，东海淹贪痴。知府县老爷，上任先到此，戒贪做廉官，镜鉴当晓知。廉洁有好运，吉祥有图示。奉献好天书，封侯挂印石，平升达三级，福禄双全至。鲤鱼跳龙门，八仙过海驰。图案满照壁，繁密分主次，形态俱逼真，精巧独一帜。壁面显风采，轩昂见气势。壁前水陆地，润砖护壁峙。

方塔形体秀，宛若少女姿[3]，宋人继唐风，砖塔唐形制。砖连木结构，端方塔巍峙。内树塔心木，斗拱古木制[4]，楼梯藏塔中，干练挺英姿。斗拱承屋檐，柔木韧劲直。出檐深又远，起翘稳又实。檐口力刚劲，平栏不奢侈。塔刹也修长，俊秀鬓盘丝。铁制风浪索，飘然云间诗。警铃驱喧鸟，摇曳如挂饰。君坐南草坪，遥望情更痴。秀塔映水面，美景最入时。复登楼阁上，南望浦水逝，北望见佘山，茸城胜昔时。婷婷方塔秀，层层向天日，娟娟九层阁，艺韵长在斯。

方塔园照壁

东山琼花盛，树古花素身，外圈花先开，内圈花丛生。如开六月雪，亦似无瑕魂，名花聚“八仙”，圆盘绕珠珍。

复有太湖石，分立五老峰，两老送迎客，高矮瘦三人。大小美女峰，纤瘦是特征，湖石园外来，形态皱而润，天地师造化，湖石竟似人。

---

[1] 松江方塔北侧原有横街，当年有奉祭明代书画家董其昌、明末抗清名将李待问、清代书法家沈荃的祠堂，形成一条东西走向的“三公街”。

[2] 园中的照壁建于明洪武三年（1370年），总宽15米，中间主体宽6.1米，高4.75米，由70块方砖相拼而成。这是明代松江府城隍庙前的影壁墙，是国内现存最大的古代砖雕影壁墙。

[3] 传说北宋时造塔老匠人主持设计时从其女儿苗条的身材和舞动的裙子中找到了灵感，设计了苗条纤秀的塔体，翩然起舞的塔檐。

[4] 20世纪70年代，对方塔进行大修时发现了111朵宋代原制斗拱，一座宝塔中留有这么多宋代斗拱，是极为罕见的。

日月湖

身入励廉堂，教化倡廉政，平屋阔三间，廉洁循本根，廉吏传佳名，反腐警示深，素心慕先贤，养德正气存。

漫步其昌廊，廊顶似船棚，临水有低栏，起伏自延伸，中有名书帖，文敏手书真，笔追怀素意，畅酣龙蛇阵。

倚栏读锦鳞，水榭憩游人。游鱼自接喋，悠然戏水身，锦鳞如流花，波面涌雨痕。隔岸眺香樟，树绿静气萌。

高深兰瑞堂，屋主是朱椿[1]，梁柱金丝楠，浑穆古意存，纪念朱舜水，纪念堂添珍。中堂挂画像，四壁生平陈，余姚朱舜水[2]，松江求学问，清正人刚直，绝不事佞臣，反清复大明，往复多驱奔，蹈海去东瀛，宾师受崇尊，儒道达人心，致用传学问。楠木兰瑞堂，朴实亦端正。

日河亲月河，日月湖会盟，古代两市河，运河兴古城。大师冯纪忠，拓湖立意深，园景更阔大，秀美方塔魂。

湖畔铁笛舫，素颜对水横。风来船不行，旱舟好景增。雅士性高洁，耿直杨维桢[3]。

---

[1] 兰瑞堂建于清初，原为朱元璋第十一子朱椿出任江西巡抚届满回归故里后在松江兴建的宅第，其面阔五间，进深七架，尤为珍贵的是一梁四柱采用了金丝楠木做材料。1984年迁入方塔园。

[2] 朱舜水（1600—1682），浙江余姚人，曾寄籍松江，在松江府学受业于几社的朱永佑及张肯堂，因学问过人而屡获征辟，十多次力辞不就，坚拒为官。在东南沿海参加抗清复明活动，后东渡日本从事讲学，传播儒家思想，传授六艺，讲授实用之道。被日本学者谥予“文恭”。梁启超认为“舜水人格极为高尚严峻，所以日本知识阶层受其感化最深”。为表达敬意，1990年，松江县在兰瑞堂辟建“朱舜水纪念堂”。

[3] 杨维桢（1296—1370），诸暨（今属浙江）人，徙居松江，有“元末诗坛泰斗”之称，号铁笛道人，此舫仿杨维桢之画舫而建，故名。

石板望仙桥，南宋遗孤珍。桥面石微拱，平桥朴实身，木肋垫条石，拉力可延伸。单跨架市河，古时望仙人。

天趣何陋轩[1]，大作出名门。天然茅草簇，毛竹梁架撑，四坡大屋顶，屋脊弯弓横。轩在竹林中，竹轩水作朋。方砖铺地坪，弧形围坪根。人坐敞轩中，此轩似浮腾，竹椅对竹儿，光彩幻化真，身处大自然，自在度人生，品茶听竹喧，随意见精神。

迁来陈公祠[2]，坐像浩气存，曾驻松江府，吴淞勇献身，乡民有情义，建祠祭英魂，如今硝烟逝，难忘当年恨。

明代石雕园，神道列仪阵。墓冢守护像，亦名石像生。龟趺石驼碑，羊虎不等身。石马伫神道，武将伴文臣。墓主俱已往，石像仍留存。

天妃宫

高低石錾道，开合无烦闷，两壁花岗石，香樟树荫深，如登古道上，如过重重门。收束旷放间，悄然过山岑。

上海天妃宫，沪上得幸存，市区迁大殿，松江有缘分[3]。香火供妈祖，大殿俊秀身，举架向上耸，梁粗如铜盆。四廊透灵气，基座宽又稳。祈福遂心愿，民间信仰恒。

松江方塔园，方塔最引人，园中文物多，历史有见证。

---

[1] 何陋轩借唐代诗人刘禹锡《陋室铭》意境，由冯纪忠命名、设计和主持建造。曾在南斯拉夫召开的世界五十名知名建筑师展览会上展出并作重点介绍，1999年获建国五十周年上海市经典建筑铜奖。

[2] 陈公祠原位于松江西塔弄，专为纪念抗英民族英雄陈化成而建。1999年底因市政工程建设而迁建于方塔园。

[3] 松江信仰妈祖历史悠久，早在宋代就有妈祖庙，但在世事变迁中，与上海其他地方的妈祖庙一样，少有存世。1883年（清光绪九年）重建于今北苏州路河南路桥堍的天后宫，是仅有的遗存。20世纪70年代末，因市政工程建设而迁移至方塔园内，名“天妃宫”。

东禅古寺赋

松郡民俗，八寺香燃，八月初八，进香八院，普照、超果、广化、龙门、南禅、北禅、东禅、西禅，东禅在东，进香率先，“烧八寺香”，敬佛求安。

东门望地，日照最先，桃红柳绿，桃花映庵。蜀僧性空，来此理庵，绍兴元年[1]，道因开山。绍兴六年，朝廷额颁，“宝胜禅院”，嘉名祥安，禅院居东，又名“东禅”。明洪武年，丛林升迁，迎春典仪，官员祈安。隆庆年间，置阁造殿，万历年间，建西方殿。康熙年间，重建寺院，乾隆年间，重整有范，同治年间，格局备全，殿阁三进，两厢双殿，佛塔在东，茂竹后院，气势宏大，佛光明灿[2]。清末民初，兵火成患，民国六年[3]，庙舍缩减。抗战期间，济民避难，圆觉住持，乡民恒念[4]，智能守寺，身后更变。癸酉之年[5]，寺院回还，性修[6]提议，定为尼庵。癸未之年[7]，谋划重建，戊子之年[8]，大雄成殿，己丑之年[9]，让位客专[10]，迁建路东，历经十年。古寺开光，光大法缘，“东禅朝霞”，胜景再现。

广场正大，晴光洒满，香炉鼎立，炉体扁圆，山门齐整，对开双扇，石箍门框，金字对联，砖雕门楣，古寺东禅，石狮对蹲，古风续传，门檐凸升，灰瓦列檐，玄鸟如凤，翼飞顶颠，般若解脱，侧门两边，钟楼鼓楼，敞开回

---

[1] 1131年。

[2] 古寺盛况可以从现今留存的一块1.2米见方的柱础基石上得到印证。

[3] 1917年。

[4] 圆觉法师在抗战期间将僧房改为收容难民之所，倾寺院之所有，供粥供宿，救济难民。1945年，圆觉圆寂时，松江佛教界和十方乡邻为之立碑纪念，纪念碑石留存至今。

[5] 1913年。

[6] 性修时任松江西林寺住持。

[7] 2003年。

[8] 2008年。

[9] 2009年。

[10] 为了支持沪杭客运高铁，拆除了东禅寺老寺及建成不久的大雄宝殿，迁至与铁路高架桥一路之隔的松卫北路东侧现址。

东禅古寺

栏，双楼如亭，法音远传。韦驮前殿，玉佛来伴，四大天王，尽力值班。大雄宝殿，气势巍然，重檐宽厅，佛祖玉颜。念佛明堂，三面佛安，三楼法堂，弘律讲宣。千手观音，东厢法显，西方三圣，西厢列殿。

东禅古寺，古意悠远，屡毁屡迁，终成大愿。

三十三观音堂赋

智与神通，心与民同，静观尘世，默察万众。观音三十三，化身驻音容，松江永丰秀南街，秀溪道院陈家弄。

明代崇祯年间，观音殿堂始开工，观音奉殿中，痘神来陪同；清代雍正六年[1]，金文耀捐赠十亩田，道院开建隆重；清代光绪十七年[2]，堂北三官殿起栋，天官、地官和水官，本土神明奉道宗。道院由此得名，俗称依然沿用。其后曾作教室、库房，二〇一五年，回归道协遂初衷。

名定三十三观音堂，亦见“秀溪道院”铭牌述说旧踪。白墙黛顶棕石箍门，朱雀在上灵动稳重。西门不宽形制适中，小院隐在小巷之中。院内得见

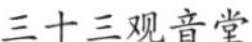
三十三观音堂

观音浮雕

[1] 1728年。
[2] 1891年。

东墙观音大士塑像，砖雕一面流线生动，莲华一枝明净慈安，慧心在怀眷念世众。正堂朝南殿曰慈航，慈航真人安身莲花座上，女身观音显露大度尊容。观世音大慈大悲助人救众，应化身形三十三种。三十三观音神采焕然，端庄大方仪态从容。疗疾救苦施良药，持经修行经文诵，能静波涛解险境，六时结禅度化众，善解人意送子婴，接天连宇求真宗，加持净水去烦忧，碧落洞天证圆通。慈航正殿敬观音，祥瑞映照红灯笼。西厢两殿应民愿，文昌财神在殿中，文气洋溢冲斗牛，考生祈愿得高中，黑面赵公把玄坛，财神心慈富财送。

道院虽小留仙踪，三十又三度化身，金辉熠熠祈大同。

佘山赋

山有东西两峰，林呈苍阔之势，塔秀半山腰中，堂峙山顶之上，台隆教堂之侧，堰跨山之南北，泉出石岩之隙，洞藏奇石之后，湖开山围之境，路隐竹木之间。国家森林公园，秀美风貌展现。

佘山森林宾馆，霞客塑像动人，素衣芒鞋登山，开启万里游程[1]。

东佘山园山门，三拱相连而成，恰似“山”字造型，宛如茁壮冬笋[2]，山色半遮半显，进山寻幽有门。

眉公陈氏继儒，山居著述丰硕，曾筑白石山房，也曾挥竿钓术，眉公钓鱼石矶，碧水挺立傲骨。

西佘山

[1] 徐霞客曾三次来佘山拜访友人陈继儒，陈继儒鼓励他出游四方。徐霞客的探山访水万里之行，就是从佘山起步的。现在佘山森林宾馆内有徐霞客塑像。

[2] 佘山又名兰笋山，因东、西佘山遍植毛竹，竹笋皆含兰花香而得名。旧籍记载，康熙南巡时在佘山品尝这种竹笋后大加赞赏，御书“兰笋山”，由此，佘山又获一个佳名。

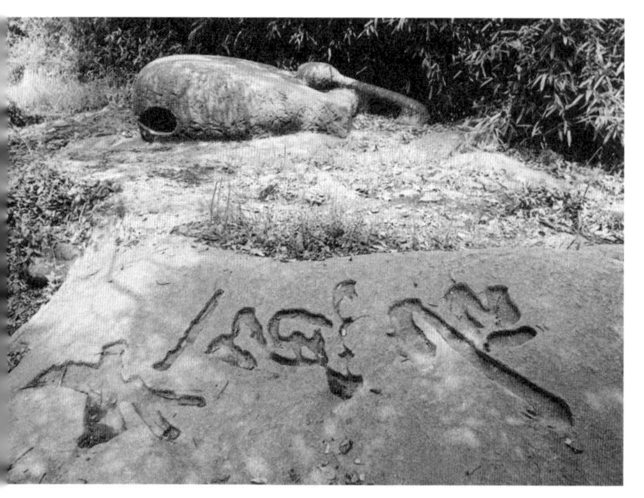
木鱼石

阔大登山步道，花岗岩石筑铺，三百六十八级，道旁植伴佳树，崖立白石山亭，峭傲步道中途，亭中小憩片刻，烟云眼底飞渡。大路通向峰顶，体力加倍付出，山景葱翠诱人，高处神清气舒。

栈道紧贴崖壁，悬空铺展窄路，时有修篁轻拂，更见山石突出，走向森林深处，天然氧吧小坐，绿树高低相拥，茂草叶秀茎舒。观光塔顶北望，湖畔天镜架竖，月湖水柔波定，山光水色相护。

古迹骑龙石堰，跨越山北山南，亦名乾隆古道，石阶正宜登山。当年兰笋正香，君王品尝添欢。古时佘山栽兰，兰花风姿可观，可叹风吹花折，山民种竹护兰，竹林兰花相依，兰香沁入笋胆，兰笋年年出土，笋孕兰香淡淡。御笔题名兰笋山，古道隐在林间。

名山凸显奇石，木鱼棒槌共伴，天谴法器降临，造型圆融饱满。木鱼石下有洞，水滴木鱼声传，山上山下风来，洞里洞外声喧。

名山必有清泉，山腰水滴成泉，清水出自石罅，白衣观音听泉，佛香泉有佛缘，滴滴点点绵延。

再上西佘山园，人文融合自然。上海唯一茶山，佘山西坡茶园，明末齐名松萝，香味浓郁盛传，后世名种失传，引来龙井入园。山坡环境适宜，茶树层层叠展，葱葱郁郁山景，碧碧绿绿茶山。佳茗沉而浮起，香味入口甘甜。

宋代秀道者塔，修长娇美容颜。塔身翘角飞檐，塔高七层之巅。修道之人建塔，塔成焚身自献，仰望秀丽宝塔，铭记壮美瞬间。塔秀茂树之巅，林立宝塔之边。

山北竹海连片，竹海休闲乐园，竹径延伸千米，清芬飘逸山间。栈道时高时低，山景忽隐忽现。

百米佘山西端，白色穹庐向天，佘山天文台里，天文科普展览。探天问时之处，气势浩然壮观。光绪年间始建[1]，呈现法式风范。穹顶可开可合，观测星空奇幻。巨型百年宝镜[2]，科研肇始佘山[3]，拍摄科学底片，两度哈雷探看，院士叶叔华君[4]，科研国际领先。观看星空影片，游客星空体验。

佘山天文台

佘山圣母大殿，红墙绿瓦顶尖。建设历经十载，多样风格毕现。十字拉丁平面，罗马拱道通贯，廊柱效法希腊，尖顶哥特式范，民间清水外墙，皇家琉璃瓦盏。造型南长北短，大殿西窄东宽，窗户玻璃五彩，钟楼大钟高悬，殿内光照匀称，廊柱斗拱无尘，未用一钉一木，无钢也无梁横，壁槽巧设机关[5]，音声拱顶回传，神甫布道声朗，教友唱诗礼赞，排放三千座椅，宽朗圣母大殿。教堂昂立佘山，远东第一名冠。

佘山天主教堂

山中经折之路，教友称之苦路，之形迂回曲折，耶稣受难路途，转折一十四

[1] 清光绪二十四年（1898年），神甫蔡尚质发起集资，向法国购买一架口径40厘米焦距7米的双筒折射望远镜和天文台铁制圆顶后，在次年兴建佘山天文台，于光绪二十七年完成安装，蔡尚质任首任台长。

[2] 即佘山天文台的双筒折射望远镜。

[3] 中国近代第一个天文台是清同治十一年（1872年）始建的上海徐家汇天文台，从事时间、气象、地震的播报。光绪二十七年（1901年）建成佘山天文台，引进口径40厘米天文望远镜，才正式开始天文学研究。

[4] 中国科学院院士叶叔华带领科研人员建立了中国独立自主的世界时系统。她曾经长期担任佘山天文台与徐家汇天文台合并后的中国科学院上海天文台台长。上海天文台在1987年研制成功了一架口径为156厘米的天文折射光学望远镜，并取得了许多在国际上领先的科研成果。

[5] 教堂在廊柱和斗拱之间设计了具有通风吸尘和吸潮功能的壁槽，开殿80多年来从未打扫，至今一尘不染。

处，小亭像前拜伏，朝圣必拜“苦路”，虔敬之心表露。

山腰建有中堂，堂前广场宽舒，劝慰进教之友，在此小憩小驻。大殿仰然在望，大树赫然在目。西侧山崖之下，三圣台亭分布。圣母端庄娴淑，若瑟神情严肃，耶稣受人朝拜，圣亭建在敞处，鲜花香烛在供，人神悠然共处。

转身向东而行，道旁古木扶苏，香樟似与天接，榉树形貌素朴，合抱之木夹道，轻松顺势行路。

山下有地震台，科研兼带科普，佘山地震台内，联网联测靠谱，影视图文展示，地震仪器摆布。防震避震抗震，科学常识传输。

站在佘山脚下，回望上山之路，山体青翠似染，山顶风光奇殊，人文胜迹佳好，自然美景天赋。

跨塘桥赋

三孔高桥跨古浦，花园浜水来会晤，端庄身材秀美姿，云间第一名古桥。

宋代始建，初名安就桥；年久倾圮，石桥改木桥，巧匠构架，隆起如虹桥，形制宏阔，好似汴京桥。当年龙舟赛，四方人如潮，桥上观划船，人多挤塌桥。元代复重建，石桥依旧貌。明代成化年，知府再建桥[1]，形制最高大，石镌“第一桥”。同治十一年[2]，募捐重修桥。一九八六年，大修护古桥。

古浦塘水映秀月，潮推夜船水迢遥，水移浮云如乘风，行风追月桥若飘。松府传统十二景，“跨塘乘月”意蕴妙。人踏月光行，橹摇银粼潮。桥面宽，宽桥可跑五马，桥墩秀，秀墩轻逸牢靠。桥拱如环好行船，桥柱石联

跨塘桥

跨塘桥桥面

[1] 明成化年间（1465—1487），知府王衡在旧地重新造桥，桥为当时最大规模，起名“云间第一桥”。

[2] 1873年。

刻祝祷[1]。中拱高隆边拱低，排列有序构作巧。花岗桥栏连石阶，青石桥拱旧风貌。

桥立云间形英俊，态势高昂意气豪。抗清英雄陈子龙，投水自沉古浦潮[2]，当年桥下见奇女，分手慨然赠宝刀，英雄怅然过旧地，作别华亭跃碧涛，翌年桥跪柳如是，悲悼鱼龙着缟素[3]。滔滔流水泣明贤，高高石桥存古道。

跨塘桥，跨古通今扼古浦；跨塘桥，诗情高义和云翥。

---

[1] 桥柱上刻有“南无阿弥陀佛”之语，祝船夫过桥洞时平安。

[2] 陈子龙（1608—1647），南明抗清将领、文学家。松江华亭（今上海市松江区）人。清兵陷南京后，联络民众从事抗清活动，事败被捕，被押解南京途经古浦塘时，乘看守不备，突然从跨塘桥上投水殉节。

[3] 民间传说陈子龙在跨塘桥下初见柳如是，两人交情深厚，后不得不在跨塘桥头作别，其时，陈子龙赠柳如是祖传宝刀一柄，柳如是当场作诗一首回赠，诗中有“苍然万木自苹烟，摇落鱼龙有岁年”句。后来，陈子龙自尽，柳如是全身缟素跪在桥上泣拜。

西林寺赋

塔势峥嵘庄严身，塔刹自古在高层[1]，法音梵呗盛江南，佛门净地赞崇恩。

广场面向华亭老街，重檐歇山仿宋山门，云间傲立七百余年，三泖九峰祥瑞升腾，真禅法师门额题书[2]，西林禅寺古意绵亘。福报香客正门大开，般若为导解脱恼恨。英宗皇帝亲赐匾额："大明西林禅寺"，法音梵呗传世久远，累世扩建名刹显尊。改革开放政策落实，续明主导修复工程，大德性修继任住持，大雄宝殿毗卢建成。

西林禅寺

[1] 为纪念云间接待院创始人高僧圆应禅师，明洪武二十年（1387年）建造了圆应宝塔，又名崇恩宝塔，俗称西林塔。塔高46.5米，为上海地区最高古塔。

[2] 山门门额上方的"西林禅寺"四个大字，是上海市佛教协会原会长真禅老和尚的笔迹。

大雄宝殿

礼佛修道法物衍辉，崇恩一品法宝列陈。右见“哼将”提棒振臂，守护佛门驱逐鬼神，左尊“哈将”执杵推掌，金刚力士护国守门。

殿前广场明灯长燃，佛法辉光耀照世间。钟楼供奉地藏菩萨，迎春启鸣奏者绵延，鼓楼供奉观音菩萨，颂圣擂鼓隆重庄严。寺宇龙脊佛日增辉，茗山题匾大雄宝殿[1]。释迦牟尼能仁圣人，供奉礼佛位尊法显。迦叶阿难弟子在侧，十八罗汉分列两边，殿堂面北海岛观音，降伏鳌鱼百姓脱难。

圆应塔

崇恩碑廊书法荟萃，大德名师佳作展现，放生鱼池锦鳞灼华，汇露成群长寿延年。

西林素斋厅堂古朴，大众素食梵乐茶禅。华藏世界六角圆顶，佛像生动纯木构建。

弘一法师书“圆应塔”，七层八面

[1] 大雄宝殿由江苏省佛教协会原会长茗山大师题额。

昂首仰观，高冠沪上古塔之最，壶门朝向逐层转换。底层深檐加砌围廊，拱形门洞南北对穿，塔座回廊文华荟萃，百式佛珠常年展览。天宫地宫珍宝秘藏，重修宝塔宝藏发现[1]。墙体级级朝上收缩，塔势层层向顶拢团，檐角起翘如翼舒展，塔刹俊昂慧心对天，俊美轮廓灯光勾勒，华亭老街夜景增添。

朴初居士题毗卢殿，五方五佛法相庄严，毗卢遮那阿閦弥陀[2]，五方宝生成就大愿，千花环绕花开莲瓣，三面屹立五百罗汉，名家题词抱柱楹联，念佛参禅法器俱全。

崇恩法幢气韵贯天，鎏金蟠龙俯瞰云间，经文佛像刻工精细，法轮可悬水陆宝幡。信众虔心敬本命佛，三圣佛光普照耀眼。

纯木楼宇上下两殿，底铺金砖中架地板，阿弥陀佛立像接引，极乐净土三界同愿。二层地藏尊供在殿，众生度尽立誓发愿。普贤菩萨奉请西殿，稳骑银象慈容善颜，毗卢观音供奉四面，西方三圣二楼圣殿。

悟端住持高唱梵呗，慈心在怀法音宏远。“托钵供僧”信众来朝，“崇恩禅茶”法味清远，“短期出家”净化心灵，“崇恩基金”助学解难，“梵乐演唱”妙音弘法，“崇恩书画”文脉继传。喜见东殿奠基改建，文殊菩萨骑狮进殿，顿添慧智祈福学子，鎏金佛像尊尊庄严，东方三圣二层列殿，药师胁侍日月辉灿。崇恩丈室迎宾话禅，松风雅韵云水三千，广种福田古刹有恒，诚信服务和谐延绵。

（感谢悟端大和尚对本赋的指导）

---

[1] 在1993年重修圆应塔的过程中，先后于塔刹的宝瓶、塔顶的天宫、塔基的地宫中发掘出鎏金小佛像、经书、玉佛、舍利等有价值的文物600余件。

[2] 毗卢佛是法身佛、应身佛、报身佛“三身佛”中的法身佛，在其两旁是帝释天和大梵天。

江南第一松赋

古松曾是地名，大树威风凛凛，根深盘曲占地半亩，干壮合抱须来孩童十名。树高犹及楼三层，冠盖两房遮浓荫。杨维桢当年亲栽楞严庵，另一株罗汉松扎根在亭林。同一人手植，同冠“第一松”美名。松冠低垂似迎客，枝条蟠折如铁筋，松针爆翠叶森森，时有栖鹤清丽鸣，雄气勃发如吼狮，朴茂砥节藏禅心。壮哉“江南第一松”。而今老树新枝叶苍青。

曾经雷火劫，树干内燃三昼夜；再遇雷电击，火起树干心。雷打火烧仍坚韧，树干中空仍镇定。枝虬茂叶显精神，蓬勃兴旺更强劲。天灾接二又连三，雷击烛燃复袭侵，枯干残留亡老树，父老乡亲怎忍心？

江南第一松

时逢二〇一三年，七百年古树闻佳音，老身得添新伴侣，枯根挖去复栽新，旧躯裹包青罗汉，续其魂魄赋其形，新老罗汉因缘深，故土迎新凝真情，喜见枯木又逢春，起死回生续古今。

粗干十围更魁伟，青枝郁郁再繁兴，新枝老松相交融，伴栽小松缀清新。

古意郁然留沧桑，古韵焕然延佳名。

云间第一楼赋

府城松江，府署留墙，九十年代，旧迹变样，台基修复，安座故乡，再度复原，工艺精良，谯楼崇丽，元代式样，砖砌基座，门开中央，梁柱阁楼，气势飞扬[1]，规制宏大，胜迹共仰。

宋代始建，元代重建；大德年间，谯楼外迁；火灾毁楼，至正复建，谯楼高崇，阁飞重檐。明成化年，铜壶置殿，滴漏计时，更鼓喧天，晨起点卯，二更鸣安。明崇祯年，洋钟可见[2]，巧匠翊渼，徐氏钻研，自制鸣钟，郡守礼

云间第一楼

[1] 云间第一楼是国内仅存的两处梁柱式古代楼阁之一。

[2] 明崇祯年间（1628—1644），徐光启孙女甘第大从国外引进了松江历史上第一只自鸣钟。

献，鹤漏鸣钟，上挂楼檐，时钟报时，申城领先。顺治年间，清军攻占，城塌楼毁，满目硝烟，台基犹存，垒墙重建。康熙年间，重行修建，增添榜廊，益壮观瞻。乾隆年间，上下修缮，道光年间，“第一”挂匾，重楼高雄，踞首云间。抗战期间，敌机掷弹，日寇侵占，城楼受难。解放初年，台风摧残[1]，楼阁塌毁，台基未坍。松郡符号，世纪复原[2]，髮老题匾，光耀云间。

仰望谯楼，思绪联翩，城楼高耸，气派非凡，府署门宽，开门纳谏，百姓击鼓，申案辩冤，民声可闻，民意可鉴，顺应民心，方可当官。

谯鼓声息，城楼巍然，书声琅琅，学子志远，松江二中，校门庄严。

青砖灰墙，重檐歇山，券门显豁，城基俨然，梁柱坚挺，傍廊敞轩，云间城楼，寄意高远。

[1] 1950年，楼阁被台风摧毁，仅剩下台基。

[2] 云间第一楼于21世纪到来前的1999年修复重建，现为松江二中南大门。

秀野桥赋

松江鲈鱼，名鱼之尚。秀野桥下，鲈鱼乡邦。沈泾塘里，来船繁忙，小鱼小虾，鲈鱼食榜。水清流急，降海洄访[1]，驳岸石缝，鲈鱼作房。象塘鳢鱼，黄体褐章，头部宽扁，鳃膜可望，看似四鳃，实为红妆。秋夜举罾，游鲈入网，莼鲈秫酒，乡俗尤尚。鱼以地名，唯有松邦[2]，松浦水惠，通海达港，地腴人善，嘉鱼羡往。

鲈乡胜迹，声远名遐。“东南佳肴”，炀帝首夸；曹操宴客，左慈戏法[3]；“莼鲈之思”，张翰归家；李白诗美，东坡赋雅。缶翁髮老[4]，水墨作画。基

秀野桥

[1] 松江鲈鱼是降海洄游性鱼类，鱼幼时在淡水中生长，性成熟时在秋季顺通江达海的河道降海以游，在海水中交配、产卵，春季时后代再游回淡水江河。为国家二级保护动物。

[2] 领衔四大淡水名鱼的松江鲈鱼，是其中唯一以政区地名来科学命名的鱼种。

[3]《三国演义》有曹操大宴宾客时方士左慈现场变戏法钓出松江鲈鱼的情节。

[4] 指吴昌硕、程十髮。

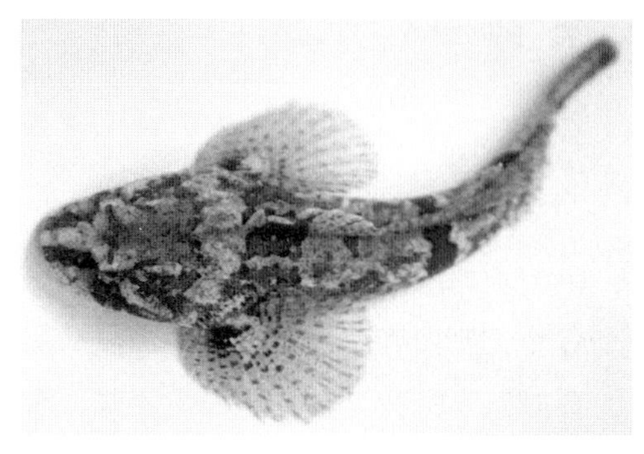

松江鲈鱼

辛格君，品鲈佳话[1]；来尼克松，口福甚佳[2]。肉白肥嫩，鲜美味遐，益补五脏，营养至佳。岁时更替，水路演化，河污流阻，春汛不发。名鱼何在，空叹水花！

重现盛景，有意攻坚。当地渔民，挖塘试验，复旦教授，研究经年，水产专家[3]，多路实验。科研接力，五十余年。原种采集，驯化繁衍，尊重生命，规律当先。生态养殖，淡水加盐，人造激流，洄鱼欣然。人工种群，稳定续延，名种再生，规模空前。石湖荡边，肇建鲈园，西部渔村，鲈鱼游转。河道整治，截污清源。水见鱼迹[4]，桌呈鱼鲜。

鱼集松江，水之馈礼。水变鱼遁，中有天机，科技攻关，再造生机。人非全能，应道循理，尊鱼知鱼，方育奇迹。

---

[1] 1979年冬，美国前国务卿基辛格在北京出席爱国民主人士、实业家荣毅仁的家宴时，品尝了松江鲈鱼。

[2] 1972年，时任美国总统尼克松来沪时吃到过松江鲈鱼。

[3] 指上海水产大学（今上海海洋大学）和上海水产研究所、松江水产良种场的水产养殖专家。

[4] 2009年以来，上海市水产主管部门与复旦大学王金秋科研团队合作，已在长江口放流了数万尾松江鲈鱼种苗和成鱼。

松江清真寺赋

龙墙逶迤，虔情奔涌，邦克落照，云霞辉灿。申城最早之伊斯兰建筑，沪上最大之园林式清真寺。圆柱拱顶，阿拉伯特征浓郁，翘角飞檐，宫殿式风格鲜明。回风汉貌，元味清韵。看格局，北大门外照壁“清妙元真”标志清晰，内照壁“清真寺”墙屏风遮景。

门庭端庄，匾额高抬，敕建真教寺，皇谕写明白，匾额雕双龙戏珠，官员到此下马参拜。门槛高过膝盖，尊显敕建气派。

瞻礼穆斯林，仰望邦克楼。砖砌塔台，如墙如殿，三重屋檐，翘起飞檐，十字脊肩，宝瓶光艳，穹窿拱顶，门洞巧穿，白墙素瓦，和谐庄严，斜阳投射，光彩斑斓。

松江清真寺

松江清真寺礼拜大殿

礼拜大殿，三大开间，斜顶屋面，阔大爽殿，木柱木梁，彩绘图案，厅宽堂深，膜拜空间。穿廊延伸，连接窑殿，无梁无木，球形拱殿，古风犹存，穹顶重檐，花筒透空，明丽光线，西侧披屋，四角叠砖，木制经板，西壁展现，镶金工艺，金辉耀眼。

龙墙透光，气势雄健，波腾澜卷，起伏云间，墙围古寺，寺容壮观。古碑四通，自成碑园，元末初兴，明代墙连，清代续建，嗣后修缮，穆斯林众，敬拜圣殿。

邦克楼前，松挺柏坚，地洁屋净，围合庭院，南北讲经，两堂对面，北堂藏经，古兰经卷，南堂咨议，教义相传。

清真教寺，建筑典范，文化交流，古寺证见。

张泽羊肉庄赋

穿过张泽老街，踏上竹亭南路，马桥村里体验民俗。松江区级非遗项目，张泽羊肉声名卓著。

美味源于元朝至正年间，松江府迎来首任行政官员沙栓，沙栓本为名将，随迁军士驻扎松江府南，名将本是蒙古族人，喜食羊肉乃生活习惯。军士驻下来，习俗带过来。府城之南水清草茂，养殖山羊正可就地取材。蒙古族人爱吃牛肉羊肉，张泽山羊就此养起养开来。山羊可堪食用，烹调清水煮开，宰得全羊入锅中，汤鲜肉嫩美味传开。大锅旺火肇美味，紧煮慢熬罩木盖，技艺流传七百年，精调细烹精华在。

羊肉庄似农家庄，竹制牌楼乡土妆，马头白墙叠叠升，楼厅两栋作膳房，门厅开在两楼间，农家菜肴连盘装，大堂雅座各相宜，厨房飘香留老汤。焖煮羊肉讲火候，木桶连锅置灶上。“咕嘟咕嘟”汤沸腾，“噼啪噼啪”薪柴旺，大锅烧煮火力劲，大块羊肉泛油光。最是神秘老底汤，天天烧煮精华藏，舀出清汤加杂碎，撒上蒜叶卖鲜汤，原汤留底加新汤，笃笃烧烧老锅汤，羊肉

张泽羊肉节

张泽羊肉

经汤煮出味，滋膏丰腴味留芳。

“烂糊羊肉”最有名，烂而不烂入口酥，糊而不黏吃口糯，原汁原味无膻腥，细皮嫩肉软乎乎。白切羊肉品相好，夹精夹油口味纯；羊杂烧汤清而鲜，羊血爽滑羊肺嫩；扎羊肉用芦叶包，酱汁大肉重墩墩；羊宝拼盘摆上桌，细嚼慢吞可补肾；红烧羊肉酱色浓，咸甜适中香喷喷；羊脚连爪带筋骨，滋味微甜装一盆；白切羊肚如雪花，蘸上细盐筷子伸；白切羊肝像豆干，护眼明目功效增；最是难得羊头汤，皮酥肉烂鲜汤醇。客来请尝全羊宴，照单零点菜式真，羊肉烧酒共一桌，浦南至味好温存。

羊肉庄里品羊肉，乡下乡味飨客人。

袜子弄赋

袜作路名，独擅佳名。

通波塘北，浓绿垂荫，老树夹道，车驰人行，古时盛景，只余路名。

溯我松郡，敦本求新，黄婆有道，崖州取经，广植良棉，纺织盛行，改良纺机，布纹细匀，松江好布，天下流行。松江府城，工商繁兴，夜夜机杼，户户倾心，细纱织袜，布薄袜轻，样式精美，暑袜新颖，取代毡袜，长履福景，传遍神州，广受欢迎。明万历年，袜店如云，前店后厂，会聚中亭[1]，中亭桥畔，商船聚停，沈泾塘边，百店经营，棉纺中心，呈现盛景，袜子弄坊，俗称得名。申城开埠，洋布涌进，传统棉布，无力争竞，机杼声稀，布袜遁形，袜店退市，店铺盘顶，民宅宛然，夹弄穿行。跃进之年[2]，水利工兴，拓河疏流，旧屋让行，民国袜厂，空房至今，美化河岸，绿化造景，梧桐两行，对拱成荫，枝交叶叠，主干坚挺，老树虬枝，大叶清新，绿道如隧，树下道平。

时光碎叶，追踪寻影。河埠对岸，有寺禅定，张正权君，削发入定，百日为僧，“大千”得名，心怀愈澄，画作日精，流水依然，古寺消形。弄东有厂，出工艺品，弘扬文化，顾绣复兴，厂去人在，传人专心。接北门街[3]，南通北行，出入城区，履步不停。中山路口，水陆交并，县招待所，满堂乡音，发展大计，集会谋定。

流水畅酣，绿叶遮径，老树凝华，古弄幽静。

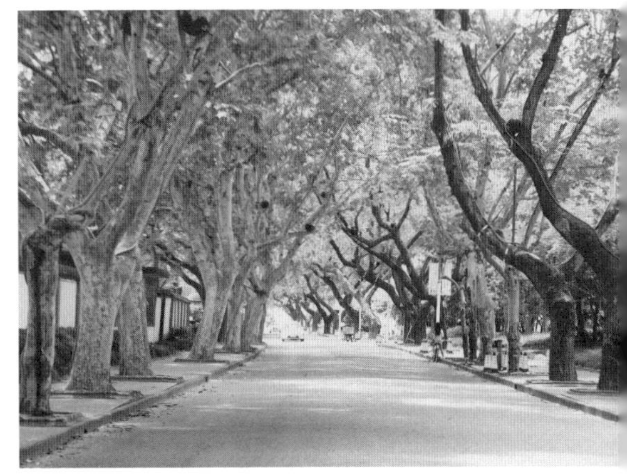

袜子弄

---

[1] 袜子弄原名中亭桥巷，又名亭桥巷。

[2] 1958年。

[3] 今为环城路。

平倭墓碑赋

东南望郡富庶，倭贼侵扰连年，疯狂烧杀抢掠，沿海惨遭患乱，岂容贼寇作恶，各地反抗不断，怎奈敌焰嚣张，官兵围倭败战，朝廷再发命令，张经督军抗战。良将选，精兵练，沿海沿江察地形，倭贼行径复勘检，盐民船民共携手，渔民乡民抱成团，同仇敌忾添壮气，兵民合力保家园。

嘉靖三十三年[1]，时在六月初三，黄浦江对岸叶榭塘，倭贼耀武出贼船，敌船自东向西开，松江南门将遭难。有备而战打水仗，攻击倭寇薄弱点，烟墩坟上烽烟急，将士闻警齐出战。总兵汤可宽，领军把敌拦，黄浦江上摆战场，盐铁塘外伏击战。敌船临阵乱了阵，兵民喊杀声震天，围住敌阵跃上船，长枪勾刀对敌顽，正义在胸身手健，怒气喷发丧敌胆。敌船虽坚悍，抗倭兵民志更坚；倭寇再狂妄，照样叫他血飞溅。刀戈相搏勇者胜，四十倭贼被挥斩，俘获敌寇七艘船，得胜军民塘口还。盐铁塘口作见证，“得胜港”地名始流传。

港口一战，振奋人心，殉难勇士，归而入茔，次年仲秋，墓碑竖立，青

平倭墓碑

[1] 1554年。

石一方，国史留青。碑石素朴出自民间，受难兵民未见姓名，盐铁塘水向东流淌，“平倭墓”三字书写民心。碑石高如立人，正气浩然男丁，碑石宽似厚肩，千钧重担承应。风云变幻，恨奸臣当道忠良束手，惨遭诬陷，张经汤可宽血洒帝京。为免牵连，墓碑埋入竹林，乌云笼罩，令人十分寒心。坟墓不见碑仍在，碑、墓分离雷电鸣！抗战期间复湮没，护碑高手待天青。时至一九六二年，开挖农田见碑形。十五个年头挨过去，石碑扶直立身挺。一九八五年，文保单位置牌铭。日经月累复年年，墓碑原位难找寻。一碑刻留抗倭史，一石长铭家国情。兵民携手可制胜，抗敌英雄得民心。

水清田绿香山村，留存石碑读大明。

颐园赋

沪上古园，斯处为小，用地两亩，布局精到，“因而园”始，明代开肇，望族私园，园主姓赵。道光年间，小园转交，名“罗氏园”，依然小巧。光绪初年，许威购到，易名“颐园”，其情逍遥。民国年间，高家盈抱，南社雅集，诗画同好。新世纪至，重修补造，旧迹依然，古园新貌。

素墙中开园门，方形门框下沉，条石三侧扑地，地坪石嵌花纹，大厅敞门迎客，待等引人入胜。园开小池一方，石桥三曲折身，外腾起伏龙墙，内

颐园

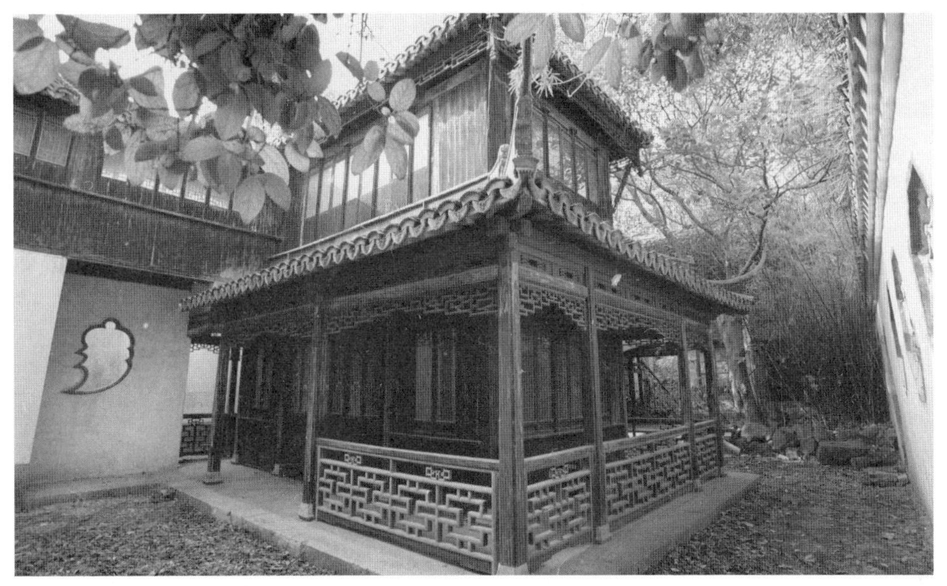

颐园观稼楼（2000年）

贴游廊紧跟。水榭面池临风，池上绿萼缠藤，池边黄石错落，水岸佳卉茂盛。石舫静泊池畔，推窗坐听雨声，颐园自有情趣，端坐听雨文人。花石玲珑堆山，山势峻险纵横，石似瑶琳珍秀，山顶玉峰纷呈，“洞天”连通假山，洞室光可见人，洞内曲径盘旋，出口转进院门。古木郁郁葱葱，老树石隙扎根，山石浓荫覆盖，山树相映相衬。雅斋最宜读书，静室书香育人。对看荷塘画舫，远近游鳞碧澄。金桂幽花如米，耐看松茂竹贞，微园峰回水转，高墙隔绝飞尘。

南园紧凑楼层，南北相望相闻。北楼厅堂连厢，合家起居安身。南楼甚为奇丽，楼上可演戏文，一溜木窗卸却，一座戏台现成。尾角四方高翘，漏窗两面均衡，当年登楼望远，“观稼”乐见收成。

颐园巧见匠心，秀美风姿动人。

隆庆寺赋

先贤陆云有文赞曰，“惟神隆庆，笃生府君。玄祐秀朗，挥景烟煴”[1]，其景殊胜也。明隆庆年间，有僧人建寺于新浜凌楼，取建时年号为寺名[2]，意为隆盛之年庆佛光普照。寺庙仅一亩之地，然信众趋而来之，盖因其地势低平而独不见涝灾，乡民遂感念佛祖护佑之力而朝拜益勤，法师济贫助困，殿前香火炳辉。历经四百余年沧桑，老庙终屋塌墙断，善信莫不惜而叹之。

法师能慧，于荣任大方禅院监院之当月即起宏愿，当以重建隆庆寺为己

隆庆寺全景

[1] 文见陆云《晋故豫章内史夏府君诔》。

[2] 隆庆寺始建于明隆庆四年（1570年）。

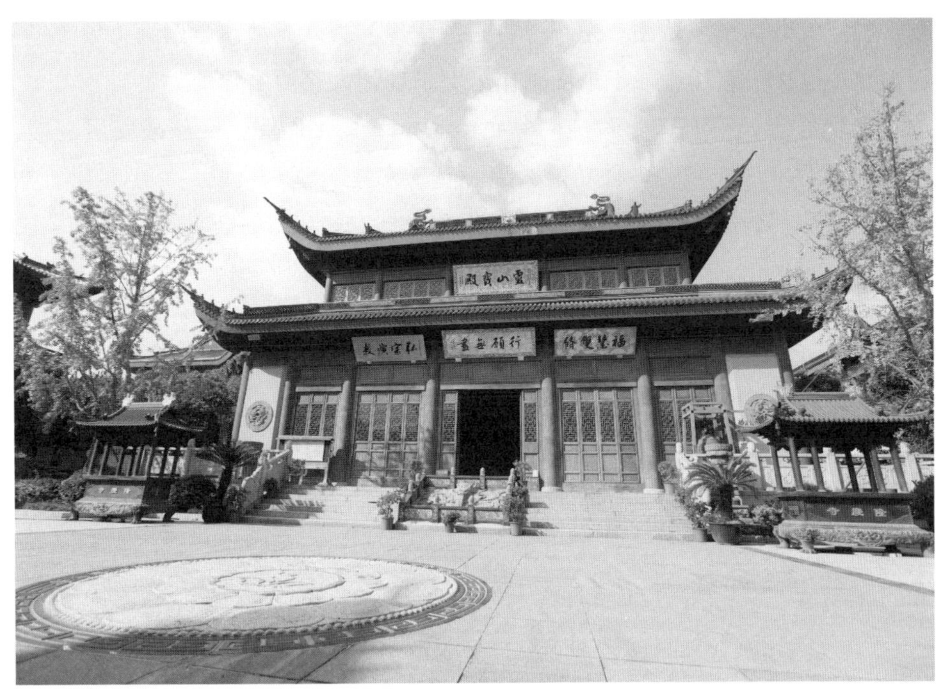

灵山宝殿

任，以不负檀越之殷切期望。经十载筹备，隆庆寺复建工程于二〇一五年荷月启动，蒙政府关心指导与各方善信助力，今已初竣。

秉大方之道，行修身之德，隆庆寺新开沪上普贤道场之先，弘扬佛法，重在力行。

山门殿三门迎客，檐角飞扬而殿势稳然。六牙白象镇守山门，两象皎然相对，为普贤之坐骑也。山门殿中，普贤菩萨慧然湛定，手拈莲花而坐身于白象之上，集理德与慧德于一身。院内，东有钟楼、地藏殿为伴，祈福、伽蓝一楼两殿；西有鼓楼、观音殿结伴，接引、财神楼殿应愿。古风古色，殿院俨然。

正殿为灵山宝殿，道是："佛在灵山莫远求，灵山只在我心头。人人有个灵山塔，好向灵山塔下修。"佛在灵山上，亦在人心头，只要心虔诚，佛缘当可续永久。大殿庄严，三尊三世佛金身辉灿。东、西、南三面，佛龛高居十八罗汉。供坛背面，满壁《海岛观音全景图》，画风宛如唐卡，细腻，生动，鲜明，着色皆用天然矿物颜料，可历久而弥新。画中央，观世音足踏鳌背，神定气静而镇波伏澜。东释《妙法莲华经》救八难故事，西画《华严经》善财童子五十三参历程。于平面画作之上呈现阔大宏丽之壮景。

文化建寺，第三进为藏经阁，底楼法堂、文化展厅，文殊殿安居三楼，讲堂、阅览室、禅堂，多种功能会聚一堂。东是斋堂、会议室、上客房、僧寮；西有厢房，禅茶室。藏经楼后阡陌在望，农禅兴寺好田流芳，但见菜园青翠，果园兴旺。

隆庆寺位于松江城西，与普贤菩萨方位相应。《华严经》九九八十一篇以普贤行愿品压轴，经曰：欲成就功德者应修十种广大行愿。普贤菩萨以智导行以遂众愿，而今，百亩之院以普贤道场为灵山之尊，意在与国运同隆同兴，与民众同安同庆，此意嘉也！

地藏古寺赋

华阳老街经幡高扬，车墩东门村容复新。明代杨园招鹤台，清代改建地藏庵。地藏安居，城东结缘。道场开山，迄今三百七十余年。尊长弘道，“化城安养”性修建院，法统重续，“地藏古寺”悟端扩建。

行脚引香，礼拜九华香火递传，风雨兼程，济世精神动力加添。大愿菩萨立宏大誓愿，两序大众持护法正念。地藏菩萨庄严道场，沪上唯一华阳发端。着力弘扬行愿文化，行愿当以孝道为先。

书画传感行愿文化。两层正殿翘角飞檐，行愿文化殿门张匾，大殿宏敞纵向伸展，抄经桌台恭列中间，天顶亮丽莲花图案，尘嚣不染铮亮地板，藻井如盖天穹收券，行愿菩萨宝光辉灿，唐卡精细色彩沉稳，山水豪放层林尽

地藏古寺

地藏宝殿

染，抱柱楹联辞丰字美，殿壁书画幅大韵远，东单西单佛像镶嵌，一百又八各尽其愿。

戒坛传授行愿文化。二楼地藏塑像四面，前方递进三层戒坛，供坛讲坛规制严整，三世佛像并列高坛，大德高僧开坛授讲，盛会齐颂千部经典，地藏圣诞礼报亲恩，受戒得法四众心安，写经抄经经文入心，听法学法法音润愿，厢壁张满法会画作，画风简练解说经典，展柜展陈款款佛珠，用料广泛工艺精湛。

茶窨传承行愿文化。崇恩禅茶产自福鼎，开光庆典加持善念，虔心入藏十年有恒，杉木封箱茶窨存念，纪念禅茶韵味独特，窨房清香杉木组建，藏茶柜阁缘墙巧设，茶饼茶器长廊延展，禅茶耐品人生易老，安养老者品茶受愿，内僧外众共尝清饮，短修长养共话佛缘，生态有机自然品质，茶禅一味人生体验。

古寺扩建为行愿，佛缘在念结文缘。

大仓桥赋

五拱卧流波，一桥壮市河。仓城旧韵今日可寻，金谷归仓永丰刻铭[1]。寄寓连年丰收期望，承载南来北往使命。中拱高隆，半圆水门弯曲之中见雄劲，边拱渐垂，如环桥孔起伏之际显柔情。青石桥身，挺起坚实津梁，花岗石阶，敞开平缓路径。玉环半沉，五孔桥洞对镜成环，帆影映桥，千舟靠泊穿越明清。桥南府城粮仓吞进吐出万担粮，桥北东来西去千百人。双狮两对，桥顶

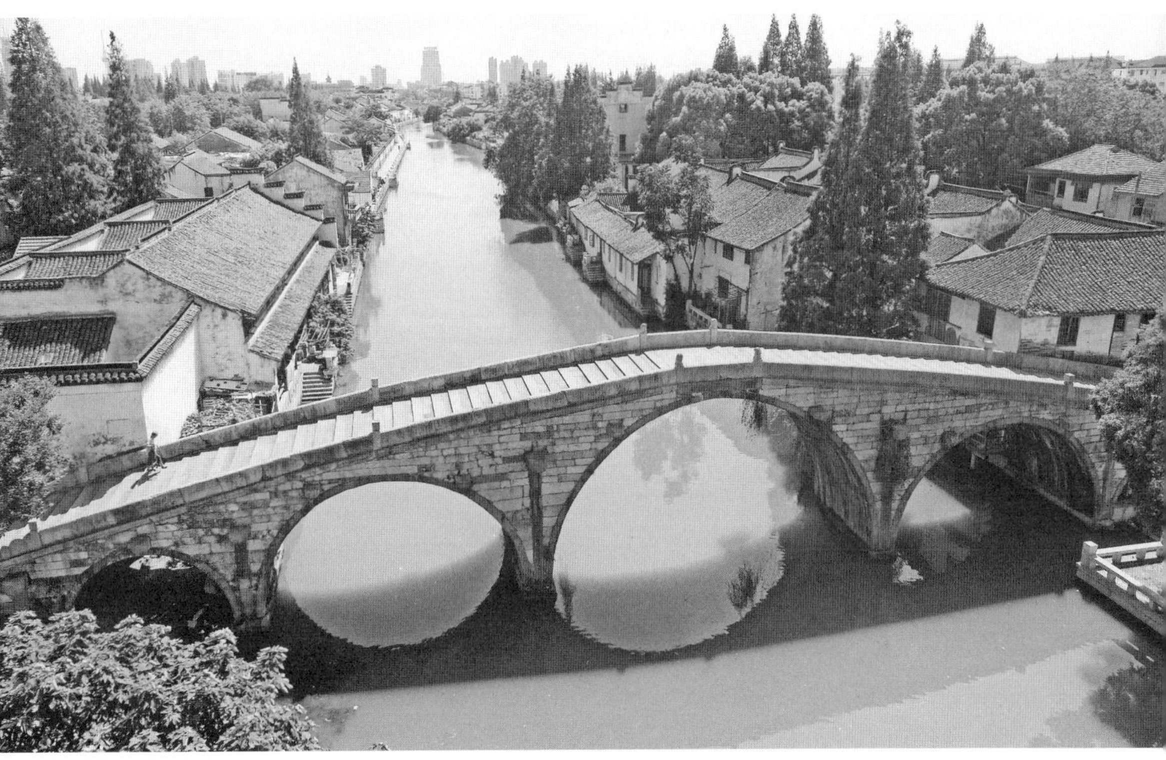

大仓桥

[1] 大仓桥原名永丰桥，明代天启年间（1621—1627）重建。现桥额上刻有“重建永丰桥”五个大字。桥跨松江老市河，长54米，宽5米，高8米，是上海境内仅有的两座五孔桥中的一座。

守护府城安宁，桥联成双，临水吟诵水乡风情。漕舟云集，水道乐迎四乡稻米，船歌互唱，广济天下社稷安定。仓城广场，漕粮出仓香火祈祷，水次仓前，义军誓师反清复明[1]。

大仓桥堍，孟姜女北上曾留停，坐石驱蚊，老百姓造起孟姜亭。崇奉关公，关帝庙前香客心诚，秉仁守义，漕运文化深入人心。灌顶禅院，正堂祭拜忠义关公，古碑两方，明代史迹流传至今。驳岸斑驳，岸石刻录潮水起落，码头宽舒，石阶留存挑夫脚印。桨声未曾远去，流水回响历史余音，仓城市景不再，马头墙砖饱含当年丰盈。

烟雾迷蒙，大仓桥头看得见水景；船去人在，秀南街上听得到乡音?

[1] 清顺治二年（1645年）闰六月初十日，沈犹龙、陈子龙率起义军在大仓桥堍仓城广场举行起义誓师大典。起义军整齐列队，发誓反清复明。

葆素堂赋

秀野桥西宜安家，高宅大院客迎迓，郡治大街[1]渐西延，亲水近城好发家，达官贵人竞置业，仓城流烟入晚霞。

雨过水流数百年，仓城见老待重振，古宅老楼渐修复，名堂旧厅得新生，君看今日葆素堂，稚童欢颜唱歌声，幼儿园在古厅堂，触摸历史抚旧痕，屋主故事虽遥远，官场智慧胜他人，留得素心在人世，许门延续好名声。嘉德祖上出举人，为学为官皆有成，父为国子监学正，才学超众著述存，许门勤学家风传，嘉德为官知县任[2]。

葆素堂

[1] 郡治大街即今松江老城区的中山路。

[2] 许嘉德曾先后任镇海、山阴、平湖县主官。

葆素堂内景

事在当年，“杨乃武与小白菜案”[1]，平湖任上嘉德审判。慧眼识案辨疑点，何断何决颇为难，假若维持原判决，男当事人会蒙冤，假若推倒重定论，众官虎视在眈眈，进亦难矣退亦难，升堂之后起突变：案审一半人惊颤，主审县官倒地瘫，师爷见状呼退堂，停止审案搁一边，他人连通办冤案，嘉德明理出涡旋。日后朝廷来平反，牵连众多作弊官，亏得嘉德有巧招，假装昏倒避祸难。人赞嘉德是清官，有智有慧不苟全，官场积弊深如海，正义在胸翻案难，无奈之下出下策，蓄素守正不冤判，“葆素堂”匾传家训，素心如练尘不染，许家堂名蕴深意，嘉德为官记心间，大屋十埭九庭心，立人一秉祖训传。

大屋高敞明末建，遗存二埭声名远。规模已缩小，形制仍宏灿，厅宽五

---

[1]“杨乃武与小白菜案”，发生在清朝同治年间（1862—1874），余杭知县刘锡彤严刑逼供制造了一起诬陷杨乃武与葛毕氏（人称“小白菜”）“谋夫夺妇”的冤案，后朝廷数度更审，最终当事人得还清白，参与制造冤案的一众官员被撤职查办。

开间，屋脊翘飞燕，重檐遮厅前，挡雨护门面，圆柱垫青石，柱高檐下宽，屋面坡平缓，微翘壮观瞻。落地门透光，窗户连门扇，上部格窗细，腰下刻花瓣。厅堂九架梁，进深三开间，柱上搁梁架，梁上叠梁连，梁端架木檩，抬梁构规范，梁上见雕工，枋上刻图案，云雀传喜讯，荷花喻清廉，彩绘已褪色，痕迹依稀辨。庭心石铺地，隔墙前后连，晴光筛树影，旧树已更换。二进二层楼，底层高又宽，东西连一体，马头墙向天，两端留厢房，中庭凹后面，楼厅木板壁，后缩伸屋檐，瓦筑双坡面，瓦当缀花边。楼梯折直角，二楼铺地板，楼上层高低，仍可挺身板，前后开明窗，窗紧视野宽。

参观葆素堂，堂高存素颜。院落虽减少，素朴意长远，建屋如建业，世代家风传，建筑蕴文化，育人功巍然。

百年许家厅[1]，如今得修缮，孩童如雀跃，乃是幼儿园，古人虽作古，古风长盛繁，葆得素心在，美在大屋间。

[1] 当地居民习惯将葆素堂称为“许家厅”。

艺云阁赋

明代御史朱家宅门，易主顾家转手陆家，王君绍文[1]购得此宅，丁丑之年[2]添建前厅，明时仪门亦得修缮，迄今，旧时格局犹存。当年门首之扇庄，已焕然为文创艺品陈列之室；当年开塾之课室，亦时有修学之孩童围桌而慕学。旧宅墙高院深，屋主品高德馨。抗战期间，松江沦陷，校园荒废，为人师者王子彝无以为业，九口之家生计堪虞，然王先生坚拒劝诱，绝不以伪职为任。慨然以学养为谋生之本，以老宅为养家之基，开扇庄、鬻文字、办私塾，艰难度日而风骨傲然。

今日王家老宅，前厅临街而南向，小青瓦覆盖三开间平房之顶，东西两壁素白，中间凹进一厅，以隔板拥中门两扇而为壁，门上隶书匾额“艺云阁”凝重端庄。进得头门，甬道深长而花木郁茂，老榆三株，静立通道东西，枝干冲天而叶色葱茏。高墙迎面，中开仪门，门当已阙，须弥座残存，座石之侧镌刻梅花树下回首之鹿，图案虽简虽朴，宅主乡情至厚至浓。过小院，两层楼房两重檐，江南风格毕现。屋外侧砖排铺地面，抬步上得门前，花格长门格子窗，进门须得跨门槛。举首端望，条屏一幅养眼：“艺云阁艺术空间”，恰如其室之端正而秀畅，更有王子彝长子尚德手书“庄敬日强”，使访客感受王家庄严敬慎而自强不息之家风。王子彝以德艺双馨而为邑人所敬重，向时，松江商市最集中之中山路上，店招多为子彝所书，其字苍劲

艺云阁

[1] 王绍文是王子彝的本名。

[2] 1937年。

艺云阁

有力，深为松江人喜爱。其子尚德，毕生勤学练字，书风清朗淳雅，亦以书法成名。儿媳沈元吉，亦为书画家、诗人，曾于戊寅年[1]随王尚德联办伉俪书画展。王氏名宅经保护性修缮，以“艺云阁”冠名，意在传承子彝父子热爱桑梓，热心书法教育之美德，让艺术润泽云间，可谓是名实相符，吾邦之幸也。

王宅开放之日，亦为王尚德纪念室及《庄敬自强——王尚德书法展》开展之际，实乃相得益彰也。旧居二层三开间格局依然，格窗新作，梁柱犹存，门厅适然，厢房规整。伫立屋中，当年学童课读之声似犹在耳，静观室内，王氏父子及元吉相片与事迹展陈上墙，各式正、行、隶、草、篆体书幅张挂示展。王子彝“学书不厌似狂痴，一波三折倾全力”，故所书之字力透纸背；王尚德“雅兴自随江浪涌，豪情更逐榴花来”，故观其所作，其雅趣循祖师严谨之章法而阐发，其豪迈之情承先辈健朗之风骨而益盛。移步老宅，满壁书法，艺韵流美，墨香传芳。东厢房有一梯通向二楼。推窗北望，高墙围合，空旷天井透进晴光。后院，留有清代水井一眼，与前院之明代古井相呼相应。举目四顾，果树与杉树错杂而生。

初秋时分，后院前院白墙映衬嘉树绿草，庭院深而气息新，古意存而室静雅，斯处真为云间艺术之宝地也。

[1] 1998年。

人然合一古枣林赋

古枣苍郁树厚朴，老干斑驳默无言，谁知穆然贞骨中，浓缩古枣苦与甘。

六百五十亩田园，栽种古枣树四万，原生鲁豫冀晋陕，换代更新把家迁。曾挂红艳喜满枝，扎根生存百千年，乡里人家挥竹竿，打下秋枣千千万，青枣红枣纷纷落，你拾我捡装满篮。枣儿鲜，枣儿甜，枣树年年有奉献。高树打枣人烦难，树老果少须更换，生产方式在进步，高龄枣树出枣园。幸遇陶家建君男，怜惜老树把树搬，古树不再当柴烧，古树不再锯成板。生命在延续，历史在递展。小心挖掘，费心辗转，细心种植，精心照看。易地亦成活，深叹生命力强悍；异地也昂扬，大赞土地神育涵。

新芽变新枝，新枝换绿颜。春发夏长，老树俊扮，纵生横逸，成林成园。汲取盆景意蕴，古树造型改变，不再蓬头垢面，修成新郁凝练，虬枝劲臂舒放，老树绽出欢颜。或如古松鼎立，或似苍龙舞天，或若玉臂迎宾，或像灵凤在田，或仿斜棍撬石，或同五指托天；或呈围抱之势，或现苍郁之寒，或罩田垄之荫，或张遮雨之伞，或显健朗之态，或发青森之繁。枣树鳞次栉比，枣林繁郁绵延。

古树当年曾产枣，小枣金丝声誉贯，千里来迁石湖荡，年迈再入新家园，千年枣树两千株，满园树龄超百年，北树南移竟生根，不择地力刺仍尖，花稀果少莫嫌弃，结出珍果味更甜，龄老干壮仍魁伟，古意浓郁壮观瞻，护得古树续长命，园艺塑身形雅观，更喜更多爱树人，来购古树种门前。

古枣树

古枣林

古树自有古韵在，经风历雨高风存，留得当年老树在，记得历史留住魂，圆干柱柱列成阵，古貌如今田中伸，身形化变魂不易，缺枝少叶仍精神。

人然合一是天道，人与自然共依存，古枣园林秀浦南，北树南林景象真。

思鲈园赋

旧城改造，文脉再牵。秀野桥畔，名鱼兹兹在念，四鳃鲈鱼美，旧日常相见，而今流水依然桥宛然，游鱼游进水乡的思念。秀野桥东辟公园，思鲈思古，抒发乡恋。

巨石峥嵘，灵气盎然，石刻园名，花草围团。东首小照壁，砖刻群像现，历代书画家，寄情山水间，尚书董其昌，牌坊石柱奠，巍然大照壁，气势更冲天，壁檐飞翘角，书画刻经典，松江三文敏公[1]，依山恋水长卷。

长廊蜿蜒，与园外大道同向同行，可遮挡风雨；连廊可观，有农耕孝亲砖刻图画，具传统内涵。连廊廊亭相接，由亭入廊寻旧时音韵；长廊亭廊相连，出廊进亭观鲈乡画卷。

地处老城中心，最宜老宅迁来。雷补同宅乌瓦格窗带门开，雷圭元纪念馆装饰设计大师光彩长在；张祥和宅屋脊平实两头起翘好似龙头抬；看老树之下掩映楼两层，胡瑞龄宅高墙深院，质朴之中显气派。

思鲈园

[1]“松江三文敏公”是指赵孟頫、董其昌、张照。大照壁亦名“松江三文敏公书画”，背面刻有“鹤舞云间”“夕照鲈乡”和“陆机《文赋》”，展示了他们的佳作。

紫薇花开，风来雨去看芭蕉添绿，修竹猗猗，日晒夜露见青草自在。

思鲈园，喧闹都市的宁静诗篇，老楼墨然楼无言，平房平实不平凡，方亭阔然亭舒展，长廊通透今古连，砖道坦然接幽境，老树苍枝展翠颜。

思鲈园，十里长街的文史公园。云间风物上照壁，书画名家赞先贤，稻作文化画农人，孝亲故事长廊传，文化聚落添胜景，精心布局耐赏观。

雷圭元纪念馆

朱季恂宅赋

十里长街始自古华亭县城披云门外，因东端最先幸沐朝阳，城东遂名“华阳”。曾有华阳桥一座，桥毁名续而成一镇之名，集镇得北泖泾与盐铁塘交汇之水运之利，现代又获北松公路陆路往来松闵之益，街市繁盛而集镇兴盛。今存老街八百米，断续之际，复修已始。盐铁塘塘北，三里桥侧畔，有整修如旧之老宅显露于墙门之内，邑人称之“朱家弄堂”，乃松江名门朱氏世居之所。

旧宅外墙由古砖改筑，凝重而文雅。门头新开，可不经弄堂而直入，门檐下，木质“朱宅”牌匾黑底金字，犹如老宅于沉暮之际挥发之人文光华。旧时，门楣曾有“正大光明”四字，乃中国民主革命先驱孙中山莅临所题。正厅五开间，落地长门带格窗，外铺浅级条石，石础奠木柱之基，承一屋之梁。厅内，雕梁立栋，壁白地青，冬暖而夏凉。后埭宅楼二层，三面围合，

朱季恂宅大门

宜合族而居。宅前天井晴光透亮，冬日可晒暖阳，天雨，则可避户内，檐下赏雨而身不湿。底层依然落地门窗，二楼短窗木壁，上下外壁皆为木作构成。缘木梯登楼，木地板已然换新，然朱家人之气息犹在。

朱季恂宅内景

长子伍达，名如其人。昔司马迁有“四通五达”之说，意为四通八达，交通畅行而无阻也。伍达毕业于交通部上海工专，抗战期间辗转于崇山峻岭，修筑滇缅铁路线路，致力打通援华物资运输通道，后因伤转至重庆，专事抗战铁路线规划设计，恪尽第一代铁路工程师之职守。

叔建、季恂昆仲，一为孙中山好友，一为孙中山弟子。叔建以松郡兴革为己任，追随孙文先生北上南下，效力国民革命，继而从事新闻文教，倾心为国而不遗余力。季恂唯三大政策是从，受孙中山委派，在松滨组建国民党江苏临时省党部，后留居广州，任职于国民党中央。其忠诚革命，直道耿介之风广受同志尊敬，柳亚子感而为之作传。

孟匡，伍达之子，民盟盟员，抗战期间，父筑滇缅铁路受伤，孟匡随之转至重庆，以国立艺术专科学校美专所学之才艺，从事美术宣传。抗美援朝时，任志愿军炮兵文工团宣传干事。回沪后长期从事美术教育，著有《中学木工美术制作》一书，列为市级统编教材。晚年热心乡梓文化建设。

怀新，伍达爱女也。自幼涂鸦喜画，少年即赴苏杭就学，师从林风眠、吴大羽先生，抗战期间，于沙坪坝国立中央大学本部得徐悲鸿、吴作人、傅抱石之课授，于兼收并蓄中渐然自成一家。怀新擅画花卉，其画作大胆奔放又工整严谨，挥洒自如而画中有诗。油画《甜梦》《向日葵》屡获好评。与俞云阶伉俪授徒无数，刘文西、戴敦邦、谢春颜为怀新所教授之佼佼者。

朱家一门五俊英，游子爱国为民。声名再著，总有未名之时，树高千丈，总有老根肇始。朱家之根在华阳老街，成就之源在门风端正。

风入天井，朱家弄堂呼然。名人已然远行，空屋盛世重整。旧日场景已茫然，左邻右舍亦迁居，老街风貌已化变，然而，朱家名声长留传，重义尚文，名门迭代出乡贤。

辛丑[1]盛夏，台风“烟花”肆虐，然老宅又一次经受了狂风与暴雨之侵凌，室内无漏水痕迹，庭心积水浅而无虞。立秋前两日，余得以重访三年多前来此后写下上述文字之老宅，此时，院内轻轻溢出淡淡的九里香花香，在黑白卵石铺设的枯山水上循长方形旧石步道而行，曾寂寂无人之地已安绿植、增荷缸、张灯彩、见人群，前厅东西贯通，郁郁古意中，参加暑期社会实践的二十多位学生戴着口罩，正在参观“巧手颂恩　辉煌百年——庆祝建党100周年剪纸艺术展”，展品全部由当地居民创作，或巨幅大框，或系列成组，拙朴粗犷古风有之，纤秀端丽画风有之，繁密浓烈画面有之，简笔流畅章法有之，装饰窗花图案有之，文人白描技法有之，以剪、刻、撕之法将纸面镂空，在尺幅中虔心创作，寄托真情。这些作品绘领袖神采，展英烈气概，溯奋斗历程，颂党的领导，抒爱国情怀，摹家乡胜景。民间艺术，魅力独具，朱家老宅，凝情聚爱。

转至后埭，木匾上“庆阳书屋”隶书高悬于走马楼中厅门楣，木门木窗木壁合围中的庭心虽小而无有仄紧之感，盖因建筑上承天光，天空之辽阔与庭心之虚怀相通之故。车墩镇文体所陆群老师介绍，后楼以书屋名之，实为华阳桥乃至车墩之公共文化会馆。以方才眼见之场景，此话确实。再行探访，但见图书室所藏新书主题鲜明，以江南文化记述和研究及文学名著为主，亦有文创新品缀点书橱之中。而阅览室则特地置备两排造型简洁、线条刚劲而稳实厚重的古船木桌凳，这无声的旧料新作，似乎在告诉读者：勿忘历史，勿要浮躁，打实根基，踏实做人。我想，如得暇端坐其间，握茶一拳，对书一卷，当有定定然之韵味。而隔壁的“钱斌民俗文化收藏展示馆”，于敞屋明堂之中陈展以木制漆桶为特色之盛器，令人感叹江南木作形状之美观，用途之广泛，工艺之精巧，器物之耐久。西首，有雅集茶座，四幅瓷板仿古画屏

[1] 2021年。

庆阳书屋

贴墙而挂，一桌居中，五六把实木宽椅拢围，正可供文友谈诗论画话古今，这时，你就会感到，所谓的优雅，大抵如斯而已。

出仪门，从前厅返回，得知庆阳书屋二楼即将专辟“故乡之路——朱怀新与朱氏老宅”常年展览，底楼东首第一间已窗明几净静待江南笛王陆春龄之子来此开设“陆星毅洞箫工作室”。届时，可于悠悠箫管乐中观画展，选新书，赏书联，诵古诗，鉴民俗，读镇史，闻花香，品山茗，参与老屋不老之现场体验。

归来，余自思，是访客回到了那时代，还是老屋活进了当下的时光？想想，两者皆是。

醉白池赋

江南园林，沉醉古风者多也，以“池”名园，且园主自“醉”而欲“醉”游人者，独醉白池也。

斯园为沪上五大古典名园之一[1]，又为五园中存史最久者。宋代进士朱之纯，于谷水之阳营园，始名“谷阳园”。明末，乡贤董其昌等于此吟诗作赋，为之题额。清代，画家顾大申仿北宋韩琦慕白居易而于安阳筑醉白堂之举，修筑松江醉白池。园名“醉白”，意为园主陶醉于白居易诗歌之美好意境且乐于“中隐”闲适境界之中。屈指算来，由初建迄今，已九百年有余矣。

园门如今面西，门庭有三间之阔，重檐翼角，金字题匾，石狮一对在前，

醉白池

[1] 上海五大古典园林为：豫园、古猗园、秋霞圃、曲水园、醉白池。

醉白池照壁

五色泉

细观雕梁，有喜鹊正登枝，丹凤喜朝阳，中塑华亭翔鹤、五茸奔鹿，松江历史地理之特征昭然。

入得门庭，有“清代醉白池”照壁迎面，壁为巨幅砖雕，揽全园胜景于一图，雕闲适之态于壁上。池上草堂隐于茂林修竹中，高人卧榻仙鹤来伴，仕女折扇移步水云间，鸿雁戏水池上清荷绿。远处方塔秀立，城楼高企，民居宛然，九峰缥缈。

清代“雕花厅”，古朴素雅，静对时光，结体俊朗，造型精干，格子门窗，精工满堂。前厅雕百花，花含情，苞含笑，神态细腻，如开如放；花瓣美，花叶纤，似真似幻，仙姿仙容。后厅演义三国，文谦武威，形象生动，场面壮观，足以动容，精致精湛，魅力无穷。

叠石为池，筑石为峰，水从峰中泄然而下，是“五色泉”也。峰石高而水常沛，池浅小而根脉深。相传葛洪先祖葛仙翁炼丹于松江西湖，丹成投入水中，湖水即泛五色，邑人视若福泉，谓读书人或为官者如见五色之水，必高中高升。

小山之上，有“来云亭”，砖砌座栏，坐无倚靠，躬身读书，勤学是道，四柱撑顶，柱直顶翘，檐角如官帽之翼，此亭意在劝学，寄学而优则仕之嘱望。

“读书堂”[1]，篆体匾额高挂，格子长窗格子门，屋栋高隆，前置走廊，媲美兰亭，齐名东林。门厅开敞，文风浩荡。四方小桌，内置外放，泡茶品饮，饮者脸泛红光。

---

[1] 松江华亭读书堂与绍兴兰亭读书堂、无锡东林读书堂为江南三大读书堂。

湖畔“草亭”在望，草覆顶，素柱栏，上下皆本色，里外均旷然。昔人南村曾辍耕，“破翁储书”三十卷[1]。草堂耕读乐在泗水，草亭纪念陶翁宗仪。好景当赏莫误时，辍耕小憩君可知？

鹤立亭头亭外湖，亭呈六角，别具风貌，顶陡而峭，似陆机文才出众而傲立之势，鹤足单立，似英才眷恋故乡之意。华亭鹤家乡，唳鹤存念想[2]。亭连“湘真榭”，英雄意气同。抗清志士陈子龙，书斋曾名湘真阁。水榭穿湖走弧形，亭榭碧水记英名。

俄而见丘，丘筑六角小亭，金顶，佳名“玉樊”。名出神童夏完淳诗集《玉樊》。少年七岁会诗文，英勇抗清不屈身，壮烈殉国，金辉永恒。

寒梅旧年开，雪海香阵阵。大屋“雪海堂”，史上有名声。堂高屋开朗，俨然五间厅。中山先生堂前会见松江代表，重要演讲激奋人心：革命仍需同志努力，救国须以教育为重，松江各界道远任重[3]。香雪年年芬芳，奋斗永志不忘。雪海而今变方池，泉喷鱼翔，梅树已消逝。

中心景点，看“醉白清荷”[4]。长廊围绕，云墙迤逦。楼阁精致，石池居中。池石巧缀，怪石笋立，池上草堂，精雕细刻。水石精舍，一屋跨水，流水通池，深幽多姿。曲栏横椅，走马回廊，堂正屋端，字匾高张，横屋稳跨，气度优雅。堂前小桥，湖石砌架，经年冬青，挺秀湖边。桥东古厅，四面厅窗，“柱颊山房”[5]，屋主香光，面池吟诗，轩明气朗。百年牡丹，园中可望，粉妆艳容，谷雨开放。浓荫高树，古木香樟，参天雄姿，秀丽衬傍。池西亭榭“半山半水半书房”，观赏清荷，绝佳地方。初夏池蕖，婀娜奔放，盛夏莲开，别样红妆，秋赏风荷，老叶翻浪，清芙摇曳，醉心难忘。大小湖亭两相对应，“莲叶东南”，风卷叶澜。花露幽香，可近赏牡丹。六角西亭，观鱼最

---

[1] 元代著名文人陶宗仪在松江泗泾躬耕，耕余不忘将坊间传闻、读书体悟记录于树叶之上，并将树叶储藏在破瓮之中，十年之后，录成三十卷的《南村辍耕录》。

[2] 西晋大文学家、书法家陆机临刑前遥望家乡，充满感情地说：“欲闻华亭鹤唳，可复得乎？”

[3] 1912年12月27日，孙中山先生在雪海堂会晤松江各界人士代表，并发表重要演讲，演讲后，孙中山先生与松江同盟会会员及各界代表在雪海堂前合影留念。

[4] “醉白清荷”是松江二十四景之一。池上草堂张挂的白底隶书“醉白池”是国画大师程十髮的墨宝，堂内“香山韵事”横匾由著名书法家胡问遂题写。

[5] “柱颊山房”是明代礼部尚书、大书画家董其昌吟诗作画与会友之处，亦名董园，因四面开敞，又名四面厅。

醉白清荷

切近。船屋“疑舫”，水上神韵，其昌书房，文墨香光。

移步长廊，花圃缀藏，冬梅昂然，牡丹春放，夏蕉轻摇，秋桂芬芳。

池南长廊，石刻嵌镶，《云间邦彦图》，工笔刻画壁放光，绘稿徐璋，绘图作词由改琦补上[1]。松郡名贤一百一十人，神采俊昂，个性突出，形象难忘。黑底白线，笔触圆润，工笔巧绘，精工刻仿。乡贤为民，文史存档，石像栩栩，文脉煌煌。

池北“乐天轩”，清幽空间。仰慕白居易，轩名乐天。小轩紧凑，居室净然。六角后窗，葱绿满框。银杏透进古意，竹林墙侧掩藏，花奇木荣，石怪路偏。

轩东一石，竹木丛间，“廉石”凌霄，壮志冲天。华亭张弼，南安为官，告老还乡，麻石为伴，乡亲敬仰，裔孙捐石，廉洁为官，斯石为范[2]。

赤壁双赋，真迹保护，名家书法，赵氏孟頫。前赤壁赋，俊逸刚劲，后赤壁赋，俊秀端庄。刻石留痕，流畅行书。艺术碑刻，画廊集萃，“韩范先

[1]《云间邦彦图》是对松江91位乡贤的画像和赞词，于清乾隆年间（1736—1795）由松江人徐璋绘写，后由画家改琦补绘散轶之作，现共刻石30通，陈列于醉白池南廊。

[2] 华亭进士张弼任南安知府多年，告老还乡时身无旁物，只带回凌霄怪石一块，后老百姓口口相传，呼此石为“廉石”。1931年，张弼裔孙将此石捐给醉白池。

声”，董其昌书，“文魁星象”，组字作画，“难得糊涂”，郑板桥书，观音画像，吴道子作，“正心诚意”，方家孝儒，竹叶诗碑，组叶成诗[1]。

白玉广玉，开“广兰院”，亭接回廊，廊亭连缀，佳树葱茏，名花开艳，玉兰科属，栽植周边，曲廊闻鸟语，小亭赏花香。

雪梅亭，晚香亭，亭在廊中，廊伸亭外。月洞园门待雪来，四方柱内接晚香。

赏鹿园中“赏鹿厅”，雕花韵味待访寻，方板浮雕，门扇添彩，牡丹蔷薇、梅花海棠、六角格窗透隔墙，借得好景来。吴王狩猎，开境至功木板留画，神游五茸，意在美境。鹿厅西壁，浮雕六幅，松鹤长寿，双鹤清鸣，云间是鹿乡，相依更相亲。

奇木笼丘，山巅有亭，亭名“芙蓉”，形容松江九峰之秀美如芙蓉九朵开绽。亭顶葫芦，福禄佑众。水榭“听鹤”，四方造型，花树垂荫，清流低音。

“十鹿九回头”，石雕赫然，石上刻雕十鹿，九鹿回头回看。鹿蹄劲健，神态毕现。云间富庶地，食禄游子皆思归。乡情脉脉无穷已，故土恋恋归故里。

醉白池，古意盎然是名园；醉白池，绿意欣然是佳园。

十鹿九回头石雕

[1] 相传关羽与刘备失散后，曹操劝关羽降曹，关羽勉强答应只降汉廷，留在曹营。为表明思念刘备的心迹，便画了竹叶组诗：“不谢东君意，丹青独留名。莫嫌孤叶淡，终久不凋零。”

邱家湾教堂赋

松江老城北侧，有水名曰邱家湾，而今河已湮塞，路名犹存邱家湾。

邱家湾，有教堂，尖顶拱门哥特式，立柱如锥向天刺，意大利籍传教士，松江传教由此始。一六五八年[1]，徐光启孙女许徐甘地大献地百亩助资，邱家湾教堂开建于此。一七二四年[2]，朝廷禁教，教堂损毁，长期废弛。直至一八七四年[3]，废墟上建成新教堂，设计者是法国马历耀修士。时至一八八六年[4]，察院考生三月闹事，有人闯入纵火，过半建筑遭受损失。次年赔款下达，重新整修，教堂形成哥特式。

邱家湾教堂

[1] 清顺治十五年。

[2] 清雍正二年。

[3] 清同治十三年。

[4] 清光绪十二年。

邱家湾教堂内景

正门三角尖顶，顶上高擎一架十字，四柱依序安架，五门分清主次，立面犹如飞机，天宇哲理探知。教堂十字造型，竖长横短比例合适。堂内深邃雅致，廊柱纵横交织。座席整齐简洁，祭坛鲜花奉侍，殿堂高朗宽敞，最宜典仪赞诗。

县级文保单位，承载光荣史实。松江创造好经验，各界人民代表会议在此召开，新华社社论称赞这“是值得全国人民注意的一件大事”。

全国解放，民主建政不可忽视，召开各界人民代表会议，革命领袖十分重视。一九四九年九月二日，毛泽东电文发出指示，华东局饶漱石选择松江率先尝试，邱家湾教堂迎来松江县各界人民代表，九月三十日至十月四日，首届会期正逢新中国成立之时。二百八十六名代表听取报告，参加讨论，提出提案，议论恢复生产，发展文教卫生多件大事。毛泽东闻讯欣慰之至，批示全国各县学习松江经验，“一律仿照办理”，把开好各界人民代表会议作为“极重要的一件大事”。松江作出榜样，全国纷纷仿照实施，县级盛会创历史。政府听取意见，团结人民获支持，民主建政靠人民，人民代表大会是有效形式，探索建立人民民主制度，松江进行了成功尝试。

想当年，锣鼓喧天彩旗飘，人民代表参政议政热情奇高，教堂内洋溢民主气氛，大会后全体代表留念拍照。

一座西式教堂，写下一段中国历史，松江影响全国，会场也有功劳。

永兴桥赋

响板桥，桥板响，响桥板，板桥响，板响桥，桥响板。

小昆山北遗古桥，东北桥港水浏亮，荡湾湾里聚人家，谢家村头桥板响。

一说康熙五十年[1]，三跨石桥得开建，一说在道光四年，桥面镌刻明时间[2]。领头石匠谢永兴，“永兴”桥名仍凸现。

一桥横跨村港河，南来北往更方便，桥身整长二十米，桥面二点五米宽，桥墩四座托三跨，河心双墩台厚宽，承梁枕石刻花纹，桥名刻字六角圈，两端两跨呈斜面，引桥伸向河两岸，横看清秀又干练，东西两侧长石

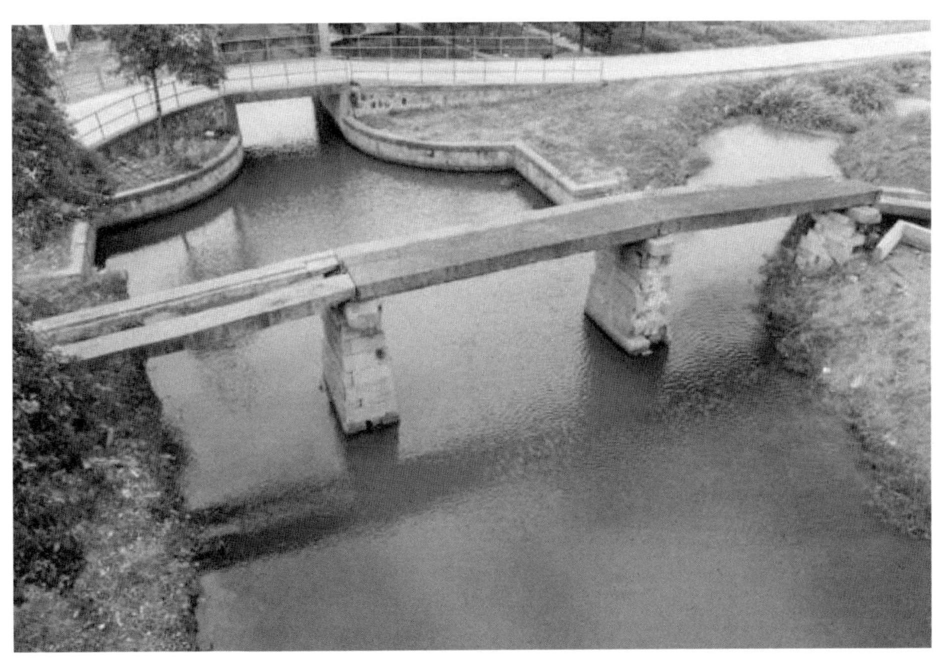

永兴桥

[1] 即1711年，此说见于2011年出版的《小昆山镇志》。

[2] 位于小昆山镇永丰村谢家村的永兴桥俗名响板桥，桥铭刻的建桥时间为“道光四年”（1824年）、“桃月重建”。

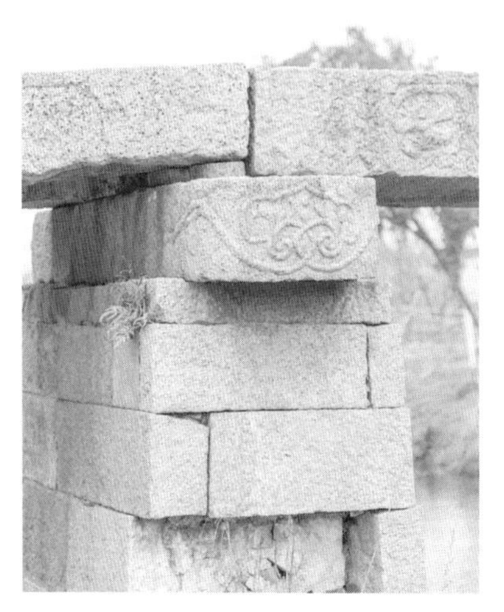
永兴桥桥墩

板，条石稳架无扶栏，人行其上步行缓。最是令人叫绝处，桥面中间搁响板，石抠凹槽方板铺，槽口毛糙不平展，方石进槽留间隙，人踏方石响连连。两侧梁石自稳笃，乡亲行走两侧边，陌路人来走中间，脚踩桥面响石板，石板声响报音讯，外人进村信号传，盗贼踏板不敢进，“扫荡”日寇惊破胆。响板石桥安响板，石板一响促防范，江南水乡多桥梁，响板石桥难得见，响板石桥名气响，利通利行利安全，坡缓桥平行走适，节省不少石材钱，谢家石匠有智慧，造桥搁放响石板，长度跨度皆为最，松江第一板桥冠。

谢家村民百多户，勤于耕作种农田，当年地僻路遥远，聚户成村保安全，防偷防盗保家财，石桥犹如设卡关。时迁世变二百年，桥石曾投窑火炼[1]，荡湾平整拓农田，桥下河道曾被填，引桥条石被移走，桥中响板皆荡然，桥墩叠石现缺痕，无奈替补水泥板。而今村落已拆迁，万亩毗连水稻田，农田水利重整顿，河水重流桥下边，古桥老身缺双臂，怎忍古桥缺响板？！喜闻古桥获关注，文保名录已列添，但愿响板重回响，荡湾古迹竖平原。

[1] 据《小昆山镇志》记载，“原桥上少量青石在1958年被挖去烧石灰”。

大方庵[1]赋

黄墙赤心，助力革命，偏界禅院，民声呼应，大方干云，方家知行。

乾隆之年，时值四三[2]，先行者至，广能创庵，庵名大方，四合庭院，佑保安宁，村民募捐[3]，三县交界[4]，地偏界远，小河东南，小庙宛然。种下银杏，对门护院，榆树两株，分植内院，清净乡野，梵音播传，礼佛修行，身定心安。

民国年间，农工呐喊，“八七会议”[5]，危局力挽，江苏省委，陈云派遣，

大方禅院

[1] 大方禅院原名“大方庵”。

[2] 指清乾隆四十三年（1778年）。

[3] 寺院最早建于钱家草村，据说，该方位建庙可以保钱家草村、吊钩浜村、水王村、鸭头漤村、雪家浜村五个村的平安，村民乃出资助建。

[4] 位于松江、青浦、金山三区交界的新浜镇西南方向大方村。

[5] 为挽救大革命失败造成的危局，1927年8月7日，中共中央在汉口召开紧急会议，通过了土地革命和武装反抗国民党反动派屠杀政策的总方针。

大方禅院内景

革命阵地，选址远庵，农民革命，抗租亮剑，庵院集会，和尚照看[1]。枫泾暴动，集合院前，东厢房内，指挥作战，缘结农军，容纳党员，大方僧人，非同一般，光荣历史，专室列展[2]。

旧庵改名，大方禅院，殿宇四合，安立乡间。山门拱启，门头似山，外墙前屋，连成一片，石狮蹲立，卫护平安。四大天王，托立小殿，小型塑像，法威俨然。观音西殿，妙相慈颜，拈花一笑，普度达岸。地藏东殿，与地有缘，广种福德，平壤丰年。仰观宝殿，佛像玉颜，玉质坐佛，辉光绚灿。三层楼宇，两栋在院，瞻礼卧佛，药师拜见。佛堂念经，法堂殿宽，三圣列殿，佛居中间。诚心迎客，静心参禅，心念大众，法统继传，扶贫济困，文明创建。

大方禅院，初衷炳焕，寄籍隆庆[3]，再谱新传。

---

[1] 大方庵和尚曹泰积极参加农民协会，经常爬上银杏树为农民协会的活动放哨。

[2] 大方庵西侧辟有“枫泾暴动史料展”陈列室，分为暴动前夕、暴动打响、暴动之后三个部分，反映了1927年陈云同志领导周围乡村被压迫农民举行枫泾暴动的历史。

[3] 大方禅院于2018年5月易地至新浜镇鲁星村文兵路新建的隆庆寺。

余天成堂赋

松江余天成，中药文化非遗项目担重任；荣膺中华老字号，上海地区开业最早[1]。

余游园始创，制售咸菜本分人，勤勤奋奋翻了身[2]，店以余氏为记，取“天禄同寿，成德长生”之美意，佳名乃作“余天成”。

业既重张，德为业本。定经营方针，以诚信待人，采制地道药材，价必

余天成堂

[1] 松江余天成堂药号创建于清乾隆四十七年（1782年），是沪上最早的药号。

[2] 余天成创始人余游园从宁波庄桥来松江西门经营自产自制的咸菜，所得银两年年寄存于长桥北堍药店中，待回乡前结算时款额巨大，店方无力支付，只得盘与药店。余游园遂从家乡请来同族能人接盘经营。

余天成堂《丸散全集》秘方资料

实，货必真，童叟无欺，治病救人。药必自原产地选购，方必精制精炼而成。善颜待客，慈心履仁。四乡八邻喜出望外，岳庙进香购药回程[1]。邀请名医驻店进堂，望闻问切开方应诊。济穷救困，不取分文。经营有方，声誉鼎盛，声名远播苏杭，吸引红顶商人，胡庆余堂开业，余氏三世修初乃受聘赴杭城，全心襄助胡雪岩，余修初担当首任“阿大”[2]，胡庆余堂声誉日增。

余五卿子继父业，在松江店堂后新开工场，精制丸散膏丹，秘方疗效可人。农夫与老人爱用全鹿丸和人参再造丸，疗治脱力补益养生；行军散辟瘟丹曾应胡雪岩之请交付左宗棠，左部将士服后瘴气顿除，于新疆讨伐阿古柏军大获全胜。十八世纪初，五卿因病返乡，其子鲁珍继而亏损，店堂盘与姻亲邵氏佐宸，其后邵氏之子光裕继承。一九三七年，店堂尽被日军飞机炸毁，所幸学徒张钧陶机敏，于事前船运贵细药材及资材至塘栖、上虞乡村，元气伤而本根犹存。邵氏艰难复业，护店功臣张钧陶受聘“阿大先生”。抗战胜利，重建店堂三层四开间，库房及工场向高家弄内延伸。店堂轩敞规整，堂中大书“天禄同寿，成德长生”，中药饮片与丸散膏丹罗列纷陈，当地民众重见宝号视之如珍。光裕之后其弟光涛辛勤掌理，喜迎解放红日升腾。公私合营，新药添增，主营中草药，老树获新生。

百年老店，以德经商，“戒欺”店训历代信守，讲究诚信誉满茸城。一九九七年，余天成堂新楼落成，中山路上大厦屹立，百家连锁开遍乡镇，走出松江，市区开出专柜，经营品种市郊最全，经营规模沪郊第一等。

---

[1] 因余天成堂靠近松江岳庙，常有香客进香后进店选购药品。

[2] 清同治十三年（1874年），已任松江余天成堂“阿大先生”的余游园之孙余修初受胡雪岩之邀筹备和创立杭州胡庆余堂，担任首任经理，按行业习俗，时称经理为“阿大”。

看总店门楼，金色寿星高塑门墙笑迎来客，双重琉璃瓦檐明黄动人。店堂内，明橱亮柜琳琅满目，药材药品洁净无尘。银耳饱满如绣球之花，山参多姿错节盘根，虫草或如佛手伸开，或在盒中紧密排列一根挨一根，三七有根茎、花蕾，也有细粉，枫斗卷曲如球，燕窝色白清纯，西洋参切成薄片易含化，补酒补膏各具功能。顾客精挑细拣，店员耐心答问。上二楼，处方药专区药柜层层叠叠，小抽屉交错纵横，病家安心坐候，药师分准均匀准确如秤。精制品牌饮片专柜，好药销路日增。到三楼，名医坐堂诊室温润如春，药王金身塑像面南，传统符号来自民间，精华当可发扬继承。医师和蔼把脉，病家倾吐心声。专擅小儿内科，妇科大有名声，针灸推拿技艺精，敷贴应对哮喘症，外科亦有建树，专科医治痛风、风湿，方案缜密完整。端午时节香囊玲珑精致透药香，冬至之际开方代煎膏滋助益市民进补养生。

市级文明单位，参茸饮片与零售服务双双荣获“上海名牌”，企业获金牌，商品是名牌，人文树品牌，三牌既创，宏业必恒，诚信经营，胜景天成。

松江泖港湿地赋

古时泖湖曾达万顷，水波荡漾鱼跃鸟鸣，长泖短泖圆泖，地低水丰草茂。久而泖湖淤塞，乡民围垦造田，而今生态修复，泖田水势连绵。

新柳柔枝掠水，水杉水中站立，夏荷莲叶舒张，嫩蕉随风摇曳，矮树伴随闲花，地草青葱随意，野岛苇叶催发，杂树探入水域，鹭鸟轻翔曼舞，蒲草绿箭迷离，白鹅悠然嬉戏，沉鱼潜行无迹，两栖动物出入，爬行动物上堤，蝉声忽远忽近，野鸭滑动涟漪，青蛙捕虫跃起，鸟鸣宛如晨笛。

更有大型钓鱼场，钓鱼好手会集，出手抛出远线，收竿钓得大鱼。池面水光潋滟，池边风清气鲜。

湿地储水水还原，泖田在野野趣添，人行栈道思既往，顺应自然天地宽。

松江泖港湿地（2017年）

杜氏雕花楼赋

松郡名绅杜岭梅，嘉靖年间造楼厅，木质排门格花窗，门面素朴对街心，加建二进在清代，民国翻建添三进，前院三进皆二层，平房杂屋第四进，精华蕴在第三进，雕花工艺最典型。

踏进门厅过小院，门楣里面开天井，条石铺地列盆栽，东西院墙过头顶，二进厅高楼敞亮，马头高墙硬山擎，楼阁木板隔上下，砖墙立柱看分明，最是好看第三进，穿斗木架工艺精，回廊气贯走马楼，雕栏花柱雅气盈，满雕四时吉祥图，艺存老楼传古今，槛窗隔扇见浅雕，雀替斗拱镂雕劲，腰檐双龙戏明珠，刻工传神好造型。厅堂仰首看雕梁，文官武将面目清，屋外俯首观门扇，如意花开出花瓶，楼阁回转透天光，木作精致含深情。

而今已成非遗传承基地，传习展示活动每周定期。顾绣画面传神精美，绣娘演示神定心细；草龙求雨稻草化龙，祈祷丰收神力无比；鼓乐齐鸣十锦

杜氏雕花楼

锣鼓，起伏跌宕衔接精细；江南丝竹清音雅会，天井奏乐清音雅丽；松江皮影自有传承，武松打虎仁贵征西；花篮马灯浓妆曼舞，新春时节挑灯献艺；余天成堂传承中药，名医坐诊开方释疑；上海米糕制作技艺，松软甜香糯而不腻；新浜山歌音域宽广，田间劳作传情达意；滚灯飞旋灯会开道，雄劲威武舞者刚毅；水族舞蹈变化多姿，河鱼河蚌跳跃开闭。展板展示菁华纷呈，实物场景焕发魅力。

杜氏雕花楼，雕花工艺精，高门稳挡尘嚣，深楼巧藏匠心。

杜氏雕花楼内景

双馨艺苑赋

视觉艺术学院，徽派古建来迁，楼前芙蕖花雅，满塘翠叶田田。高墙深远两座，傲立东西两端。门头翘角飞檐，宛如亭榭在先，周遭白墙高砌，马头墙形美观，远观楼高院宽，近看精美粲然。

东楼来自马鞍山，林头村里出大官，方圆百里最精良，上楼下厅势相连。立柱高隆志坚定，原木挺拔干浑圆，厅高堂阔分主次，底大楼小共空间，厅堂穿板横艺趣，精雕细凿最耐看。冬瓜胖梁蕴壮气，刻花牛腿工艺专。直门八扇作隔墙，素朴之中见化变，双层八角天井顶，满工雕刻透光鲜。坐榻座椅巧摆布，茶桌茶椅对茶盏，轻声细语话短长，斟茶品茗心亦闲，古风今茶交相会，紫砂白瓷同比肩，楼阁静置好茶器，欲翻诗书案上选。杯中岩茶自

双馨艺苑

双馨艺苑内景

氤氲，粉白花瓣逸荷馨，高朗老屋坐新客，起看木雕赏精湛。

出得东楼进西楼，大堂当年是天井，西楼来自婺源里，盐商徐氏大门庭，“四水归堂”聚财运，“天光会堂”是今名。“杖国高风”悬刻匾，湖山文字楹联评，供桌书案依次列，缀点雅玩伴《诗经》。长条大桌排中堂，明式圈椅相对应，与会论文好阔谈，铺纸蘸墨书画新。学术研讨话题深，切磋交流无止境，宾主一堂尊礼节，气氛庄重又温馨。画栋侍立伴雅聚，雕梁精美悦嘉宾，棋房宛若宋人居，帐帏坐榻搁棋枰。别有茶席六人座，中式座椅待君临，小间雅室古意幽，对弈之际啜茶饮。

徽派建筑蕴意深，今人迁来有改进，古道徽风依然在，屋里屋外皆典型。

大通桥赋

松江南门古迹存，大通拱桥苍苔皴，官绍塘上跨日月，辞别驿亭留孤身，桥堍砖衔接聚龙[1]，而今路废乏行人，塘岸如梯陡复斜，坡草浓青扎深根，石缝紫堇探头红，坡下草头黄花生，乡女曾羡树荫翳，桥上欣闻枝舞声。春潮急急洗石基，粮船稳稳长篙伸，老舟夜航犬不吠，新霞初现鸡报晨，长者上镇向灯行，农夫荷担早市趁，学子赴考趋高处，商家售货到乡村。长岸堤居费龙丁[2]，可迎弘一上桥墩？桥连城南多少事，往来古今多少人？宽阶浅级行

大通桥

[1] 建于清嘉庆十三年（1808年）的大通桥位于车墩镇南门村官绍塘上，1934年，官绍地区乡绅周铁桥、陈培炎捐资建了一条连接大通桥和聚龙桥的砖街可抵达松江南门。

[2] 费龙丁是篆刻名家，家住松江南门外长堤岸，他是南社社员，也是西泠印社社员，费龙丁与弘一法师交往甚密，有机会一起走过大通桥。

大通桥石阶

脚适，隆顶虚怀慰民生。

胜虹气度桥乡贯，上高风度当仰观，桥座牢坚石块硕，叠石分列起大券，两侧如墙连乡土，中顶弯薄似玉环，桥身全长四十米，东西走向斜坦肩，涵洞进深桥面阔，宽舒尺寸四米三，圆孔虽单跨度大，十一米跨出大圆圈。官绍塘曾有建制乡，建桥人手笔大如天，单孔拱桥最高宏，上海第一声名显[1]。

高拱古桥得修复，桥高多高谁勘探[2]？一桥安卧看川流，桥心太极[3]意深远，石阶磨鞋人磨石，外形老态骨架坚。上游新桥在架筑，大道一条待构连，忽见北面行高铁，倏忽飞驰赛迅电，登桥南望城一新，高层楼宇矗乡间，如今远行飞高铁，高层上下电梯间，谁人经此去入城，谁家桥头步行还？老桥使命已完成，喜见城市再拓展。前世文物话前世，单拱最高当仰观。

---

[1] 大通桥是上海地区现存最大的一座单孔石拱古桥。

[2] 有人测算该拱桥高度7米多。

[3] 大通桥桥心石上有太极旋转的浅刻图案。

张朴天主堂赋

余山张朴桥，河港来围绕，田原平又展，水路通迢遥，民风淳又朴，人家聚一道，西风得东渐，传教开堂早。

远在一八三九年[1]，南京教区教职人员聚会张朴桥，教廷应愿，派出罗伯济，江南地区署理传教；一八四一年，艾方济、南格禄、罗伯济来沪后由浦东转移至此，安身同聚张朴桥；一八四三年，修道院在张朴创建，随后此地办起学校；一八四四年，圣母无原罪始胎堂由上海教区建造，乡民俗称张朴教堂，四邻入堂作祈祷。红色尖顶醒目，米色钟楼湛静去浮躁，十字架凸

张朴天主堂

[1] 清道光十九年。

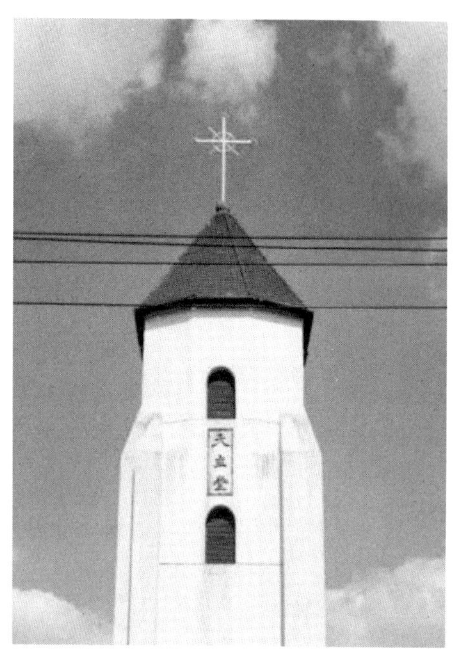

张朴天主堂钟楼

立顶尖，南立面四方六角前部加固筋柱两道，拱窗圆洞作装饰，“天主堂”大字加框作昭告。门开三拱向南，房呈十字构造，圣堂中西合璧，前高后低砖木牵牢。也是乌瓦白墙，仿如江南民居，文化交融，建筑亦秉本土外貌。圣堂木梁木柱，一如中式营造，柱高梁宽屋顶尖，百年未蛀好木料，斜敞屋顶势冲天，心头敞亮颂祝祷，教友齐聚一堂，乡民循礼尊道。

神职人员定居张朴，登上佘山风光更好。一八六三年，购得南坡宝地，中山圣母堂五间造在山腰；山顶亦购地一幅，西佘山顶地块备好。中堂建成，教友渐多，登山进教，憩息山腰；一八七一年五月二十四日，圣母进教之佑瞻礼日，佘山山顶大教堂奠基开造；一八七三年，山顶大堂完成首次建造；一八九四年，中山圣母堂翻造；一九二五年，山顶大堂重建，历时十年造好。由此，“先有山下张朴桥，后有山上圣母殿”之说传开，传之如歌如谣。

山上大殿红堂辉耀，山下张朴教堂伴桥。张朴天主堂，传教在先早，时间领先山上三十年，山上大殿原根寻到在张朴桥，江南传教张朴开探前道，“江南第一教堂”传开名号。

一九五五年，张朴教堂停止瞻礼传教，堂屋移作他用，桥畔不见进港船儿摇。直至一九九三年，教堂归还，主持开堂弥撒的是金鲁贤主教。

城乡面貌变化快，如今村宅已拆迁，张朴环境得再造。唯有教堂锁大门，钟声久不响，砖缝之间长杂草，墙体斑驳，顶檐穿蚀，百年教堂现苍老。秋风卷云稻田黄，稻田揽堂入怀抱，屋旧堂黯史迹在，乡村独存旧风貌。

徐氏当铺赋

宅名徐氏当铺，“當”字临街出露，秀野桥西唯一，旧宅保护修复，立身中山西路，见证仓城往古。

门首双狮并立，石库门头稳安，难窥院内真相，老树遮没墙檐，四围高墙峻壁，防火亦防贼贪。老店五间门面，深达三进楼院，前后两楼两埭，天井镶嵌中间。

往年进门入院，屏风遮挡店面，转过遮羞墙挡，“當”字梁上高悬。宽厅深堂迎客，柜台高过大汉，台上铁栅森凉，台后掌柜威严，主人高过客人，格局自古皆然，店方踞高压价，当客气场衰减，寄售金银财宝，也押字画古玩，收揽铁木器具，常当衣物杂件，邑人如若有急，前来以物当钱，店家压价收购，当客可来赎还，存款放款俱做，获利颇为可观。徐家经营有方，当地名声扬传，当铺颇具规模，前楼后院舒展，既有当铺用房，更有库房多间，店主居于后院，便于守财护院。

如今步入宅院，基本格局未变，前楼七个开间，后楼更多空间。砖木结构架造，块石铺地承安，木柱木梁木枋，木门木窗木板。底楼格窗兼门，二层上窗下板，楼上木壁出挑，楼下走廊贯穿。青砖铺地为坪，白墙开间隔断，一梯通向双楼，院外清风入轩，楼道亦是走道，地板亦是楼板。未见当年摆设，可观窗外云卷，由东到西行步，大家风范扑面。

楼下天井狭长，一任晴光雨帘，绣球丰姿盈盈，芭蕉轻摇长扇，月季花开月月，睡莲缸中舒颜。新设印石展览，在此隆重开展，印刻二十四景，赞扬大美云间。印石见证信用，富有文化内涵，当铺救急利人，印石钤信留恒，当铺展示印石，修信缘会此间。

仓城多见古宅，院墙斯处为高；仓桥鲜有典当，旧宅曾经藏宝。农历辛丑春夏，西侧新貌焕发，旅游书店设立，临街门面典雅，排门侧角微斜，半透半掩配搭，大幅落地玻璃，借得天光阔大，传统漏窗造型，饰出古风今华，“跨塘乘月书苑”，金字店招清雅，门口简约清新，内外连接通达，前埭店堂迎宾，图书依次开架，旅游主题鲜明，体裁一树多花。书上寻得路径，心头

徐氏当铺

疑惑放下，人生犹如行旅，莫畏风狂雨大，美景总在前方，唯有坚忍不拔。选得心仪好书，暂且凭窗坐下，此间对书慢阅，心头泛起浪花，一座前朝老屋，变身读者之家，昔年贷借之所，今可读诗品茶，当时苦虑生机，此际徐度闲暇。入得书苑后埭，轻食柜台迎迓，咖啡香味飘逸，精细点心佐茶，但见时尚青年，轻啜慢饮聊话。折进阶梯书屋，贴壁图书满架，阶梯既可登高，也可作凳坐下，另有教室相迎，多种功能转化，研讨、听课、发布，开会、朗诵、书画。忽而时已向暮，射灯辉光投下，席间老翁循灯，研读明人字画，老屋灯光澄黄，勤学把握当下。忽有学子发问，“可否容我策划？”店主闻言而入，学子托出谋划，此处曾是典当，而今好书满架，建议“典当”烦恼，烦躁心情寄下，认真读得好书，理性思维增加，提高修养水平，换得欢乐回家？店主欣然肯定，即将编制计划，书店化解烦恼，心理疏导解压。

跨塘乘月而来，夜读人间诗话，冰镜弥撒清辉，书苑透散文华。

中泾天主堂赋

中泾天主堂，市级文保单位，位于车墩镇新兴村，亦名中泾圣母领报堂、中泾圣母报本堂。初为马桥本堂区堂口之一，始建于一八七一年，圣堂、钟楼齐备。一九一九年，张之琅本堂神甫添造神甫楼一栋。因地处松江县与上海县交界处，教友益众，教务趋繁，大瞻礼日犹见困窘，本堂刘季泽神甫奏请教区，获准扩建，于一九三六年拆除老堂，教友乐而襄助，新堂于次年落成。

此堂坐落于中泾河北，外观俊秀而高逸，如塔如楼，亦中亦西，十字架高标而醒目，宗教特征明显。教堂面南，三级石阶与堂等宽。三开间立面，立面中间窄而两侧略宽。钟楼两段三叠四层，与塔楼连为一体。中间前凸，为柱式跃层平顶高塔。正面三级拱券，底券透空作进堂门户，东西亦宽裕如中；中券稍收窄且加长，长度为底券之倍，窗户纹饰纵横错落，既备增塔楼峻拔超逸之势，又不显得过于狭长而失却比例；上券稳架平台之上而四周收

中泾天主堂内景

中泾天主堂（2018年）

缩有度，约等高于底券且与中券同宽，斯乃钟楼远扬钟声之洞户，其窗饰为横向百叶式，既添神秘之感，其形又颇似对天之箭头。顶端十字架作艺术处理，好似中国传统之如意添加竖柄。立面之东西两端则如发轫于中式之山墙样式，而下开双启之门户，上饰菊瓣同心圆花纹以略透晴光，再上为跃层式小拱券与小方柱相交融之五连拱，凹凸有致，素雅美观。整体呈稳实牢靠而轻盈高拔之态势，为中西结合钢筋水泥建筑之佳构。

圣堂为哥特式，纵深七架，拱券通顶而线条清晰有力，纵向深邃而可望可及，横向灵动通透，两层窗户上下采光，纵横交织之拱券使厅堂内在空间之立体感大为增强。领报圣母怀抱圣婴于圣坛之上，仪式感强烈。

此堂于一九九九年修复，二〇〇〇年十一月复堂，金鲁贤主教主持大礼弥撒，教友一千三百余人济济一堂望弥撒。

永恩堂赋

如雪地城堡，似人间圣境。棕红墙砖，红瓦覆顶，十字导引，三角山形，哥特范式，端庄造型。拱券装饰立面，居中大门相迎，白色门窗框饰，层层立体凹进。钟楼居高而上，越过厅上尖顶。前厅后堂，厅有历史记铭；后堂深长，大堂白亮雪明。

门厅两端，文物弥新。“乐恩堂”碑，光绪十六年[1]刻镌，“美国步教士纪念碑”，表达松江人感谢之情。碑石之前追思前情，基督教在松滨有善行。麦乐恩最先来传教，圈地建堂未遂行，一八八八年，步惠廉租堂传教来松滨，办学校、办贫孤儿院，深获民众好评。次年始建乐恩堂，西门外外馆驿土地

永恩堂

[1] 1890年。

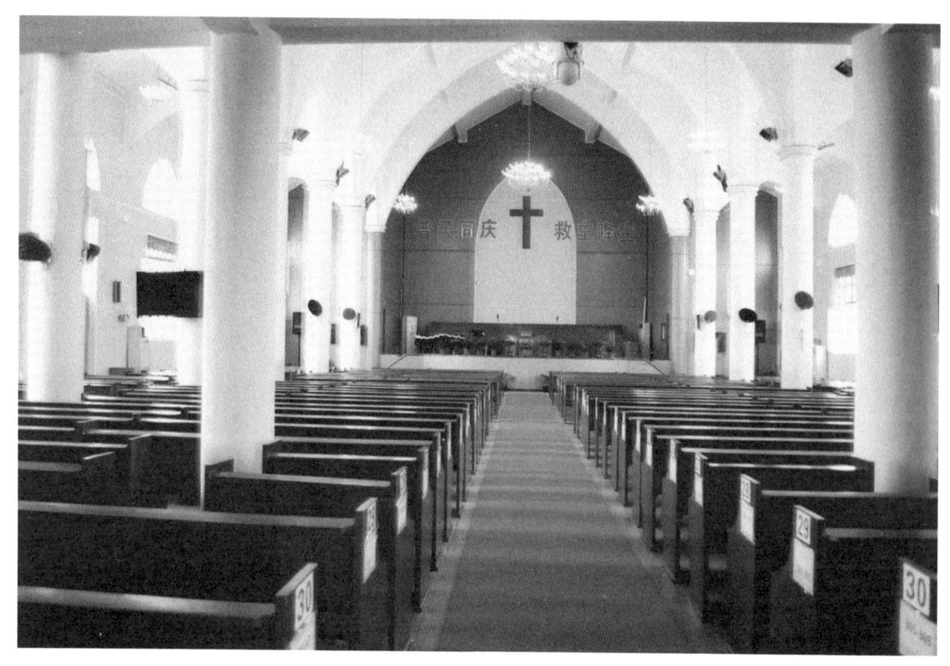

永恩堂礼拜区

整平，念麦乐恩开创之功，堂以“乐恩”命名。一九二五年，复于中山中路建造新堂，堂分二层，楼下办公接待，楼上礼拜施行。难忘四层钟楼，青铜大钟出名，抗战时期建功，敌机来袭报警，可敬步惠廉公，倾力救济灾民。步公秉持正义，深受邑人尊敬，早年搭救黄炎培，帮助留美宋霭龄，在华服务五十年，四十六载为松滨。热心传道，救济孤贫，赈灾慈善，培育才俊，助力抗战，二子力倾，服务社会，心系人民。疯狂日寇，将其囚禁，不畏强暴，大爱在心。一九四八年一月，黄炎培亲赴乐恩堂，为步惠廉先生追悼大会致辞，并题额“步公纪念厅”。一九九九年，松江人民医院扩建，乐恩堂完成使命，暂用上海立新电器厂厂房作松江基督教堂。二〇〇一年，松江基督教堂当年动工当年启用，因地处城西永久生产队，堂名“永恩”，沿用至今。

进入大堂，礼拜仪式进行，讲经唱诗，会友来自四乡八邻，阿婆阿姨上台歌唱，阿姐阿弟祷告虔心。

会友参加礼拜，散堂出门笑语殷殷，衷心感恩新时代，爱国爱教传佳音，携手共圆中国梦，圆梦路上相偕行。

松江二中赋

重教之邦，名城松江。乾隆十八年[1]，“云间书院”课读书声开朗；一九〇四年[2]，新学兴而贤达议定，云间书院改为松江府中学堂；辛亥年间，名为江苏省立松江中学；走过江苏省立第三中学、江苏省立松江女子中学、苏南松江中学、江苏省松江中学等多段历史时光，领时代风气之先，育为国为民之才，大有声望；一九五八年，松江县划入上海市，乃更名为上海市松江县第二中学，以“松江二中”为简称，简称乃邑人之爱称，蕴含深深赞许、寄寓殷殷瞩望。

古城名校，人才辈出，杰出校友，胸像敬塑，图书馆中，列位显著：著名公路工程专家赵祖康，著名摄影家郎静山，中国现代漫画鼻祖丰子恺，著名文学家、翻译家、教育家施蛰存，著名作家、翻译家朱雯，著名音乐家桑桐，著名科学家杨纪珂，著名现代中国画家程十髮，著名电子科学家张可南，著名药物学家嵇汝运，著名会计学家杨纪琬，著名矿床学家袁见齐，著名电子工程专家孙俊人，著名气候学家符淙斌，著名土木施工专家叶可明。塑像生动，各具风度，或睿智卓毅，或慈眉善目，或刚毅开朗，或静思安穆，或宁心望远，或神泰气舒，或英俊端庄，或灵气十足。松江二中，岁月共度，学有所成，业有建树，功著声隆，行业翘楚，国之英才，名校风骨，为学之长，榜样瞩目，光耀“红楼”[3]，风采永驻。

校园景美，沪上列名[4]，中式城楼，思古望今。大将军陆逊，设台点军兵，民间传说久，可是三国旧影？宋代始兴建，县衙门楼属华亭，元、明、

[1] 1753年。

[2] 清光绪三十年。

[3] “红楼”即校图书馆所在之建筑，因外墙由清水红砖装饰，故称。原先为分别建于1929年的西红楼，建于1934年的东红楼。1999年8月，因原建筑无法继续维修使用，在原址拆旧建新并增添一层，楼高三层，仍保持早年的建筑风格。建成后作为图书馆，并于百年校庆之际，在图书馆的一层、二层添列了15位校友的塑像。

[4] 松江二中门楼是古代城楼样式建筑，是“上海市十大校园美景”之一。

清重建，府署谯楼钟鼓鸣，道光十年[1]大修，“云间第一楼”始名。城楼翘飞檐，城门利通行。民国年间[2]，县长募资虔心重修，楼额题名。日寇作恶，城楼被毁不成形。台风也来肆虐，狂风过后台基仍坚挺。二十世纪九十年代，政府组织抢修楼基，二十一世纪初，城楼修复定型。程十髪题匾，为古楼点睛，双重歇山势巍峨，梁柱楼台古制应，清水砖墙古朴身，玉白围栏显清新。当年点将台，列阵赴战云，而今名校门，代代出才俊。

一德院，以德为尊意蕴深含，中间主楼五层，级级叠升向上，似巨人昂首顶天，东西两侧四层紧连，如举人甘荷重任之铁肩。楼建五层，象征松江二中“五育并进”办学理念[3]。一秉师德，一心一念。一德院，以教书育人，甘为人梯之师德为依为念。当初二层，底楼办公，名家大师曾入住，师德高

松江二中一德院

[1] 1830年。

[2] 1929年（民国十八年），县长金庆章募集资金重修鼓楼，因当时松江城内建筑多为两层，高达16米的鼓楼为最高。

[3] 教育思想家蔡元培提出“五育并举”，“五育”即军国民教育、实利主义教育、公民道德教育、世界观教育、美感教育。现在，“五育”通常为德育、智育、体育、美育、劳育。

尚佳话传。陆维钊吟诗作书画，王季思度曲唱戏曲牌翻，徐震堮每赋新词雅韵添，“浙江三才子”辉耀一德院。丰子恺与陆维钊，每有画作互作评点。摄影大师郎静山，也曾为师居此间。可恨日寇攻上海，敌机轰炸楼毁坍，可敬校长江学珠，战后归来倡重建，动员师生四出拣砖拾瓦，同心克难建起楼殿，面积虽然减半，复校志更坚，尊师重教续道统，崇学尚德建校园。一德院，高尚师德代代传，一德院，育人精神有渊源。二十世纪八十年代，老楼年高难续延，新楼原址再建。如今面南仰望，楼院师德连牵。

树人院，位居校园中心，坐北朝南，正对一德院，似永远接受老师的心口相传。民国建筑，院前规整开朗一花园。正间巧分妙裁，核心部位呈向上之势，门、窗、饰墙变而不乱。三层之上凸四层，四层宛如碑首在顶，碑中圆圈为核，圆圈之上文脉相接如钥匙开天，两侧回文图案饰边。青砖青水泥，素朴的色调神采也焕然。西式建筑中式门面，三级石阶，石箍门门框装饰古代纹饰围边。正厅一门通透，学贯中西共期盼。楼台镌刻江学珠校长所起“树人院”楼名，陆维钊书写出“百年树人”的深刻内涵，书法写得刚健俊劲。省松女中时代，拨款复捐款，助学助建，各界热情如焰。树人院里，学生聆听讲课，教师准备教案，图书室里共阅览。难忘“八一三”，日寇侵略把楼占，炸碑毁额罪滔天，历经劫难，树人院风骨依然。十年树木，百年树人。院前浓绿擎华冠，院内曾走出巾帼模范，更有《青春万岁》电影来取景，男女学生课余嬉闹场面活力充盈成景点。树人院，沉静的风格让你与典雅照面，朴实的建筑，更是树人精神的文化体现。

松江二中树人院

精致小花园，别有“绿谷”之誉，盖因高树围立，四季名花在浓荫绿丛中伴石峰石阶石桥石池自在自如自定，步入，如置身绿色生态汇合之宝地。园内枫扬柏坚，杉秀樟挺，乡土树种榉树久而弥新。园南六角小亭稳然，翘角飞檐通透爽心。地势东低西高，一径通往小小土山之顶。亭北立一太湖石峰，涓然细泉由峰中泻出，经卵石浅沟流向石池，泉声虽微，然经年流淌，不息不停，池中红鳞与绿荷相戏相亲。过石板平桥，明代的厚重遗留至今。石凳围拥石桌，石池长方造型。嫩蛙轻跳，溅起池角浮萍。紫藤架上，青叶老藤覆盖棚顶，棚下地草青青，拾阶而上，如小登山荫古道，坡虽短而古意充盈。小丘定然，为英烈侯绍裘[1]塑像稳当靠屏。小花园，绿如青春之雨过叶青，新如心泉之畅流琴音。晴光烟岚见学子，美美绿谷好静心。

茵绿草坪，玉白塑像，侯绍裘君，坚持理想，青春壮怀，激情飞扬，明睿坚毅，青春形象，杰出校友，校园褒扬。爱国护国，传单铿锵[2]，五四运动，罢课演讲，读《新青年》，大受影响，工人中间，感受力量，指点松江，文字激扬[3]，彭城任教，景贤新样[4]，《松江评论》，革命宣扬，党团骨干，着力培养，反帝口号，"五卅"呼响[5]，苏州支部，火种点亮[6]，国共合作，不忘理想，抨击右派，不畏强梁，武装起义，上海打响，工人运动，震撼浦江，临时政府，就职亮相[7]，受党指派，南京反蒋，反对独裁，正气满腔，敌人恼怒，剑拔弩张，形势危急，对策商量，不幸被捕，丹心闪亮，严词拒诱[8]，

---

[1] 侯绍裘（1896—1927）是江苏省立三中的毕业生。他于1923年加入中国共产党，是松江县第一个共产党员。

[2] 1915年，袁世凯签订了丧权辱国的"二十一条"，全国民众群情激奋，在江苏省立第三中学就学的侯绍裘与同学们刻印了"抵制日货"的传单，发动社会抵抗日本侵略。

[3] 1920年，侯绍裘回乡与赵祖康等人创办了《问题周刊》，大力宣传社会革新与科学民主，反对封建迷信。

[4] 1920年秋，侯绍裘在宜兴彭城中学任教。1921年夏回松江，接手续办景贤女子中学，对学生进行革命思想教育，提倡妇女解放。

[5] 1925年5月30日，恽代英与侯绍裘一起在中国共产党的领导下，以国民党江苏省临时省党部的名义组织学生在上海举行反对帝国主义的游行示威，根据中共中央决定，恽代英与侯绍裘布置罢工、罢市、罢课的"三罢"斗争。

[6] 1925年9月，受中国共产党委派，侯绍裘在苏州乐益女中建立了中共苏州独立支部，这是苏州第一个中共组织。

[7] 1927年3月21日，上海工人举行了第三次武装起义，于3月22日取得了胜利，当天成立了上海特别市临时政府，侯绍裘等14名中共党员被选为临时政府委员。

[8] 1927年4月10日深夜，侯绍裘在南京大纱帽巷10号党的地下交通点召开紧急会议，商量应对蒋介石反动派叛变革命捕杀共产党人的对策时，不幸被反动武装逮捕，后被杀害于南京。

五一楼

六一楼

坚决不降[1]，英勇献身，革命榜样。松江二中，隆重树像，继承遗志，红旗高扬。

古城名校，以教立身，三埭老房，旧貌维新。五一楼、五四楼、六一楼各有前情：六一楼建于一九五〇年，初一初二小朋友用作教室，故用“六一”命名；五一楼因一九五一年竣工而得名；五四楼高三年级作教室，高三时段正值青年，且竣工于一九五四年，故以“五四”为名。三埭楼房，灰瓦灰砖清水墙，砖柱砖廊砖护栏，简朴大方，造型简练，宽户大室，敞亮光线。排排课桌格局依然，莘莘学子勤学其间。三埭老楼，如三个“一”字，诉说着一往无前的信念，三埭旧屋，如三列待发的专列，满载着报效国家的时代青年。不慕虚荣，不图浓艳，静心在老楼，修学为奉献。

旧时水塔，亦为钟楼，独自耸立，敦实凝练昂然有力，建于一九二七年，供水与敲钟两大功能集于一体。汲地下清水提升至高高在上之水箱，科学净化，供师生饮清洁之水而防疫，开教育界之新风气；水塔上层高悬校钟，钟声给校园增添韵律，作息起止听钟声，钟声是指令，钟声是情意。而今供水由自来水管网送来，钟声亦被电铃代替。水塔钟楼成胜迹，清水长流校史之长河，洪音久留师生之心底。

集成堂，茂盛修竹在一旁，一九二七年始建，二〇〇二年再建新堂。当

[1] 侯绍裘被捕后，蒋介石妄想以江苏省政府主席的官位来收买他，侯绍裘当即严词拒绝。

年由劝募而以“集腋成裘”之力建好，含义之一有此名堂；二乃“学生多有集贤能智慧之大成，而建树明显者”，故以“集成”作褒扬；三可激励在校学子博学勤思集大成，寄寓学校的深切期望。如今楼达三层，依然礼堂兼饭堂。名家大师曾经每月来作报告，启迪思想增加智慧教人为国争光，召开会议举办展览演剧歌唱，师生联欢心花盛放。更有厨师精烹细调，美食佳肴大获赞赏，荷叶包饭小馄饨，香鲜味美好难忘。

体育馆，程十髪老学长题字熠熠发光，室内球类项目一一开放，碧波池中游泳课正上，更有田径项目是松江二中强项，二十世纪二十年代夺得江苏省中学生田径第一名的荣光。一九二九年江苏省第二届中学生运动会再获冠军多项[1]，省松女中运动员上下一身短装，为中国体育界首创。体育强项传统继承，输送人才松江增光，运动健将不负众望，全运会、市运会名次登上红榜。

科技楼在北，造型俊朗，东西两端五层中间六层，门厅有裙楼，石柱挺拔向上。东端顶层升拱形，天象馆内视域宏旷，西楼顶层竖圆球，天文台内察看天体演化大开天窗。计算机技术与智能机器人连线，影视与诸多艺术学科同堂。

别有小楼一幢，楼名“思源”，现为校友会专用楼，由赵祖康题名，施蛰存曾在楼中著书，二十世纪二十年代至今容貌未变。白墙素楼月洞门，淡然宁静，思源，乃学成不忘母校，饮水思源图报效之意境。绿植常伴楼院，绿藤久留思情。

松江二中，校园是花园；松江二中，松江的人文家园。

---

[1] 自1928年4月沈瑞芝在江苏省第一届中学生运动会上夺得女子田径第一名以来，省级以上田径比赛中，学校田径运动队一直名列前茅，田径运动成为松江二中的体育强项。

松江博物馆赋

背靠方塔园，历史文化荟萃馆中，面向中山路，古城风貌艺术再现。江南古韵通透，现代气息通贯，大门头气势不一般；出土文物征集，历史文化陈列，博物馆特色好明显。

镇馆之宝《急就章》碑立亭中，三国皇象章草气息古朴，明代宋克摹本潇洒飘逸，《赵孟頫自画像石刻》神态生动，康熙御碑端庄威严。

第一单元是序厅，五千年前有先民，吴王寿梦筑华亭，唐代天宝十载[1]设立华亭县，元至元年间设府，下辖华亭县，民国初改称松江县。曾是东南望郡，工商城市有名，棉纺“衣被天下”，赋税源源不停，文献甲于天下，人

松江博物馆

[1] 751年。

松江博物馆历史陈列室

文沪上冠领。纵看历史沿革，改革开放再拓广阔前景。

第二单元，浦江晨曦。上海之根在松江，史前文化脉络分明。“崧泽文化”，三角形石犁最典型，犁耕技术已运用，农耕生产肇文明，圆形纺车可纺线，网坠捕鱼水中巡。“良渚文化”，陶器形制多又新，石器光滑制作精，玉器小巧美而灵。“广富林文化”，豫东王油坊地区迁来移民，陶器见绳纹、篮纹、叶脉纹，王油坊文化特征鲜明。“吴越文化”，吴王寿梦始筑华亭，贵族生活存遗旧踪，青铜器物戈矛剑鼎。

第三单元，史河波光。九峰三泖“古冢孑遗”，乡野山脚安身，葬陪翁壶铜镜，带板瓷盒金簪，被织陀罗尼经。“浮屠萃珍”，唐经幢为沪地年代最久地面文物，圆润丰满刻佛经。端庄灵动是方塔，地宫宝物铜鎏金。西林塔刹文物千件，玉器佛像工艺水晶。李塔唐风宛在，地宫阿育王塔鎏金。秀道者佘山以身殉道，铜像玉饰巧置天顶。“文物菁华”出自松江大地，陶瓷文玩折射文人雅兴。三国两晋青釉瓷器，盘壶系罐水注陶井，造型别致釉色稳定。隋代白瓷釉，酒觞满载饮士豪情。唐代瓷业南北争艳，越窑双系罐胎釉晶莹，彩绘武士俑威武生风，彩绘披巾女侍俑面容丰腴神态安定。五代青瓷藏秘色，执壶轻巧釉色均匀，莲瓣纹状花口尊，佛国莲花意清净。宋代陶瓷百花齐放，此处展出两件藏品，景德窑口影青碗，薄壁釉透绿白影。黑釉撇口吉州碗，天然着色民间情。元代瓷业盛兴，青花最为典型，长颈双耳瓶，宛如青玉瓶，菊花瓣大盆制作精细，绿釉泛青。景德镇窑青花寿星碟，画面生动月色明，德化窑浮雕梅鹿杯釉白图精，孔雀绿佛龛奉道者奉若神明。方塔园出土紫砂壶，陈眉公倡制一握在盈。清代瓷器跃上峰顶，康熙青花冰梅纹花觚优美造型，清雍正粉彩童子进宝五色分明。清道光矾红彩龙凤倭角四方碟，铁红描绘龙飞凤鸣，青花斗彩盖碗，玲珑剔透器皿。铜器可看铜镜，镜面皆为圆形，鸾兽葡萄画面清新，海水双鲤有余吉庆，缠枝双龙南宋流行。鎏金錾花香炉，胡文明制晋京贡品。战国玉璧寓意和平，青发玉冠束发缀顶，凤戏牡丹镂雕精品，白玉带钩龙纹分明，透雕玉佩吉利图形，玉片刘海戏金蟾生动轻盈，玉手小指嵌宝戒指辉映。

第四单元，艺海丹青。云间书派陆机陆云开创，宋元明初成形，明代书坛盟主，全国孕育声名。《平复帖》法帖之祖，流传有序乃陆机作品，笔意婉转简约淡平，是章草代表，亦为汉字由隶书向楷书过渡之重要证明。沈荃乃康熙之书法老师，展出行书诗轴工整疏朗，雍和之中可见大度之胸襟。沈宗敬行草书轴笔力古健厚重秀敏。松江画派明末盛兴，绘画艺术交流盛行，董其昌书、画俱佳力执牛耳留下鼎鼎大名。“观画禅室”乃文敏公[1]书房场景，香光居士[2]化身铜像意坚定，仿明家具文房珍宝排列分明，儒雅之笔写传世之作，博采众长成绝代盛名。顾大申沧浪笛图用墨淋漓，山林之际吹笛垂钓湖舟对泊潇逸淡定。

流沙沉宝，史海存真，松江博物馆，记载古文明。经济文化同盛共荣，千年古城活力正劲，继往开来再创辉煌，繁荣文化尊古励今。

[1] 明书画家、画论家董其昌（1555—1636）谥“文敏”。

[2] 董其昌号香光居士、思白。

上海史量才故居赋

泗水会波处，族居好地方。中市桥北，开江路史宅耀邦。门厅出檐连廊，名人曾居此方。廊柱坚实，如铮铮铁骨有担当，厅门通达，纳浩浩风来云激荡。中墙门有砖雕门额，“丰泽万年”寄托美好希望[1]。

主楼中西结合，乌瓦木窗连门樘，铸铁围栏秀连廊。走马楼，三面围合通风采光；住宅楼，雕花木床简洁书房。

上海史量才故居

参观生平展览，追寻“三格”[2]论纲，仰望先生照相，自如神气俊朗。生于江宁，原名家修，其父春帆，贩药街头，开店泗泾，生计求谋。天资聪颖，学业上游，意欲东渡，留学绸缪。火毁家业，壮志难酬，有为青年，替父分

[1] 门厅有史量才亲题的“丰泽万年”匾额。

[2] 史量才有“人有人格，报有报格，国有国格，三格不存，人将非人，报将非报，国将不国”之说。

忧，报读蚕学[1]，知识吸收。毕业归来，办学为求[2]，迎娶明德，女校共筹[3]。反对列强，演讲挥遒[4]，辛亥革命，顺应潮流，张謇赏识，“量才”是求[5]。海关任职，盐务绩优[6]，盘出学校，报界身投，《时报》主笔，强音鸣奏，秋水

上海史量才故居内景

[1] 大火烧毁了史量才父亲创下的家业，他为了分担父亲的忧愁、减轻家庭的负担，在东渡日本的愿望破碎之后，毅然考进了不仅不收学费、伙食费，而且每月还有3元零用钱的杭州蚕学馆。

[2] 史量才于1903年从杭州蚕学馆毕业后，与当地人士一起创办了泗泾第一所小学“养正小学堂”。

[3] 1904年，史量才与江宁女子庞明德成婚后创办了“上海女子蚕桑学校”。史量才任校长，庞明德任校务。

[4] 1907年初，英帝国主义胁迫清政府，强行夺取沪杭甬铁路主权，作为江苏铁路公司董事的史量才怀着强烈的爱国心发表演讲，鼓励民众出资出力修筑铁路。

[5] 辛亥革命爆发后，史量才积极参加江苏独立运动，其才干受到了立宪派领袖张謇的赏识，针对别人提出的“为何这般重用史家修”的问题，张謇坚定地回答：“我这是量才录用！”从此之后，史家修就改名史量才。

[6] 武昌起义后，史量才积极参加江苏独立运动，展示出超众的治理能力，被任命为江苏海关清理处处长并任松江盐务局主任。

相助，《申报》接手，广纳贤才，大展鸿猷，星期增刊，报道全球，销量日广，为民呼吼，宣传抗日，揭露日寇，反对内战，救国求谋，惨遭枪杀[1]，痛惜泰斗。

顺应时代，笔端汇集进步洪流；鼓舞民众，报章激发正义追求。新闻救国，伸张民主自由；激浊扬清，终成报界泰斗。

[1] 1934年11月13日，《申报》总经理史量才在杭州回上海途中的沪杭公路翁家埠遭国民党特务暗杀殒命。

松江区图书馆赋

凸立松江中央公园，位居新城核心地段，知识宝库与城市绿肺相伴，文化工程与城市建设同步，绿树簇拥多新氧，泾流萦绕添清馥，汇天地之灵气，流人文之泉瀑。巨石刻录《松江赋》，风鹏正举时，不忘由来路；广场且做停车场，八方爱书人，驱车常光顾。仰观钟楼，似一支巨笔向天畅书；环睹馆舍，如两本宝书卷面摊铺。

日均三千人[1]，进入又走出。寻找启迪智慧的钥匙，回望中华民族的征途，探求提升境界的动力，巡看艺术世界的灵符，掌握日常生活的妙诀，学习浩渺宇宙的大度，增强发明创造的本领，领会不懈奋斗的纲目。

甬道舒然，拾级而上，如登文华之坛；大门敞开，静心而入，得进赏书之殿。

中心展台，层层叠叠，专题图书文心耀眼；展台边缘，亮亮闪闪，文创产品别具特点。左侧是文化展厅，书法展、绘画展、摄影展时常举办；相邻有文献书库，地方志、邑人著、红学书收藏有范。

外借部书刊全开架，电子扫描瞬时办妥，全市通借通还；少儿室外借并阅览，“小松果”活动受欢迎，读者纷至座席爆满；成人阅览室、电子阅览室，既可手捧报刊，又能上网入库数据阅览；“世界读书日”“服务宣传周”，读书活动多彩，贯穿寻根、修身主线；建设总馆、分馆体系，区、镇、村直通直连[2]；推行文化信息共享，辐射基层年年送书过万卷；专家学者“华亭讲堂”为市民作讲座，大中学生来图书馆里为读者志愿服务。名列“国家一级图书馆”，建成“市民修身示范点”。

松江人文积淀深厚，“松图”成绩并非偶然，兴文重教好读书，人民看重图书馆。一九一四年，私家藏书向公办图书馆转变，教育主管机构建立县

[1] 据统计，2018年松江区图书馆日均接待近3 500人次。

[2] 松江区图书馆总分馆体系以区图书馆为总馆，各街镇馆为分馆，居村文化活动中心、农家书屋为分馆之外服务点，实行“文献资源统一联合目录、图书采编统一编制目录、图书资料统一配给发送、开放借阅统一通借通还、管理人员统一专业培训”的五个统一。

松江区图书馆

图书馆；一九一八年，“江苏松江通俗图书馆”藏书已达五万；一九三七年，侵华日军炮火摧毁县图书馆；其后，馆舍破旧图书奇少，坚持之心依然；解放后至五十年代中期，逐渐恢复建制待开馆；一九五六年，县图书馆正式开馆；六十年代中期，馆舍被占，资料失散，人员离散；一九七五年，文化馆大楼中开放图书馆；一九七七年，文化馆大楼整栋划归图书馆；一九八六年，添建藏书大楼，各功能部室得以修缮；二〇〇一年，新馆舍在人民北路建成开放，与区青少年活动中心隔路对观，成为新城建设一大亮点；新时代，“科创、人文、生态”三大战略齐步推展，“人文松江活动中心”正式开建，活动中心内，图书馆新建一万五千平方米分馆，预计藏书两百万册，年举办活动三百场次，年接待读者人次可达三百万。建成后，图书馆综合服务能力大为提高，人文松江建设又见新的拓展。

安坐地方文献馆，尽可遍览特色文献，论藏书，收藏三万八千，论作者，一百九十三位松江名人尊列在馆，松江人著作此处最全。史志文库，古今博览，非遗资源，文字图像俱全；特色馆藏，“红学研究”令人称羡。

名人编著，影响广泛，古代智慧，松江贡献，文海书山，松江融涵，中

松江区图书馆大厅

华文化，松江共建，民族精神，松江承传——陆机《文赋》，古人创作规律最先用文赋发阐；《青楼集》中，夏庭芝最早专记戏曲演员；夏完淳为古代年龄最小文学家，后人编刻《夏节愍公全集》十四卷；中国最早的云南地方史文献《滇云历年传》由倪蜕编撰；张照等编的《石渠宝笈》在古代书画专题著录中最为完善；徐朝俊的《自鸣钟表图说》，中国最早出书对钟表探研；中国最早的象棋排局谱，是薛丙的《心武残编》；名媛丁佩写出中国最早的刺绣艺术《绣谱》，专著论述全面；改琦的《红楼梦图咏》，最早为后人同题画作提供借鉴；韩邦庆的《海上花列传》，长篇小说创作最早采用吴方言。创作好艰辛，人以书名传，松江多名人，名著仅此举要端。

观看特设之“现代松江人著作展示”，体裁多，题材广，影响大，作者众，书香之城著书连连。请君访问前十名，大名贯耳佳作传——姚鹓雏以“一代诗词大家”而誉冠东南；“中国公路泰斗”赵祖康制定多部工程规范、编写多部权威词典；“中国新文学大师”施蛰存心理分析小说散文流派领衔，唐诗唐碑研究专擅，翻译外国长篇小说与独幕剧多部多卷；“中国现代文学第一编辑家”赵家璧，主编《良友文学丛书》《中国新文学大系》，《赫鲁晓夫回忆录》由他翻译出版；列名“中国现代十大女作家”之罗洪，由松江的《春王正月》走出，颂善贬恶，坚持创作七十年；“中国译坛、文坛、教坛一代宗师”朱雯，翻译与长篇小说创作皆受称赞，毛泽东主席送苏联领导人的托尔斯泰巨著《苦难的历程》中译本由其翻译；被誉为“杂家、通才”的科学家杨纪珂，以数理统计推动多学科交叉，有文存六卷；《中国书画家印鉴款识》《中国绘画史》由“中国古代书画研究和鉴定专家”郑为主编；“田园艺术家”吴玉梅师从唐云画风清新自然，《花开富贵》挂上天安门城楼里的墙面；“伟人理论和中国现实问题方面的专家”李君如，长期专注于马克思主义与中国文化思想研究，理论家的著作紧密结合改革开放伟大实践。松江十大著书名家，生于松江者九，寓居松江者仅施蛰存一人，松江乃作者血脉之地或滋养之地，松江有养育、培育、化育之德能，松郡崇文尚学、敦本开新之城市风尚，如润物之好雨、沁心之宝霖，为名家学者所深纳且外化为报国兴国之良言也。

吾邦勤学、好学、博学之风迄今犹盛，步出大门，得见长廊边有自修室一间，室内座无虚席，寂静无声，读者或电脑上网查阅，或缓笔记录心得，或埋首研阅资料，或提笔撰写论文，修文修学修身，读书充实人生。

松江图书馆，修身成才之书殿。劝君多进图书馆，暇时亦可来休闲，书山文海勤探看。

韩三房赋

开风气之先，筑西式楼殿，民国年间最高楼，三层洋楼人称羡。斯楼旧称“韩三房”，而今悄然近百年[1]，旧日地标今默然，高层幢幢耸周边。建房缘由口口相传，松江建筑样式增添，区级文物保护单位，良工精造清新耐看。

韩家老三子谷[2]，欲娶钱家千金小姐，千金家居东外街，钱家花园桂满园，千金希望婚后也能天天望见娘家花园。韩家诚心一片，聘人设计瞭望楼殿，其时松江民居多为平房与二层楼房，欲得一眼望见钱家，势必高过二层方可拓展视线。为迎美眷新楼开建，三层洋楼领冠云间。

韩三房

如今寻访老楼，秀野桥东隐约可见端美身形，百年雪松绿冠垂荫，黑松挺立百廿年，浓叶去旧渐换新。钢筋水泥骨架坚牢，楼面宽达五开间，进深三间屋宇深，上下三层工艺精，门厅之南设前廊，同花地砖着地拼，最是圆柱气势雄，科林斯式好造型[3]，每层六柱楼挺拔，十八圆柱向天擎。四周明窗南北通透，阳台走廊宽舒步行，西式

---

[1] 韩三房于1925年建成。

[2] 韩家第三个儿子韩子谷的妻子娶自松江东外街钱家。韩子谷因在韩家三个儿子中排列第三，其妻被称为第三房媳妇。而专为三子娶亲而建的这栋900多平方的洋楼，渐而被简称为“韩三房”。

[3] 科林斯柱式产生于古希腊科林斯，其柱头图案呈毛莨叶层叠交错环绕状，如花篮置于柱顶，豪华富丽而修长华美，具有很强的装饰性。

韩三房区文保单位标志碑

架构巴洛克风，整体造型北凸南平。后贴半圆裙房，门斗双柱拔挺；前伸缀花檐口，层层线条分明。正方门斗吸纳园景，中式门窗落地通顶。亮门亮窗大户风范，青灰水泥墙面素馨，铁铸围栏简洁明快，山花窗罩希腊原型[1]，每层地面花样不同，马赛克锃亮使用至今。三楼之上筑小楼，小楼再加遥望亭[2]，一亭在上偏向东，恰似穹庐隆圆顶，风雨无阻娘家望，铁梯矮栏护千金，苍天在上可鉴证，女儿日日思娘亲，天台开阔亭华贵，峭立茸城成胜景。

楼前茂树掩小楼，楼后山石对小亭，盈步小桥跨流溪，玲珑湖石筑门形，名花异树遍小园，时隐时现绕小径。

西式楼宇中式园林，中西映衬松桂长馨。

---

[1] 韩三房的窗罩有精细刻花，其三角形山花造型，源自古希腊帕特农神庙的屋顶样式。

[2] 小楼顶上的欧式亭子于1929年添造。

松江立达中学赋

立达中学，走近百年，立己达人，名出圣典[1]。乙丑年间，虹口创办；立达学园，鼎盛江湾[2]；南翔柴塘，农科分班[3]；“一·二八”时，日寇毁垣；“八一三”至，再遭摧残[4]；公共租界，四年避难[5]；两地办学，分迁四川[6]；抗战胜利，松江回转[7]；改名“三中”[8]，包家桥畔；松汇路边，迁校新建[9]；新纪复名，兴教城南[10]。

曾名“学园”，“花木”茂繁[11]，名人创立，名家领衔[12]，基础教育，学界领前。人格教育，品格锻炼，生产教育，实践磨炼。“立己立人”，真情如焰，“达己达人”，大义超然。“促进文化”，塑魂为先，“改造社会”，造福人间。

---

[1] 立达中学由五四运动的急先锋、教育改革家匡互生偕同丰子恺、刘熏宇、朱光潜、陶载良等创办于1925年2月，迄今已九十六载。校名“立达”，语出孔子《论语·雍也》篇“夫仁者，己欲立而立人，己欲达而达人”之句，意在勉励师生提升自我，乐于助人。

[2] 1925年2月，立达中学创办于上海老靶子路（今武进路）；同年8月，迁校至江湾镇（今车站南路新市南路一带），易名“立达学园”，全称为“上海市私立立达学园”。以“立己立人，达己达人”为校训，以“修养健全人格，实行互助生活，以促进文化，改造社会”为宗旨。

[3] 1930年，立达学园分为江湾部与南翔部，江湾部为初中及高中普通科，南翔部为高中农村教育科。

[4] 1932年，“一·二八”淞沪抗战期间，立达学园处于江湾前线，校园毁于日军炮火；1937年，“八一三”淞沪抗战期间，江湾校园再次毁于日军炮火。

[5] 1937年7月，立达学园在公共租界派克路（今黄河路）复学；1941年12月，日军占领上海公共租界；1942年1月，立达学园被迫解散。

[6] 1941年2月，历经漂泊，立达学园迁至四川隆昌县胡家坝，挂牌“上海立达学园中学部隆昌分校”，后定名为“隆昌立达学园”。

[7] 1946年，立达学园回迁松江；1947年，于包家桥北的朱家廊复校。

[8] 1953年，立达学园改名为“松江三中”。

[9] 1988年，学校迁至松汇西路1260号新建的校区。

[10] 2002年，学校由“松江三中”复名为“立达中学”。

[11] 立达中学曾定名为“立达学园”，立达的先师把学校比作花园，把学生比作有待培育的花木。

[12] 学校建立后，很多名家先后在此任教，现立达中学校园内为陈望道、周予同、夏衍、毕修勺、吴朗西、茅盾和校歌作曲者吕骥等竖立了半身塑像。据记载，巴金、徐悲鸿、马思聪、林语堂等也曾任教或管理过立达学园。

松江立达中学

“引发教育”，立达创见，教育特色，百年承传，个性兴趣，尊重为然，“引导学生，自主发展”，教学相长，自由自然，发展特长，人格修炼。立达中学，我来参观，大门端庄，题字金灿[1]，亦中亦西，建筑有范，青瓦白墙，红柱红边，校园整洁，学子欢然，立达传统，校史纪传，《赤子护心》，塑像墙垣。浮雕简洁，典出有源，丰子恺君，校董承担，爱的教育，力倡力荐，绘制插图，赤子见刊。校徽在中，赤子护伴，心形校徽，硕大直观，右“立”左“达”，“人”屹中间。立达之心，赤诚可鉴，巨人立地，昂首挺肩，人之为人，心乃要端，心正心诚，人之规范。幼幼赤子，天真天然，率直率性，无遮无掩，赤子无瑕，性本良善，四子护心，丹心不变。丰君子恺，为师之范，“赤子护心”，喻教名言[2]，教书育人，赤心赤胆。纯洁之心，天真烂漫，当以珍爱，当以夸赞。浮雕之前，三叠喷泉，活水迸涌，爱流涓涓。一处雕塑，浓缩百年，“引发教育”，立达名典，如今立达，文风浩然，子恺漫画，

[1]“立达中学”校名由丰子恺书写。

[2] 丰子恺认为，教育如同“赤子护心”。

松江立达中学塑像区

美化校园，画风清新，画面自然，教学原则，配图呈现，大师名作，哲理深含，看图知义，爱润心田。网络时代，初心依然，科技人文，和谐亲然，科文体艺，全面发展。

浮雕有情，流泉纯然，赤子护心，爱越百年。

马相伯故居赋

泗泾有幸，留存丹阳马家厅[1]，古镇添彩，故居开放德生民[2]。

门厅面街，常见街坊乡邻，屋宇朝南，时听江声潮音。天井狭小而天光投照，厅堂开阔而大开胸襟。正堂挂满先生照片，展柜实物介绍生平。座椅排开，似闻先生喜会乡贤之朗笑，堂屋高爽，如赞先生捐田兴学之决定。两层老楼，映照济世之心，一堂生德，复旦公学示庆[3]。

马相伯故居

先生原名志德，又名建常，圣名若瑟，生于丹阳北乡马家村也。入塾读四书五经，独爱探天象运行。年逢十一立大志，只身赴沪辟新径，洋学堂里学西文[4]，小修、大修“神修”训练。获颁博士任神甫，传教之余译书百卷。筹银救济灾民，教会声声责难，相伯正义在胸，愤而离开教坛。官场协理文案[5]，调查官商财产[6]。赴日使馆参赞，神户领事担肩，赴美接洽借款，竟致满朝哗然[7]。洋务新政有政难行，爱国外交有才难展。

---

[1] 因马相伯祖籍江苏丹阳，为有别于泗泾另一马姓名宅，当地人称马相伯的寓所为“丹阳马家厅”。住宅坐北朝南，原五埭四天井，各埭带东西厢房，现尚存三埭两天井。

[2] 故居有“生德堂”。“生德”典出于《荀子·致士》“生民，谓以德教生养民也”。

[3] 1905年，马相伯辟建复旦公学，时任七宝乡乡长、书法家张秉彝题匾“生德堂”以示庆。

[4] 1851年，马相伯来沪入徐家汇法国耶稣会办的依纳爵公学（后改名徐汇公学，现徐汇中学）。

[5] 马相伯曾在山东藩司余紫垣手下掌理文案，后又在潍县机械局当差。

[6] 1884年，李鸿章委派马相伯到各地调查招商局账目、财产。

[7] 1886年，马相伯受李鸿章之命赴美为大清海军筹集资金，目标为2 500万两银子，结果24家银行愿意提供总额5亿元的贷款，马相伯大喜，报李鸿章，李鸿章回复“办法甚当，朝廷大哗，舆论沸腾，辟矢集我，万难照准”。马相伯大为失望。

马相伯故居内景

深感“自强之道以作育人才为本，求才之道，尤宜设立学堂为先”，毅然捐田三千亩，捐给教会办学堂。爱国兴学办“震旦”，崇尚科学，注重文艺，不谈教理，民主管理。耶稣教会，公然夺权，学生抗议，集体退出学籍。先生支持学生，带病择址吴淞提督府，复校改名“复旦”，大号复旦公学，“恢复震旦，复兴中华”，校名之中见本意。马相伯任首任校长，口述心授法文授讲，“学术独立，思想自由”，复旦校歌华夏唱响。

为抗日救国，先生以九十一岁之高龄而奔走呼号，发表《为日祸告国人书》，主张“立息内争，共御外侮”。竟日辛劳作榜书，筹得专款十万元，每幅三十五十元，先生用力何其多！一足得病身须搀，挥毫作书仍不倦，款送抗日义勇军，助力杀敌上前线。发起全国各界救国会，“耻莫大于亡国，战虽死亦犹生”，连续四个月，国难广播演说十二次，激励民众，抗敌为先。百岁诞辰之际，各地遥祝百龄典礼，受赠寿仪，先生移之慰问军中伤员。

国家之光[1]，举国共尊，爱国老人[2]，爱国一生。

---

[1] 1939年4月6日马相伯百岁诞辰，中共中央特致贺电，称他为“国家之光，人类之瑞”。

[2] 在宋庆龄陵园名人墓园内的马相伯墓前方卧置的一块旧墓碑上，刻有“爱国老人马相伯先生墓”十个篆书大字，后方置一新碑，碑上嵌马相伯先生遗像，并刻有先生的生平介绍。

仓城张氏米行赋

老字号复兴仓城，旧米行新妆永丰。大仓桥东秀野桥滩，张氏米行重开门面。肇业于民国年间，新张在“网速”年代。临水通港，曾见大船小舟运货送粮，南岸漕粮出进大仓；面街应市，可闻市声俗语乡情民风，北街人来客往繁华。仍是黛瓦白墙，依然重檐楼窗，“仓城张氏米行”，店招木匾悬放。米行宏轩高屋，店内声静气畅，巨幅画屏居中，图绘仓城风光，一束稻穗置前，聚焦农耕时光。老板不着“行头”，店员不亮工装，未见轧米场景，不复米囤库房，米行变身展厅，展厅介绍米行。大厅高柱对列，当年店堂高敞，而今南北径行，长厅大度宏放，展柜亦为展板，两侧展开旧踪。

松郡稻米文化，历史悠远久长，五千年前犁耕，出土石犁见证，四千年前增产，石镰割断稻根，唐代设华亭县，围垦造田加耕，南宋提高亩产，二石三石领先，元代治水兴农，良种良法俱增，明清两代力耕，驰名品种香粳，

仓城张氏米行

仓城张氏米行内景

民国农事传承，植棉种粮谋生，生产技术提高，米业发达兴盛。当年秀野桥滩，米行鼎沸市声，闹市百业集聚，多家米行营生。乡亲惯于米食，米饭米粥温存，米似寻常之物，米乃长生宝珍，有米家中无忧，有饭日脚甘甜，米是餐食珍本，米是民生之本，米行开在街上，生意做在根上，米业繁荣兴旺，百业百家安康。

旧地契，印证田乃米业之本基，老照片，介绍人是农耕之主体。顺应自然，改造自然，荒滩泖田变良田；热爱种田，科学种田，松江水稻夺高产。专家陈永康，种粮好模范，种出“老来青”，优质又高产。

观旧物，知往事。升老斗旧，传统工具凝智慧，装米载粮，烦劳之际亦简便；秤轻权重，石权计量在秤杆，钩牢星准，手提肩扛称稻米。石磨苍劲，曾经磨出多少软糯日子？糕模刻花，先前翻制几许甜蜜感觉？算盘无声，核算过仓容与利润；蓑衣不湿，曾遮挡梅雨和阵雨。谷筛千眼，掌筛人一心务本；竹匾紧密，拣米时簸去麸皮碎糠。挂篮数只，似待饭篮出现，筷笼一只，刻花福气盈门。麻布袋中，有杂粮杂豆出样，白墙棕板，挂大米小米品名。南门面河，当年此门是正门，商贩买家皆从秀野桥滩过往；柜台对客，而今游客亦顾客，观展购物都在模拟场景体验。

展品以旧为贵，贵在凝聚米行兴衰史；卖品以新为优，优在承传之际有开拓。看如今，松江大米软香滑糯好口碑；望未来，绿色生产稻丰米优好品牌。

草庐酒家赋

草庐酒家，声名上佳，松江符号[1]，传统光大。

店主金杏荪，早年拜师厨房历练，聚丰园积聚兴业经验。抗战后马路桥盘下新兴馆，店名前加注“杏记”，三间草屋重开新店，屋顶披稻草，店堂因陋就简，菜具特色，顾客交口称赞。前无店招出挂，内有佳肴出产，专选本地食材，里人乡味眷念，菜品凝聚乡情，食者点菜加餐，靠近中山路口，草屋亦成景观，时人喜而好之，直呼“草棚饭店”。

小店堂做出好名堂，本帮菜创出锦绣篇。清炒河虾仁，白嫩又清鲜；红烧四鳃鲈，松江特色见；八生鱼火锅，名鱼鲜上鲜；八宝球、地梨球、虾球上椒盐，三球脆、三球香，招牌菜式鲜。三虾豆腐味交融，冰糖河鳗糯夹甜。店主金杏荪，妙手烹时鲜，大厨王福生，厨艺日中天。此方食材蕴精华，因地制宜深钻研，精烹细制求至味，草棚生辉一招鲜。

店堂洁净菜式好，草棚声名正隆著，俗称似可改雅号，名士提议名“草庐”[2]，文人雅士喜来临，书法名家乐题书。白蕉、朱孔阳、陆维钊墨舞，行书与草书，题名赞草庐[3]。乡贤赵祖康，卤鸡带回府，画家程十髪，宴客设草庐。云间食客纷至沓来，本帮好菜接连推出。生意兴隆，稻草屋顶撤除，减少烦劳，草顶改为瓦铺[4]。草庐虽然容貌改，草庐品牌已牢树，名家墨宝扬名声，里人结缘爱草庐。美食美在源自生活，美食美在特色显著。“好饭好菜好

---

[1] 草庐面制点心、草庐本帮菜双双入选松江第十二届上海之根文化旅游节评出的“松江66个经典符号”。

[2] 因顾客对“草棚饭店”的特色菜肴多有赞誉，松江知名人士，洪锦隆茶庄经理万正甫提议仍保留草屋佳肴的特色，饭店改名为“草庐酒家”。也有人认为，草庐是谦指简陋的草屋，并有美食源于草野之意。

[3] 据金杏荪堂弟金豪回忆，书法家朱孔阳、陆维钊，画家白蕉自1946年起重临草庐，会见金杏荪后先后书写“草庐”“草庐酒家”的条幅留存店家。

[4] 开业两年后，为减少每年在屋顶揭换稻草对正常营业的影响，酒店改成了白墙乌瓦的砖木结构建筑。

草庐酒家

点心”，殷切赞语话朴素[1]。一方水土生一方食材，一方食尚续一方民俗。

公私合营期间，金杏荪一如先前倾情付出，采购、传艺不辞辛劳，妙手绝制合子酥。一九六〇年，西移二十米新建三开间二层新屋，店堂扩展，更多顾客来光顾，缘于坚持质量标准，缘于认真诚信不马虎。特殊年代店号被改[2]，传统工艺未被颠覆。一九八〇年，草庐酒家大名恢复。一九八四年，人民路北拓，路东临时房过渡。一九九二年，草庐搬迁至人民北路五十四号，新店堂翘角飞檐敞亮宽舒。一九九三年，草庐改回私营企业，真心服务真情不负。

传承加创新，美食文化松江标符，口味松江化，家常菜点品质不俗。应

[1] 据金杏荪外孙蒋近朱回忆，1955年6月6日，全国人大常委会副委员长宋庆龄来松江视察，松江地委请金杏荪率领草庐酒家的名厨在宴会上烹制了“四鳃鲈鱼八生火锅”，还上了名点合子酥，宋庆龄高兴地说：“好饭好菜好点心，松江美味，松江是真正的鱼米之乡。”

[2] 1966年至1970年，草庐酒家曾被改名，一度用过“人民饭店”“向阳饭店”“迎春饭店”的店名。

时点心，顾客常年排队等出炉；家乡好菜，家常菜谱肯花真功夫。菜筋塌饼大烧卖，生煎汤包葱油饼，登上上海名点心名录。油墩子，夹沙包，鲜肉春卷甜糖饺，荷叶糯米鸡，麻球锅贴条头糕。创新本帮菜，好菜好味道。酱爆鸡丁酸带甜，川菜风格，本地味道；清蒸河三鲜，本地水产本帮烧，黄鳝咸肉烧田螺，香脆鳑鲏鱼肉不焦，还有三鲜双色瘪嘴团，皆有上海名菜独特味道。

食在松江有草庐，本地食料本地厨，鱼米之乡物产丰，精工细烹好风俗，一方美食一方人，日常生活变丰富，寻常菜点用心做，诗和远方也眷顾，草庐不“草”有精神，聚精会神声名著。

邑名轩赋

往昔松江城，多见小书摊，东岳庙内，长桥街边，马路桥东，钱泾桥畔，塔桥西侧，剧场对面，零零散散，常常见见。或搁置木摊架，或拉起挂书线，不大不小一间房，不远不近临街面。小人书一本本排成行，小凳子一条条人坐满。进店巡书架，书名印封面，封面添彩色，精彩又凝练，小小连环画，随你来挑选。故事绘成画，文字配画面，一幅接一幅，情节连成环，场面好生动，活灵又活现，人物有性格，场景有化变，对图看文字，不断往后翻，店中多男孩，乐此不疲倦。

一分钱，两本小书可翻看；借回家，一天一本一分钱。侠客名将追风云，革命党人显风范，智勇双全小英雄，爱岗敬业老模范。小人书蕴含大道理，连环画作用不一般。而今此景已变迁，小人书摊早不见，文化生活变丰富，连环画册已出圈。

幸有热心人，集藏办展览，中山西路上，开出邑名轩，临街小门面，新式小书摊，后埭隐楼阁，研讨添空间，名家旧手稿，展示上墙面。院门西面一小间，玻璃门窗连墙面，白木书架，展开三面，面向长街，有时清闲。书在架上，展示封面，党史人物，先辈画传，红色少年，巾帼名媛，革命运动，抗战前线，谍战风云，爱民模范，解放战场，建设前沿，希望田野，企业车间，经济改革，城乡发展，神话故事，成语渊源，四大名著，外国名篇，古典戏曲，评话评传。古今中外莫不可绘，寰宇人世浓缩其间。理想与现实同观照，艺术与生活紧相牵。画面生动，情节相连相贯，文字简洁，叙述妙语连篇。要看书，小人书最引人；要学习，连环画最直观。大作者执笔文字精，名画家动手佳画传。讲故事，故事跌宕道理深；连画面，图画生动真好看。小孩最爱看，大人也喜欢。

埋首乐阅，人生艺趣增，收藏陈展，文化记忆添。引人入胜，独有之魅力曾无可替代，寓教于乐，化人之文风也和顺畅然。

时已过，旧境迁，连环画，出边缘，新样式，频出现，小书摊，早闭关。当年记忆难忘怀，连环画作有经典。小书化育几代人，小书滋润大画坛。集而藏之，美好留存，展而示之，文化留传。

上海国爱红瓷馆赋

红色文化引领，红色主题鲜明，精品红瓷展陈，大师佳作缤纷。松江中山街道，阡陌创意园区，国爱红瓷开馆，奋斗历程凝聚。

步入展馆，顿生敬意，伟大领袖毛主席，大型胸像神采奕奕。陶瓷名都景德镇，满怀深情向党献礼，塑像焕发伟人神采，作品独具艺术魅力。

主席用瓷，代号“七五〇一”，创作灵感，来自伟人诗意。餐具大方而又清丽，茶具清朗而见高逸，文具简洁而显雅韵，烟具精巧而呈豪气。毛主席为党为国为民日理万机，专用瓷适用好用耐用细心设计。餐具皆添盖，过了饭点也可保温，汤碗再加深，菜汤淘饭足够容存。瓷胎高白、高透，瓷体高洁、高润。图画梅花傲雪，纹饰劲竹迎风。画面清新，图案意深。革命领袖，以博大胸怀展开大手笔，诗人风华，在专用瓷上精绘新花痕。精工细作，堪称顶峰，当代工艺，至美至臻。瓷盏无声，岁月运恒，瓷器寄情，思念伟人。

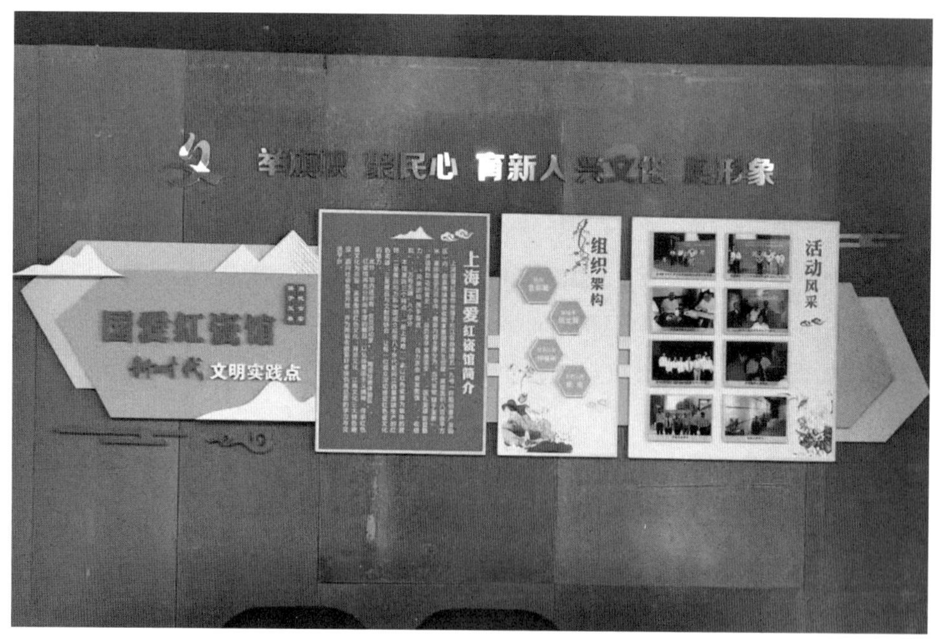

上海国爱红瓷馆

开国十大元帅，彩塑胸像端正，身着元帅礼服，心怀华夏苍生，曾经枪林弹雨，何惧风雨兼程，形神各具风采，革命勋业永存。

上海国爱红瓷馆国礼重器展柜

回望强军历程，塑造革命军人，井冈山上设阵，艰苦卓绝长征，抗日兵民同仇，解放大军得胜，人民战士形象，彩塑生动传神。

再现建设场景，讴歌自力更生，重新改造山河，创业精神威猛，红旗渠盘山腰，大庆风雪铁人，几多熟悉面容，几多匠心塑成。

如闻天山泉流，如见草原云腾，各族人民携手，康庄大道同奔，服饰别具特色，神情喜气盈门，时见载歌载舞，形象细腻逼真。

伫看国礼重器，器型典出有本，宝瓶九狮双耳，寿盘福寿齐增，画面吉祥如意，青花红釉至尊，增进中外友谊，陶瓷精品敬赠。

瓷塑先进人物，英雄浩气长存，崇尚时代楷模，传承革命精神，选取典型场景，突出人物特征，英模可亲可敬，瓷艺美奂美轮。

千年瓷都，文化重镇，景德镇，瓷器城，瓷艺精湛，全球声震。建国之后组建国营瓷厂，十大瓷厂[1]华夏大有名声；美瓷承载红色文化，红色陶瓷收藏加温。中华工艺中华情，中华文化中华魂。

用传统艺术承载红色文化，为“四史”学习打开瓷艺之门[2]。

国爱红瓷馆，传承担大任。

---

［1］中华人民共和国成立以后，景德镇整合组建了一批大型国营瓷厂，其中建国、艺术、人民、红旗、雕塑、新华、曙光、东风、为民、光明等瓷厂因规模大、出品多、产量高、工艺精、品质好而被誉为“十大瓷厂”。

［2］“四史”是指中国共产党党史、新中国史、改革开放史、社会主义发展史。中国共产党的领导是“四史”的主线。

云间粮仓赋

松江又名云间，稻米生产名邦，人民政府为民，南门粮库建仓。滨水临河好地方，邻乡近城聚众望，船运车载有来有去，仓容库存过秤过磅，集一地之丰饶，供万民之食穰。

昔年米粮入大仓[1]，而今属意纳文创，通波塘畔，谷仓转换功能，南门粮库，旧容今貌碰撞。平房一排排，曾经纳入“老来青”风光[2]，筒仓聚八座，

云间粮仓

[1] 位于松金公路10053号的云间粮仓文创园，是20世纪50—90年代陆续兴建的粮食仓库及加工厂区，现存有原用作粮库、面粉厂、碾米厂、配合饲料厂等的建筑59栋，占地面积136亩，当地人统称这片区域为“南门粮库”。

[2] “老来青”是我国著名水稻专家陈永康（出生于松江车墩）培育的高产水稻品种，在20世纪50年代曾达到大面积亩产500千克的高产，因此松江当地和太湖地区把“老来青”作为水稻的当家品种。陈永康因此先后被评为华东地区和全国水稻丰产模范，1965年荣获国务院颁发的科学奖，1978年获全国科学大奖。南门粮库当年曾库存有“老来青”的稻种。

云间大广场

规划变身圆柱形客房，天宽地阔一宝地，风生水起开新尚。

晒谷场改为大广场，通南连北接旧仓，开阔地功能好许多，停车、运动、秀时装。碾米厂青砖透出年代感，长筒仓红瓦迸发炽烈情。绿化带分列欧式路灯，中西互融，人民河排开仿木护栏，水岸皆景。

平房架构不平凡，三角屋顶大跨，两侧木梁承重，中间宽敞，东西贯通，长达百米，容粮万担，苏式建筑，俗名“万担仓”。而今修缮如旧，做会场，当展厅，宽而舒之好得当。父女画作展[1]，水城朦胧，文心激越跨中外，“画说经典展”[2]，墨浓纸淡，笔势纵横摹盛唐。白墙衬彩画，美意绵延在统仓，旧屋陈新作，人文精神耀吾邦。

云间艺术馆，书画名家聚云间；名家工作室，美术创作出灵感；传道有书院，人文学术育青年；谷仓美术馆，定期轮换开展览；创意办公区，桌面

---

[1]“水城意象——陈燮君、陈颖油画展”于2019年12月21日在云间粮仓开幕，展览共展出陈燮君、陈颖父女创作的百余幅中西水城的油画作品。

[2]“画说经典展”于2020年5月10日在云间粮仓·云间艺术馆盛大开幕，陈佩秋、林曦明、陈家泠等39位知名艺术家历时8年创作的300余幅演绎《诗经》、唐诗、宋词等经典的画作正式展出。

巨幅筒仓涂鸦《稻田守望者》

电脑连外线；院士文化区，院士书画展新颜。

沿岸休闲区，滨河景观可亲水，河岸咖啡馆，人坐水边心悠闲，亲子餐食厅，美食共享天伦添，文创开集市，工艺作品可把玩。晒场变身绿茵场，足球少年奋争先，空场竖起篮球架，赛球竞技看投篮。

八座筒仓紧拥紧抱，丰润饱满雄浑厚重。向上拓展空间，粮库建起立筒。坚坚实实紧紧团拢，高高昂昂深深库容。松江南门地标，镇园之宝庄重。秀在冲天之势，雄在立地之功。曾是稻谷入藏之所，变身客房改换妆容，筒仓亦是登高塔楼，放眼云间车水马龙。入夜仰叹筒身，外壁巨幕当空，故事影片大场景，七彩缤纷光影动。

平房一长排，啤酒满屋仓，“啤酒阿姨”名闻沪上，“网红”品牌旗舰驻仓。是啤酒店，也是世界啤酒博览酒仓，墙面冰柜颀长，迎门吧台安放，整整齐齐六万瓶，大瓶中瓶小瓶装，形形色色一万种，标贴红蓝绿灰黄，桶装生啤论扎卖，扎杯厚沫往上冲，瓶装精啤口味多，清淡浓烈品味中，世界名品荟一堂，精酿啤酒新潮涌，黄啤黑啤再红啤，水果啤酒女士钟，坐而品酒知酒味，酒沫连液入腹中。执杯在手观酿造，水麦酒花出流淙，轻呷慢咽皆入喉，淡淡苦味微醺动。粮仓本是储粮处，麦粮酿酒似同宗。

当年存粮为民生，物质保障惠民众，而今转型仍为民，精神食粮受追崇。

江南第一网赋

泖河潮来水势急，一岛分水小独圩，圩南支流不通航，擎天大网捕大鱼。

人称“江南第一网”，大如足球场地一个半，巨网高张在半空，吊网铁塔高似楼十层；四角吊起，如足球场地被高吊，巨网入水，两岸开动卷扬机。网入江中水花轻溅，网沉江底观者沉寂。拉索高扬划出弧线四道，水流湍急起网须待时机。游客专程前来，观赏大网捕鱼，岸边你猜我测，一网渔获庶几？渔人摇动小船，迎风摇向网区，只见吊索拉动，大网四角拎起，渔人连船进网中，网拉船在大网里，小船轻摇慢荡，大网徐徐见底，网底轻贴水面，渔人网兜操起，网中群鱼蹦跃，兜进小船舱里。慢沉沉大网放入水下，稳笃笃小船摇出网区。鳜鱼跳，青鱼甩，鲤鱼压住白水鱼，还有深水老鼠鱼。江宽鱼竞来，水深鱼翔集，水阔网亦大，缆索拉网创奇迹。网大网眼也宽大，漏出小鱼为后继，大网虽大也有情，空挂当在禁渔期。

渔网何其大也，岸边无以捞鱼，须得船入网中，方可渔翁得利。斯为渔业奇观，堪称江南第一。

江南第一网

松浦大桥赋

浦江上游得胜港，松浦大桥声叮当，公铁两用桁梁桥，连续铆接有好钢，老桥已旧正改造，双层皆修做“微创”。金山支线如高铁，复线建成连路网，东首另建专用桥，铁路专线来回忙。搬除铁轨减负重，加宽上层更稳当，非机动车与行人，底层慢行可观光，上层公路拓车道，二道变六更通畅。上层引桥须拼宽，下层引桥再顶上，车亭公路车流密，运行维护两不妨，桥龄延寿五十年，外形更美架江上。

当年石化建总厂，交通运输添繁忙，得胜港口选桥址，铁路公路联桥上。铁路一九七五年通车，公路一九七六年开放。上海人民欢声动，钢铁大桥映晴光。黄浦江历史开新篇，无桥的窘境成既往。通车庆典彩旗飘，鼓乐阵阵声势壮，彩车列阵四百辆，车流驰动真浩荡。

黄浦江建成第一桥，桥建江上好风光！“黄浦江大桥”是大名，初起的桥名响当当；桥连车墩与亭林，一九八九年，改称“车亭大桥”也恰当；继

松浦大桥建成通车场景

而南浦、杨浦两桥建成，徐浦、奉浦开建顺当，黄浦江上大桥在增多，名称渐有规律可傍。一九九五年，参照当时取名法，以松江县名携来“浦”字殿后，正名为“松浦大桥”好荣光。易名几度，岁月流光，桥墩三座，钢桁稳当，船行鸣笛，车来车往，大江添彩，朝映霞光，歇浦增美，夜灯辉煌，南北连通，钢铁长廊。定班列车驰过江面，城乡物资输送八方，公交客运无惧风浪，两岸走动随来随往。

桥梁俊秀如长方连廊，清爽通透领当年时尚，V字钢梁支承上下，象征胜利载送希望。交通要津须警备，武警值守保安康，四十年后撤营区，军民联防情难忘。

松浦大桥，我当年曾骑车来探望，车亭路上货车上坡，江边人家炊烟慢荡，桥下拖船犁碎银波，铁轨之上火车过往，阡陌农田一望无际，浦江悠悠奔向东方。

松浦大桥，黄浦江上第一座大桥！上海人民引以为豪，松江百姓倍感荣光。一桥建成作引领，多桥开建阵势壮，过江烦难成旧闻，领首之功莫遗忘。当年标志性建筑俊伟，而今松浦二桥三桥“高大上”，松浦大桥虽见矮，辈分在前自轩昂。

松浦大桥，进入壮年更俊朗！

松浦大桥

广富林文化遗址赋

村民开河，掘得古代遗物若干，时在一九五八年；文物普查，探获古代生活遗址，斯为一九五九年；考古勘察，发现古墓陶鼎，发力一九六一年；开掘池塘，又见墓葬与陪葬品，已是一九九九年；再度发掘，古墓葬古遗迹多有发现，延至二〇〇五年；辟银泽路，墓葬房址稻田并现，二〇〇八年起历时三年。发掘规模扩大，平面场地找见，出土大量陶器、石器、骨器、牙器，专家研究定性，印证文化内涵，分析遗存器物，源头远在中原。

先民来自豫、鲁、皖交界地，王油坊类型文化器物一路随迁。“移民文

广富林文化遗址

广富林文化遗址考古发掘现场（2008年）

化”特征明显，距今大约四千多年，上承良渚文化，下衔马桥文化，史前文化空白补填。专家命名为“广富林文化”，遗址得以扬名。远古广富林，水沛草丰茂，地肥生郁林，先民一路来追寻，筚路蓝缕拓新境，垦荒植稻屋舍定。广富林，上海最早来移民，移民在此定居安营。

史前文化根脉续延，市镇兴盛当在明清。贴近辰山山可望，依傍大河沈泾塘，九峰三泖膏腴之地，富林集镇一方望云，水路拦有关栅，水桥多座成景，庙宇宫祠相望，进士牌坊高擎，主街店铺排列，社学、义学并行，诗书科第延续，入仕代有才俊，诗书画著纷呈，更有陈子龙[1]壮烈留英名。

今至辰山塘边，官塘桥气派非凡，桥中央宽可双向驰车，桥两侧步行石级步步铺展，桥身高隆而桥坡舒展。桥面宽宽绰绰，桥堍绵绵延延。

官塘桥头向东看，工程建设格局既定，多种建筑呼应成景，广富林文化遗址渐次展开，游客与历史正在走近。

---

[1] 陈子龙（1608—1647），南明抗清将领、文学家。曾任南明兵科给事中一职，清兵陷南京后，与太湖民兵武装联络，开展抗清活动，永历元年（1647年）兵败被捕。在押解途经松江跨塘桥时，突然投水自尽。松江广富林村修有陈子龙墓。

广富林考古遗址展示馆

银河弯弯，遗址在畔，瓦罐造型临水建，好像巨罐半埋三个半，又加边上五张超级大陶片，建成“考古遗址展示馆”，考古发掘，现场文物尽可赏观。入展厅，如钻进暗金色大罐里面，拱顶平地列展柜，遗珍敬请分辨。远古陶片陶饼，垂腹釜鼎，细高柄豆杯筒形，绳纹地砖、兽面瓦当，青铜工具，稻壳稻米已然成型。文化遗存越五千年，先民开拓史迹再现。

过银河南行，巨型照壁赫然在目，圆雕富林形胜，砖刻旧时盛景，收揽山下风光，流动水乡风情，农人稼穑在田，士人礼仪谦谦，船载八方来客，桥接河流水清，画幅体量巨大，气势撼人胸襟。

缘石径向东，有湖名曰富林。湖面水势均平，湖上坡顶水托擎。大坡顶，大三角，创意来自远古干栏式建筑，茅屋坡顶干栏，遮风挡雨防潮湿，简单实用护佑安宁。富林湖上屋顶如浮，水光潋滟勾勒倒影，金顶浮水水添古韵，水势浩漫唯见屋顶。顶在水上显露，屋在水下匿隐，文化交流中心，建在水下大厅。

隔水殿宇相伴，矗起国际会议文化交流中心，高屋大宇宽厅深堂，华灯辉灿，古意今贯，嘉宾满堂，话语出新。

出会议中心，古建区中徽派风情。高墙素白，益见绿植葱青，门头繁复，砖雕石雕凸型。小院大名“集贤”，小松怡然迎宾，马头墙下过庭幽静，夹弄之首门洞轻盈。“明代高房”今设朵云书院，朵云名轩于此别开新境。书香茶香融汇老屋中，书版画版分置展示厅。阅读购书访古籍，会议培训有大厅，活字印刷亲体验，长桌画轴山水情，古今书画办展览，社交休闲品新茗。迁来老屋，用途出新，传统文化，氛围相应，古屋古籍，新设新境；两层围屋，长方天井，水蓄中央，天井如镜，白云倒映，天云移景，偌大朵云，宁清诗情；门扇连窗，雕花透光，梁柱挺立，白墙境清，木质书案，新书刊行，线装古籍，开架上新；迷你茶具，微型盆景，精致折扇，文创小品，文房四宝，宝卷清心，徽派古建，充溢文心。

木艺传承展示馆，物件来自老徽州，古民居中木雕件，文臣武将英风浩然，戏剧场景活灵活现，花鸟虫鱼气息生动，吉祥如意图腾辉灿。精刻细镂，生活气息注满藏品，巧构妙作，江南艺人倾注真情。

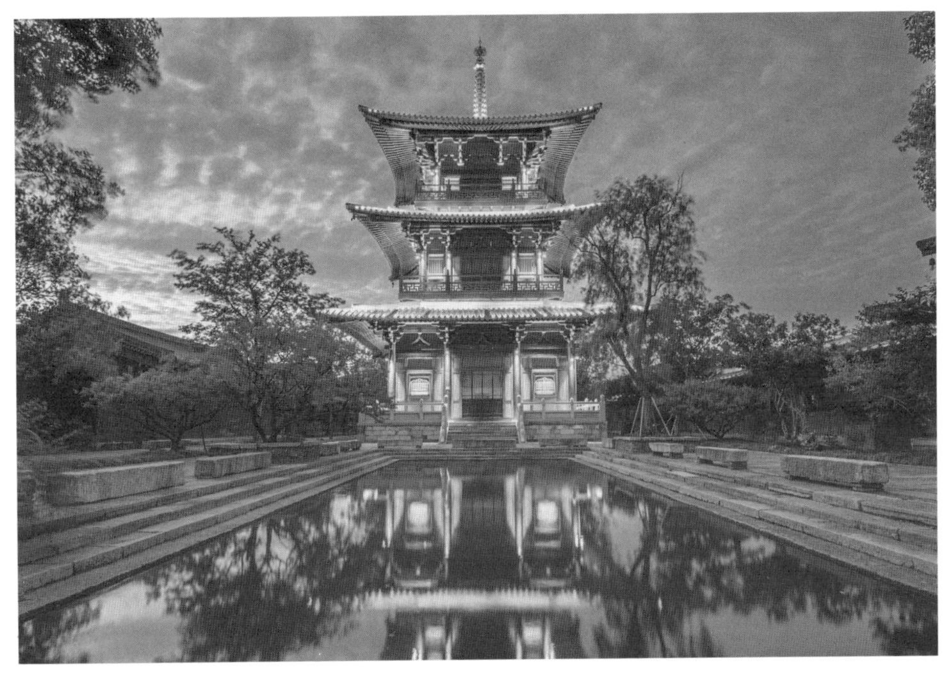

富林塔

三层宝阁富林塔，雍容大度显富态，塔檐张盖塔顶鎏金，弧线舒张檐盖轻云，端庄沉劲大气充盈。登塔四顾风光四面，四方观塔特征鲜明，富林再现盛唐雄风，雄强淳美塑建声名。

世事沧桑，峰泖回望，先民垦殖，兴其乡邦，吴山秀水，沪上之光。上海之根，自可寻访，文化展示，设展此方。入口古朴，古根雄放，考古场景，模拟探方，田字格内，专家担纲。深入隧洞，倒流时光，崧泽文化，陶器陈放，良渚文化，陶具釉光，广富林文化，陈列玉琮简洁粗犷。看习俗，来自龙山，辨文化，类型归为王油坊。农耕垦田有石犁，干栏屋舍风雨可挡，渔猎捕食枪杆在手，脚踏山林阅尽苍茫。

上海之根根在松江，松江府县百业兴旺，巍巍城墙墙高城古，瘦瘦马桩缆定沧桑。城门前挑夫驮来粮棉，屋檐下款步走来客商，茶楼上评弹雅音伴流水，官道旁粢饭大饼叫卖忙。水乡客船枕河借眠，深院孩童课读声朗。大街上店铺林立，小弄口人来人往。竹匠铺劈开长竿，织布店梭来子往，绸布庄挨着豆腐坊，绣坊边上开药房，老酒馆、大饭店，糕团点心手作坊，算签解卦卖香烛，打铁磨刀穿弄堂，市河水清聚人家，民居傍河有楼房，古董瓷器珍宝店，大清邮局传邮忙。民国松江火车站，客货运输皆兴旺。松郡物阜民风淳，衣被天下有名望，贸易兴盛兴上海，上海之根衍新邦。

探毕古城场景，古陶地宫在迎。展厅阔达通透，陶瓷色色形形。第一展区看远古文明，新石器早期，陶器有发明，红、灰、黑、白、彩，压、拍、划、刻、镂，仰韶古文化，工艺成先型；第二展区循中古文明，夏商周时期，与生活更接近，灰、白原始陶，印纹器上印，料好温度高，原始瓷器兴；第三展区探春秋文明，胎质更坚硬，规整定造型，器型添种类，龙窑烧瓷青，仿照青铜器，典雅釉色新；第四展区溯秦汉文明，典型壶盆釜，工艺高水平，器型纹饰多，装饰如繁星，形硕臻实用，陶俑塑工精；第五展区访魏晋文明，陶瓷分两色，工艺熟而精，北方产白瓷，南方瓷灰青，施釉薄而润，瓷器更流行；第六展区仰隋唐盛世，艺承南北朝，盛唐倾豪情，浓艳唐三彩，丝路传文明，色泽多斑斓，大方好器型。展馆看古陶，土中藏精灵，拙朴聚智慧，端庄凝礼敬，纹印多精巧，造型见匠心。生活好伴侣，雅致工艺品，古陶传古语，聚珍汇文明。

塔之东首，红墙紧围三元宫，道教宫观继传统，纪念上古三贤，尧舜禹尚德建圣功。恩泽后世千万年，业润江山千万重，宫门三重树丰碑，欲访圣容在桥东。

复建知也禅寺，纪念施医救人之知也禅师，宽裕宏大，唐朝风格中蕴含济世情怀，静穆典雅，木质构件上体现崇本理念。青瓦罗列，门头顶盖大檐，肩接正脊，前殿翼势飞渐。木质有机组合，门面简洁自然，木料纵横交错，空间宽舒缓然。钟楼鸣晨钟，鼓楼悬法鼓，五方文殊殿，定心在此间。修学大智慧，树立正知见。祖师尊知也，崇德仰前贤。大雄有金殿，世间种福田。地藏度众生，观音大悲愿，丈室灯烛明，禅堂静禅心，殿廊连古今，楼阁续法缘。

湖上起平地，英雄归故里，志士陈子龙，肃穆纪念地，牌坊循高古，照壁砌赞誉，石碑祭忠烈，塑像凝正气，祠存追思情，廊寄恋乡意。

站在中心广场，巨型骨针如柱对天，古人削骨钻孔磨骨针，骨针编织渔网渔获增添，制作骨针耗时费工多繁难，制成骨针文明水平不一般，放大工匠效应，竖立雕塑启示人间。

农田广陌处，地下宝藏仍有大片，考古发掘有计划，留待后人去探研，冬种翠绿红花草，夏覆水稻作耕田。放眼望去，有瓷窑展示馆，外形奇特如大坛大罐，临水之处，合掌村村屋如双掌合伴。

辰山塘畔，关帝庙红光辉灿，关帝祖庙授牌，沪上独此宫观。昔年旧庙风消云蚀，其形黯然，而今重建，其貌焕然，石碑记述前世今生，正殿塑像好威严。武财神民间信奉，保平安万众期盼。城隍庙紧连关帝庙，文昌阁魁星殿气度非凡，殿阁一体承文脉，雍容大度涵河山。府城隍殿中受供，县城隍也有专殿，一庙两城隍，老城合府县。画栋绘雕梁，还有富林殿，城隍庙前天地宽，牌坊高耸水湛湛。

进仿古街，风雨桥得见，一路游览，此处小坐且休闲。明代古宅，原在江西贵溪，首辅夏言，府邸原拆重建。富林门边，滨河相府得见，中式酒店，宰相名头扬显。三层三叠四柱，头门气派非凡，金丝楠木鼎立，大堂富丽壮观。客房现代中国风，复式套房古意盎然，餐厅词牌来命名，味美形美精致菜典。连廊连起内庭雅苑，喷泉喷出徐缓时间。坐看人来人往，闲品史海云烟。

五千年前古遗址，地下奥秘已可探看，明清时代古市镇，而今重现宫观大殿。

泖港大桥赋

大泖港上建大桥，开创纪录堪自豪，一跨江面二百米，过江不用渡船摇，上海造桥开新篇，大跨度建成斜拉桥。

跨度曾为国内最大，混凝土斜拉桥最先在泖港建造，双塔双索预应力，一来一往两车道，连接浦南畅交通，遥望九峰连三泖，叶新公路得连贯，浦江上游树地标。

当今莫嫌此桥小，当年领先出生早，二十世纪七十年代，工程研究立项开肇，一九七八年四月正式动工，一九八二年六月在泖港造好，叶新公路车来车往，东西畅行车过大桥，沪上建桥第一例，斜拉大桥气势豪。设计思路科学求实，严谨施工多有创造，工期四年艰辛探索，经验教训积累不少，工匠精神尽情发挥，工程质量上佳上好[1]。泖港大桥旗开得胜，斜拉桥建设寻得

泖港大桥

[1] 泖港大桥于1982年被评为上海设计系统优秀设计奖；于1983年被评为上海市政系统建设十佳工程。

门道。探索进入新境界，深化研究再提高，试验成功信心增，大手笔再造南浦大桥，泖港大桥是首创[1]，造桥史上立功劳！

江流奔腾过泖港，浦江上游看创造，高塔两对冲天起，巍峨超逸架琴瑶，拉索斜提桥安稳，塔柱接撑似剪刀，桥面修长铺横杆，悬索如弦竖琴高，安立浦南几十年，初心依然未动摇。

今日北侧添新桥，桥面更宽更新潮，塔柱鲜红更醒目，红色桥栏护车道，风吹竖琴响连声，弦歌回响南北桥，最后过车莲浜线[2]，老桥功成桥封牢，仰看新桥多雄伟，老桥乐退姿态高，大泖港水似无声，水推波涌念老桥。

---

[1] 泖港大桥被誉为“上海斜拉桥之母”，也是南浦大桥的试验桥。

[2] 2000年8月30日凌晨，莲浜线上最后一辆驶过泖港大桥的车辆驶离后，老桥被封闭，新桥北半幅桥梁开放通行。

杨园车墩版画美术馆赋

松江丝网版画，民间艺术奇葩。农民手持画笔，身边好景描画。乡土气息浓郁，剪纸皮影升华，巧用丝网感光，贵在神采焕发。

版画之乡车墩，杨园[1]迎来画家，老宅敞开心扉，创作基地驻扎。

东西杨家[2]石桥，双桥辉映杨家。嘉靖兵科给事，允绳弹劾不法，胡膏反诬允绳，允绳灭身受罚，允绳之子应祈，千里赴京救父，闻知父亲问斩，狱中绝食辞父，杨家两代忠烈，含冤血洒京华。其后穆宗即位，赐建父子忠孝祠，熹宗登基之后，“忠恪”谥号颁发。后辈致力中兴，招鹤亭台[3]超拔，白鹤追思先贤，乡亲赞颂杨家。古宅现今修复，依然白墙乌瓦，东院三面围合，西院两层挺拔。庭院研习创作，楼堂佳作高挂，百年老宅有幸，原乡缘结版画。

杨园车墩版画美术馆

---

[1] 杨园原为明代嘉靖年间兵科给事中杨允绳（？—1565）的私家园林。

[2] 华阳镇盐铁塘上有单拱石桥庆阳桥、清河桥，因靠近杨园，当地民众俗称东杨家桥、西杨家桥。

[3] 杨允绳的孙子杨忠裕在祖父和父亲平反后，在杨园堆土筑起了招鹤台，以纪念两位先贤。

八十年代[1]兴起，松江民间绘画，蓝印花布技艺，漏印原理进化。利用丝网感光，制成画版印刷，笔触无拘无束，特有肌理阐发。画稿来自生活，画面美如朝霞，拷版复原现实，意趣抽象表达。最初黑白二色，画风朴实无华，继而套色彩印，日渐改良技法，制版速度加快，画稿明丽畅达。

乡村题材广泛，水乡风景描画，圈网大鱼入围，田头稻作文化，农家欢庆丰收，媳妇喜回娘家，灶间土菜飘香，麦场舞姿挺拔，元宵舞起龙灯，立夏采摘西瓜，屋前丝瓜碧翠，菱塘木桶轻划，车载农耕记忆，船犁浦江浪花。专家悉心指导，学员激情迸发，松江有版画院，文化馆精心计划，作者车墩居多，艺海追求无涯，非遗特色品牌，创作团队壮大[2]。随心赋物以形，画面布局胆大，画作色彩浓烈，画家自由挥洒，看来动态强烈，线条粗犷发达，画法个性鲜明，版式远近变化，意境古拙天然，评奖屡获赞夸[3]，现代绘画形式，民间艺术精华。

版画《稻谷香》（朱永康）

松江丝网版画，满幅生机焕发，版画艺术展览，满堂艺术之花。

[1] 指20世纪80年代。

[2] 车墩镇现在常年参与版画创作的人有200多。

[3] 从1985年至2021年，车墩镇创作的松江丝网版画获得省市级以上奖项的有300多幅。

松江科技馆赋

科技创新生活，生活体验科技。

开宗明义话创新，大幕拉开G60，沪杭高速经松江，公路代号G60，沿途分布制造业，科创走廊聚祥云。九城而今共协同，长三角一体化发展好引擎[1]。看松江，“一廊九区”高新产业布局大图醒目，科技馆科技之旅在九大园区之中行进。物联网，万物相连，智能操控构想实现。风筒随意飘风，无人机飞翔如鹰。“云图书馆”模拟操作，图书自行借还，资料信息随时可询可获，线上尽可编辑在馆文献。机器人展示厅赏看歌舞，脑袋又圆又方，手脚上小下大，身体似人非人，表演活灵活现，舞姿优雅多变。赏罢舞蹈看展板，了解趋势，分清类型，把握原理，知晓原因。智能机器人产业集聚松江洞泾，产业链钮合共创共赢。立达中学学生造出数字机器人，创新氛围扩展到中小

松江科技馆

[1] 2018年6月1日在上海松江召开的G60科创走廊联席会议决定，由上海市松江区、浙江省嘉兴市、浙江省杭州市、浙江省金华市、江苏省苏州市、浙江省湖州市、安徽省宣城市、安徽省芜湖市、安徽省合肥市各地市共建共享面向长三角的G60科创走廊，是将长三角建成贯彻新发展理念引领示范区的重要引擎。

学学生人群。

生命探秘激发兴趣，生命印记知识普及，生命演化进程揭示，胚胎发育阶段清晰。人之生命来之不易，珍爱生命理当进取。遗传密码变成图谱，展示三代遗传关系，生物基因决定遗传，代际传承脉络延续。人体器官一图无遗，虚拟漫游知识汲取，跟随“豆豆”顺势游览，停留点位讲解声起。击鼓传花鼓声催花，鼓声越响花开越大。触首补缺，伸手入洞触摸人头模型，缺失五官请你及时补齐，触觉锻炼，获得体会。视觉体验开头有意错位，非正常视物请你借看，特殊装置看出景物昏花怪异。味觉体验请进大嘴唇，唇大可站四五人，人机互动找站位，机器识别报答案，屏幕判断具权威。接着走近大鼻子，造型夸张好稀奇，举上小瓶请它闻，嗅出气味发话语。

基础展馆重参与，科技知识作普及。一面针幕针组成，手指压进幕不齐，反面凸出手形图，像素成型显原理，模具冲压亦同理。模拟驾车进车头，驾驶装置配置齐，一手启动离合器，脚踩油门车驶离。生日之日望星空，电脑输入出生期，当日星空照见你，星空星象回原位，星座与性格成话题。灭火实战考验你，智能系统来模拟，火灾类型有多种，正确选用灭火器。科学餐厅讲营养，体重身高先称量，模拟在此吃一餐，饮食习惯作分析，电脑研究提建议。虚拟足球看投影，判罚点球快出击，一脚踢向大屏幕，虚拟球员来救急。磁极变化有原理，同名排斥异名吸，电磁启动跷跷板，腾上颠下好有趣。光照叶片看叶转，光驱风车有原理，黑面叶片受热多，白面叶片光少吸，

松江科技馆脑智科学与人工智能展区

叶面受热力不均，罩里上下流空气，空气变化，风车转起。

3D影院，座位整齐，科教影片，图像立体，风啸雨淋，体验神奇，人与自然，和谐共济。

魔法学院，学而知理。光电色声体验效力，科技奥妙化变无穷已。镜子迷宫银亮炫目，看似通途多条，实质仅有一条开启，众多镜片排列映射，组成迷宫扑朔迷离，平面镜成像，探寻之中悟原理。裸眼看3D，画面浮出幻影，好似凭空突现，实为三维画面，分光镜成像是其科学原理。走入“森林小道”，光线由昼变夜，一当发出声响，影子鸟儿惊起，两壁影子如鸟翻飞，原来是光控电路与声控电路一起发力。走出“森林”，忽见身前现出彩色影子，人走影晃动，此是啥原理？此是红绿蓝，三色混合投影壁，合成七彩色，影子颜色亦奇异。实验梦工坊，电磁结合显魔力，请你手摇发电机，力大灯泡亮，力小灯光弱而细。请你接电路，正确安装元器件，电路原理别忘记。手摩魔力水晶球，彩光辉灿出球体，高压电极，手触球体通两极，电离、复合激气体，放出光电色迷离。声波导管排列齐，教室两端做游戏，材质不同，听来声音有差异，不同介质传声波，传导效果不如一。排箫七管排一起，有长有短不整齐，仔细辨听听天籁，圆圆排箫透空气，长管声低短管响，箫管长度定高低。举棒擂鼓声激起，“咚咚咚咚”显威力，声响冲动薄挂片，声波共振显原理。按动琴键奏乐音，琴上玻罐腾雪粒，驻波现象随声起，高低起伏如谱曲。

低碳生活体验区，能源利用可持续，再生能源作点击，灯光辉映城美丽。“炭足迹”上人站立，细看显示碳排量，脚印大小成正比。屏幕垃圾分类器，双手摆动分仔细，垃圾分为四种类，哪种可燃？请你鼠标拖曳做模拟。操纵小型压缩机，易拉罐压成小小一片正方体，垃圾变废再成宝，合理利用多创意。未来生活更美好，节能减排从我做起。

蟾蜍馆，国内独一设专馆。蟾蜍模型睁大双眼，似乎正在责问：为何将我等置于险地？！呼吁不再滥用农药，谴责滥捕滥杀灭其族类。研究早已证明，蟾蜍乃人类之友，扑灭害虫有大功，生物链之中不可缺席。新媒体演绎蟾蜍生长历程，互动画面生动具体，点击展示屏，分布情况一览无遗，射频帮助识别，蛙与蟾蜍特征分析，倡导保护蟾蜍，生态保育好主题！

松江科技馆，展览展示为普及，情景互动，增加乐趣，努力提高科学素养，旨在增强创新能力。

虹华园艺场赋

虹华园艺，菊花天地。松江菊花文化节，年年缤纷又亮丽。

七彩菊田，秋令花海。菊科品种上千，花色花形俱在。

秋高气爽赏菊花，田间地头看新滕。七彩花廊，盆花藤花相约迎宾；形形色色，牵牛长春相伴同盛。是菊田，散落坡上坡下明黄无数，是花海，花奔垄左垄右张力奔腾。

花饱花满菊田铺厚毯，花浓花艳菊英最辉灿。条条花带连成花波花浪，块块花田拓展花容花颜。大丽菊大方大盏，波斯菊不浓不淡。花开无界花交互，红花田里夹着白花点点；花开有意花迎人，人行花间花开更浓艳。美在金秋傲然姿，寒露滴洒更贞坚；胜在乡田浪漫心，霜华夜降不战颤。佳色爽爽溢清气，丽葩熠熠振田原。团团卷卷蓄大地精华，舒舒展展倾无限爱恋。清香弥漫沁肺腑，花枝挺立壮观瞻。花荣叶茂，灵性十足；品秀韵高，雅意充满。英华敷彩着秾衣，玉罍泛光现本原。

虎头拱门，童趣田趣造型炫，火烈挂鸟，玩具悬在花廊殿。葵花黄灿，绿叶金花开圆盘，立体花坛，绿植组成大折扇，花塑景观，南瓜辣椒树上圈，聚盆成景，菊树明丽竖花田，旋转木马，五颜六色花也转，露天球池，田花

虹华园艺场

松江菊花文化节

球花竞开遍，清苑卧鹿，彩色蘑菇趣相伴，黑蝶恋花，红绿丛中巧蹁跹，透明气球，大如圆屋好休闲。亲子帐篷，波斯散菊来围边，和风派对，少女少男共歌欢。花艺作坊，东瀛花艺来表演，白鹅巡游，摇摇摆摆也俨然，水球滚动，池水清清水清浅。古法野炊，土灶可烧可炙烤，田野餐桌，应时亲近大自然，花海菊宴，菊汁柠檬饮料鲜，袋鼠饮吧，骑车载货到身边。小动物园，小兔小羊等你喊，花棚喂鱼，金鱼游动伴你玩。花海迷宫，菊径曲折花满眼，采蔬摘果，番茄黄瓜任你选，彩塑花境，河蟹张钳攀菊篮，风车打水，莹莹玉瓣尽舒展。

花艺馆中，插花切花造型各异，花坛花境老少喜欢；缤纷苑里，八百品种依次亮相，大小高矮花开绵延。花瀑从棚顶垂落，黄花与绿叶共妍。巨型花环如朝日喷薄，艺术画框容晨景透现。廊道蜿蜒有花盆随伴，天顶晴亮浮气球素淡。朱红花瓶粉红菊，束花齐放也耀眼。一花多色创新品，水植盆栽同争妍。秋叶铺地篱木枯，大花小菊萼未残。

养花人精心育花，满大棚开足好花。红黄隔畦互为映衬，粉绿连垄同展芳华，白菊清丽赏心清目，橙花含苞正待开展。或层层叠叠托起希冀，或张张扬扬腾放细爪，或紧紧密密素条嫩蕊，或红红艳艳满垄英华，或蓬蓬勃勃争相竞开，或大大方方撑开金葩，或饱饱满满形如绣球，或挺挺拔拔洁白无瑕，或亮亮丽丽如云似霞，或厚厚实实神态畅达，或浓浓烈烈一往情深，或淡淡雅雅无比潇洒。花雨餐厅，圆桌时常客坐满，园艺超市，盆栽好花买回家。

走上虹华大道，秋景奔来眼前。

丛丛叶绿霞遮田，朵朵花开铺满田。高台观花，身置花海，七色纷呈，如澎如湃。大田画上新美，浓浓淡淡好亮眼，花海盛开彩带，相映相衬好气派。营造彩虹仙境，花带如放射之辉彩；描绘梦中美景，画幅如大道铺排。壮阔图景由百万株地被球菊组成，斑斓画卷靠不同品系菊种宕开。

秋田已把好景栽，着地连天向未来。

上海影视乐园赋

影视梦工厂，再造老洋场，装置旧时景，拍片有依凭。

艺雕大门花神迎宾，塔楼矗起艺术门庭，花神捧“海燕”，海燕厂曾为上影前身；花神擎“天马”，天马也是上影厂先声。花神相对，海燕、天马齐心奔向上影。花神是艺术之神，花神有创造之激情；花神瞰百花齐放，花神盼影坛常新。

先看欧式庭院，洛可可女神面向草坪。德式建筑仿宋公馆而建，雄伟气度演绎家族温馨；西班牙建筑宛若餐厅，拱线下《51号兵站》谍战惊心；乡村别墅有英式特征，木架出露为洋房造型；马勒公寓挪威风格，组屋尖顶留梦幻缩影；法国古堡式建筑人称“小白宫”，大气弧形楼梯，走过多少明星。

上海影视乐园

服装道具选粹，展馆风云荟萃。“喜溢高堂”，和合仙子居中，福联高挂两旁。花轿绣吉祥牡丹，屋顶张喜庆灯彩，红木家具显大户礼仪，时令供果摆富户常态。对襟大衫，孙道临张瑞芳[1]在《家》中着之双双拜堂。“雅室书香”，书桌案几是明式做工，书画摆件添高雅氛围，博古架上文玩多姿多彩，会客厅中桌椅线条流畅。“旗袍系列”，短袄长裙合并成旗袍，领口与袖子时有变化，开衩并束腰凸出曲线。衣料新、色彩多、花边美、饰品巧，式样翻新款式多，引领时尚最盛装。“汉代宫室”，起坐挥洒《大风歌》，席榻承载君王意，织锦帷幔为王宫专用，案几酒器具雄浑风采。“军装系列”，塑造历代军人形象，反映战场风云变幻。立领马裤仿西方列国，中山式军装现身辛亥革命。蓝灰草绿显现人民军队朴素本色，美式装备难挽国民党军失败命运。解放军改革军装，越改越精神，越改越威武。多样化成系列，呈现必胜气概。“警服系列”，清末警服炫耀皇家声威，近代警服一黑到底。人民警察白衣蓝裤大檐帽，改革开放警服更显为民之本。“市井风情”，庙前老街摊档形形色色，食品摊档馄饨摊最为典型，锅、灶、碗、桶、料、案板，食客坐吃滋味鲜。修鞋擦皮鞋，测字卷香烟，卖线捏泥人，热闹小书摊，肩挑手提来叫卖，市民生活好侣伴。“军旅营帐”，列阵赫赫，风雪漫漫，帐篷可装可卸，军旅常闻硝烟。朝阳屏风耀眼，箭头令牌在案，满架刀枪惊心，将军号令威严。“豪门奢华”，宁式衣帽架型制已欧化。法式沙发，宫廷构架，壁炉镜饰，洋花精雕，护壁饰板，财运图案，落地鸣钟，稳健大方。大菜台、酒吧柜、大立柜、银器橱，大洋房里尽显大户做派。

走到“南京路”上，乘坐有轨电车，开行叮叮当当，一路洋场风尚。三大公司[2]鼎立，新式洋房宏伟。塔楼高标，骑楼明灿，名店汇集，商业繁荣，店面开阔，店招洋派，街市热闹，车来人往，霓虹闪烁，穿越时光。

石库门，天香里，旧弄堂，人彷徨。黄包车夫颠颠扑扑，小贩叫卖悠悠长长，门头石箍门框，门后天井采光，小小弄里人家，多少故事隐藏。

天主大教堂，气势好雄壮，尖顶向天昂，楼宇在一方，内建摄影棚，置

---

［1］在电影《家》中，孙道临饰高觉新，张瑞芳饰李瑞珏。

［2］南京路一条街景区按照20世纪30年代原有建筑仿造，街上有先施公司、永安公司、新新公司三大百货公司。

上海影视乐园中的“南京路”

上海影视乐园中的“外白渡桥”

景好宽敞，演绎往年事，教堂作依傍。

上海老街，南市风情，二层老屋，砖木仿型，长条排门，逐扇排拼，旧屋老店，生意兴隆，小店小堂，进出市民，门头对联，吉祥喜庆。

中世纪酒庄，英式建筑，造酒作坊，烟囱朝天，屋宇通畅。时作兵营，时为库房，时充监狱，时当食堂。武戏开打，文戏情殇，多变场景，热点上榜。

吴淞码头，汽笛作响，客轮待发，人急心慌，挥手告别，情满船旁，申城战乱，逃难他邦，人间悲剧，浦江惊浪。

新仓库区，道具收藏。古典家具、近代文房、工艺精品、刀枪棍棒、成套餐具、百式服装，分门别类，尽收尽藏，满橱满架，成列成行。老爷车展，经典车榜，海外名车，国产自创，轿车客车，卡车重磅，电车炮车，巧匠精仿，车载剧情，车来车往。

演艺剧场，全新开放，特技表演，码头风光，十六铺前，上演武行，洋场十里，争斗中伤，刀光剑影，子弹上膛，翻腾攀越，打斗冲撞，老旧电影，特别播放，上海风情，上海风尚。

上海影视乐园，影视创作工坊，车墩影视基地，雕刻申城既往。

天马乡村俱乐部赋

小球如电追天马，天马山南绿草发，水色山光在乡村，挥杆举步尽潇洒。

高尔夫球，国际标准建球场，球星角逐，绿草青青球道长。充满挑战，地势起伏多沙坑，充满乐趣，绿意盎然心飞扬。果岭隆起，考验球手击球球艺，湖面平缓，拓展球员视野视域。水陆交错，前行之际须进击，球线交互，审势之后巧发力。果岭多重，越过拐点进球距离远近可选择，落点多变，发球方向瞄准何方左右有名堂。晴光射热，绿树侧畔油绿草皮名唤百慕大，晨雾轻绕，高球场上弯曲小河通连横山塘。穿红着绿，球员心情也舒朗，冲前殿后，球童身躯亦俊朗。特奥赛会，松江选手创一杆进洞纪录，沃尔沃赛，本土冠军获球界赞赏。身心合一须用力，技高艺强场地帮。

练习场上，发球区域长廊舒展，高球学院，文体结合从小训练。运动公

天马乡村俱乐部

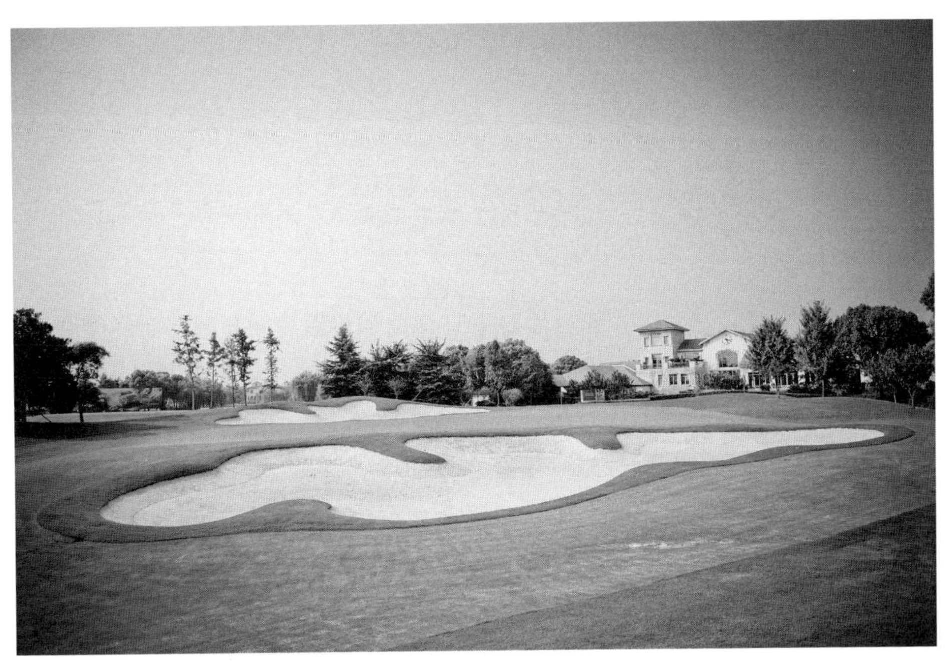

天马乡村俱乐部高尔夫球场

园，设施体现自然理念，投身运动，击球踢球垂钓攀岩。两片球场，足球队员身手矫健；三片草场，草地网球沪上稀罕；沙地球场，击拍网球绿水湖边；室内球场，风雨无阻网坛训练。山墙高峻，手脚并用奋力登攀，泳池水蓝，碧波穿梭腰柔心健。运动装备，俱乐部里一应俱全，全家参与，运动项目可挑可选。健身不限高尔夫，运动爱在绿茵间。

石马雄放，雕塑安置会所门外，锦鲤纤巧，水池凿在门厅侧边。依水面湖，和式屋宇宁静安闲，松风石韵，户外小品雅趣增添。栈道前展，观湖赏景伸出水面，凉亭独立，湖景岸景巧妙缀连。水上舞台，歌声洋溢颁奖庆典，华光辉灿，彩灯映照获奖少年。露天咖吧，坐拥绿地味醇心恬，本帮餐馆，融苏汇浙菜肴经典。儿童空间，颠爬穿越童趣无限，休闲农庄，采果摘菜认养农田。绿草坪上望青山，清水湖边得悠闲。

天马高尔夫，绿色休闲俱乐部。

清芳园赋

西厍路东，小园清芳，茂林挺翠，老树俊昂。路有清灵之曲，园呈秀美之胜。

朴树似乡贤，热恋故土而傲然脱俗；榉树如村歌，乡情浓郁而舒徐丰神。黄杨纷披，峭立三泖大地，黑松遒劲，力托云间九峰。树下草绿传蛙鸣，林中花闲来野蜂，高枝向天摇春风，低灌丛立嫩叶生。时有晴光泻小径，偶见细流水无声。奇石矗立，峰峰具推云之势，泥墩逶迤，每每布起伏之阵。梅花迎春桃花红，牡丹复归凌霄腾，月季大方紫薇雅，桂花芬芳菊花贞。清塘在园东，静气透水踪，荷开水中景，菡萏清风魂，荟珍盆景屋，小庭半开门，老树洒浓荫，屋中满花盆。青葱五针松，堆云列成阵，虬枝举苍叶，陶盆巧扎根，傲然显奇崛，葳蕤透坚贞，曲曲盘旋上，弯弯斜逸横。松挺石灵秀，造型功夫深。大气淋漓凌云势，小巧玲珑袖中珍，清逸奇古如绿玉，栖恬守怡从容身。更有牡丹三千株，名花好种汇此间，花开时节待鹧鸪，花飞妩媚红透粉。

诗心归田园，芳华献人间，五厍清芳园，林翠花鲜艳。

清芳园

归原田居赋

蔬菜采摘园，农艺来体验。

大棚连栋，敞亮空间。水培蔬菜，鲜花亮妍，地培叶菜，红叶舒展。展架圈圆，立体藤满，留出茶座，亲友聊天，腾出走道，比赛滚圈，摆开大案，盆栽实践，移来球桌，乒乓玩玩。环境宽舒，感受新鲜。

团队聚餐，圆桌围圈。新鲜食材，采自当天，蔬菜火锅，味道清鲜，青菜涮锅，绿叶碧鲜，白菜萝卜，调料蘸蘸，土豆青椒，黄瓜切片。有机蔬菜，应时调换，菜蔬多样，食客坐满。

蔬菜大棚，叶菜满田，高低分布，茬口明显。菠菜精神，茄子光鲜，黄瓜开花，包菜滚圆，韭菜成排，辣椒红艳。分批采摘，出力流汗，学种青菜，农民示范。

河边垂钓，自备鱼竿；喂饲兔子，孩童喜欢；场地投篮，回忆当年；对屏放歌，老友尽欢；弈棋打牌，同伴围观。人在原田，乐在乡间。

归原田居，农事体验；归原田居，菜田乐园。

归原田居农庄垂钓区

归原田居农庄科普学堂

上海佘山森林宾馆赋

沪上宾馆多如繁星，独有此家建在山林。

佘山承势而起[1]，山脉秀美造型。明窗远眺山顶，山风轻拂青筠，晨听早鸟勤喧，暮背斜阳品茗，修竹灵秀东峰翠[2]，古樟开枝向天擎[3]。

佘山森林宾馆，山上山下通联，山林左右环抱，别墅半隐半现，山头红顶簇簇，道旁浓荫遮天。小坐半山露台，西峰穹楼入景[4]，天文科学以山为基探星空，宗教神学依山筑殿祈佑护，科学神学共处山巅，佘山敞怀不执不偏。人类惯于求索，山是人类伙伴，山赐自然资源，山助人类发展，山林抚慰人心，休闲可来山间。

上海佘山森林宾馆

[1] 佘山与松江的“九峰”属于浙江天目山之余脉，“府境诸山自杭天目而来，累累然隐起平畴间”（清嘉庆《松江府志》）。

[2] 佘山分为东佘山与西佘山，森林宾馆坐落于东佘山西坡及山麓。

[3] 东佘山山麓有一株被列入上海市古树名录的百年香樟，其主干如三树合围劲健而又茂盛。

[4] “穹”是指西佘山顶上上海天文台的穹形大屋顶，“楼”是指佘山天主教堂的塔楼。

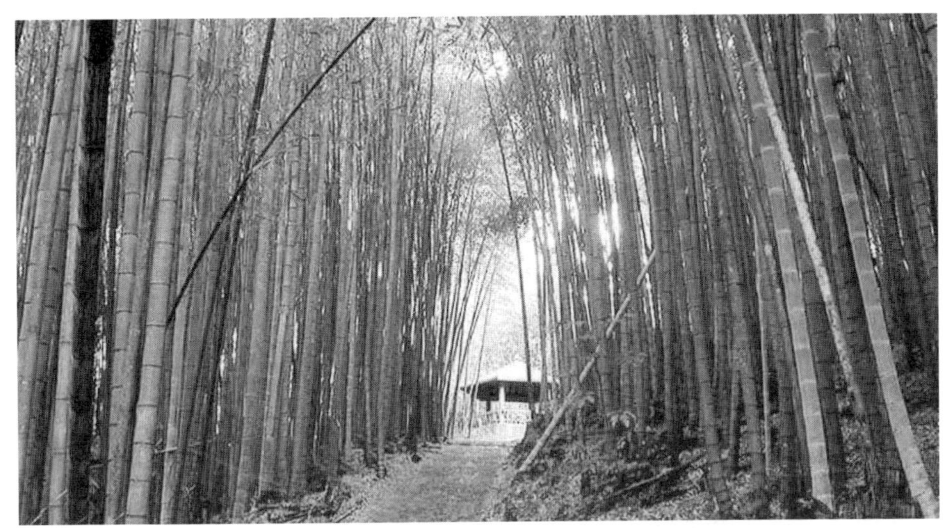

佘山竹林

房隐树前，楼外视野开阔，道辟山中，台阶石平步稳。别墅十栋，大楼与独墅各有风貌，对标“四星”，设施和服务俱得其宜。可驱车直上，可步行而莅。揽盈门青黛，赏自然画意；吸满山鲜氧，滤尘世嚣气；洗一身疲惫，浴涓然泉溪；话俗世雅事，悟养生之谛；读典藏之书，蕴宁静之气。

推门而出，一山黛青迎面，移步而行，几径山道待临。古木杂树共一坡，野卉时花同惜阴。盘旋而上，有兴可探骑龙堰[1]，缘山而南，眉公钓矶[2]水波平。山湾俯瞰木鱼石，半坡静对佛泉清，森林浴场漫富氧，栈道贯通穿山林。晴麓白云浮，翠岚尖笋青。

遥想当年徐霞客[3]，崇祯九年[4]三上佘山，眉公赐其大号，宾主相谈甚欢，霞客由此去西南，万里壮游写纪传。万里行游出发地，人文佳话长相传，一尊塑像敬霞客，神采焕然大门前。

---

[1] 东佘山上有一条长近300米、宽1米左右的石径，跨东西山脊，状如骑龙。相传乾隆皇帝最后一次下江南时曾经此石径上佘山，故得名骑龙堰，又名乾隆古道。

[2] 明末文学家陈继儒（1558—1639），号眉公，晚年在佘山南麓筑白石山房隐居，后人在其临水垂钓处修复了眉公钓鱼矶。

[3] 明代地理学家、旅行家徐霞客（1587—1641），名弘祖，其“霞客”之号为陈继儒所起。徐在崇祯年间曾三次上佘山，探景访友。第三次上山后开始了西南万里行游。

[4] 1636年。

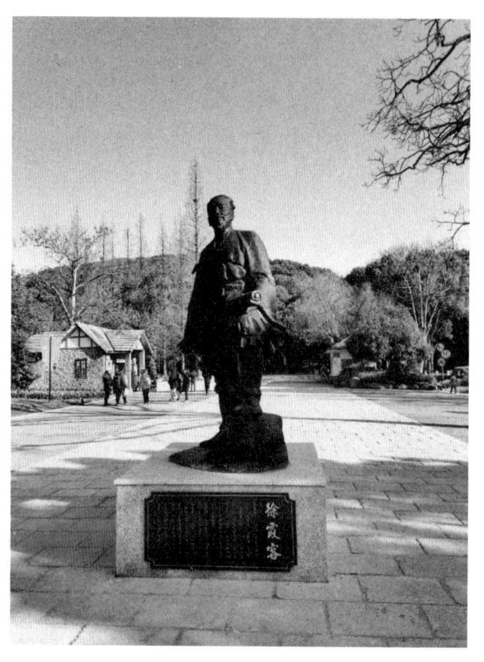

徐霞客雕像

东佘山上漫行，歇息森林宾馆。佘山地区是景区，一年四季可游玩。东西佘山扩公园，欢乐谷接水公园，天马斜塔屹九峰，月湖雕塑列沿岸，深坑之下建酒店，二陆故里[1]小昆山，赛车场里竞飞速，广富林中访前贤。行游当选下榻处，森林宾馆伴你玩，大房小房任君挑选，房里房外亲近自然。

“森林人家”是餐厅，中式建筑耸当前，餐厅主打农家菜，松江风味多时鲜。设若春和景明时，佘山兰笋[2]烹百宴，把酒小酌土菜香，围桌共聚庆丰年，有滋有味有感觉，好饭好菜好地点。

佘山森林宾馆，上海山上宾馆，亲近山上森林，入住心泰神安。

[1] 陆机与陆云皆为小昆山人。

[2] 佘山兰笋是佘山东西两山的特产，其形短小而纤细，其肉白嫩，有一股淡淡的兰香味。相传康熙品尝后，为佘山赐名“兰笋山”。

番茄农庄赋

村庄巧布农庄，农庄之中游览村庄。

江南村中，水色天光，小河流水，小屋明朗；蒙古村里，毡包高昂，仰望蓝天，歌声豪放；苗家村里，木竹楼房，亲近自然，村落依傍；西藏村中，经幡飘荡，藏式民居，高原风光；新疆村里，民歌播放，维族风情，歌舞奔放。

小桥通村落，滚球走水上，鹅鸭河中戏，垂钓树荫旁。鸵鸟孔雀神态自然，牛羊草鸡步态不慌。乡屋人家，茶楼开在水上，藏式烧烤，烤亭建在岛上。骑马绕行蒙古包，射箭击穿靶心榜，野草丛中追野兔，小河道里划船忙。乒篮羽排球类活动项目多，歌舞棋牌娱乐样式任你选。篝火晚会热火朝天，激光枪战枪声回荡。闲来可在田头采摘果菜，归时乡土集市农家特产买上。

番茄农庄一景

上海胜强影视基地赋

小城故事多，影视谱传奇。江南水乡情缠绵，歌舞亭台悲喜剧，人生小巷尽曲折，过得石桥又逢雨，长廊依依抚绿波，祠堂香火传家语，富户朱门掩奇石，贩卒街头遭人戏，牌坊高耸街巷口，梅花乱绽大院立，临街茶楼声鼎沸，马头墙下炊烟起，世间百态复千姿，影视基地来演绎。

前门主大街，石桥平缓路阔气，石坊褒扬忠烈士，高堂大屋梁柱齐，城楼挺拔楼古朴，城门洞开人行移，宫观黄墙立山门，苍劲古柏树对立，观内香炉鼎三足，神像安然受拜祭，店铺一路临街开，府院楼阁有傲气。《四大名捕》曾进屋，《双龙会》于学堂里。小门独院开客栈，院内花墙隔静谧，湖石玲珑花相拥，砖楼木屋人隐蔽，红门红柱四合院，院门三扇对照壁，厢房两两相对应，大小跨院纵横立，深院寂寂石榴红，过厅空空无燕栖。

东湖水平岸拢翠，出水茅屋如鹤立，屋边杆杆青青竹，水山隐隐树木稀，文人檐下巧对诗，隐士对酒村野西。

汉白玉台承屋基，皇家宫殿栋梁起，正大光明理国政，官场郑重非儿戏。重檐高飞显气派，前宫后院黄琉璃，古装大戏正开拍，朝堂官吏呼声齐。

前后院落是镖局，楼台回廊可看戏，置景换景巧布景，《天下无双》曾拍戏。将军府院好威严，飞檐斗拱镇邪气，前呼后拥皆殿宇，左通右达传令檄。

江南人家在河街，拱桥三孔跨河区，桥栏雕刻吉祥图，桥下碧水水依依，河边酒楼可瞰景，推杯换盏坐雅席。枕河眠水木窗轩，水埠如鞍人捣衣，石驳岸上砌座栏，亲水台前释前疑。接官码头待客船，木质素栏对河曲，高台

上海胜强影视基地

上海胜强影视基地场景

低榭相交错，两岸风光收眼底。河边人家有参差，前起后伏见高低，层层屋面叠层层，洁白墙面映涟漪。

徽州迁来古署衙，徽派门头炫威仪，衙内深院步步宽，衙外夹弄逼仄地，实木撑起开轩楼，青砖砌就白墙壁。

石库门头红砖墙，弹石路面老街区，黑漆门面窄天井，也有石雕嵌砖壁，红瓦盖顶阳台小，亭子间通木楼梯，三十年代[1]海上风，地下斗争扬正气。欧式建筑在对面，宽门大户石墙砌，高窗阔台罗马柱，大亨客厅品咖啡。

小街陋巷枪声响，明星演员来演戏，黄包车夫赤脚奔，官家小姐声娇细。

划桨声里书生至，杨柳树下人分离，雨色蒙蒙酒旗红，河风飘飘声如泣。

步入香港一条街，《叶问》之四剧情续，街道充满南国韵，上山下坡人寻觅，中外店铺闪霓虹，酒楼茶亭聚人气，英雄身怀好武艺，不畏强暴主正义。

影视剧中斗智慧，剧情曲折悟哲理。

影视本在生活中，背景衬托出好戏，造得街景如实景，戏外也堪唱大戏。

---

[1] 指20世纪30年代。

泗泾公园赋

区镇共建公园，泗泾好景养眼。

鼓浪路进北入口，正对黄石假山，块石笃稳，山间意趣移至平原，廊架待等藤绕缠，藤粗花盛是景观。园中小径交互，东西南北伸展。海棠园花开有时，春日里新红嫣然。海棠又称思乡草，“玉棠富贵”时，乡情更浓艳，妩媚俏笑间，园中叠萼繁。

青樟无意隐凉亭，亭中老友共言欢，塔松苍翠意苍茫，松林参差步道穿。竹林燕笋褪老衣，青青嫩竹欲刺天，风来簌簌自有声，光影斑驳似悠远。

文化广场横开新境，泗泾名人塑像入园，马相伯深情爱国目光深远，史量才新闻报国报章握在掌间。敬先贤，为国为民壮志添，知乡情，泗水会波美名传。阳光草坪草芽尖，春晖催绿地草鲜，小孩蹒跚学走步，老人开练太极拳。

泗泾公园

泗泾公园夜景

一湖园水储柔情，湖曲水弯湖不言，游船并泊船客少，茶室坐看湖上船，湖形如叶宽窄间，对浜岸柳垂绿辫。

梅园数度开蜡蕊，冬去春来红芳淡，树下人行脚步轻，枝头骨朵迎春寒。

儿童乐园欢乐多，蹦跳滑跷真好玩，三轮小车踩得忙，滚圆小球踢一边。门球篮球羽毛球，球类运动场地建，老年少年青壮年，球场来回跑得欢。还有健身运动场，园林中间空气鲜，健身舞蹈木兰拳，文体团队多队员。树阵之间小广场，清晨百姓来锻炼，红歌合唱中国心，湖畔凉亭乐音传。

歌声流畅如流水，水过隘口益潺湲，黄石叠山伴水流，泻出瀑布亦可观。走过平桥向东望，一园葱绿渐次现，因地造景成公园，味在真水假山间。

公园装扮泗泾，古镇风景新添。

松江中央公园赋

大邱泾水色如鉴映高楼，松江人新城中央园中游。绿色宝带绵延二千二百米，南北相望宽达整整三百米。高楼群中展现自然活力，城市中心挥洒大手笔。新城寸土值寸金，留出宝地造绿肺，俯瞰新城景色新，中央公园是标记。

东首隆坡如龙头抬起，银杏魁伟显朴茂身躯，红色步道穿行成环，林下小溪雨水蓄集。樱开时节春梅留残香，潮涨时分小岛如舟移。怪桥一座，鱼骨造型人称奇，平台双凸，亲水看景东向西。杨柳成行，高树细枝风中曼舞，蒲苇秀白，绿叶素花岸边伫立。大草坪左起右伏青青草色漫绿意，小朋友东奔西跑七彩风筝随风起。支起帐篷，合家共享休闲时光，推动童车，老少共吸新鲜空气。大树后，小伙子端起游戏枪，小屋旁，美少女转身忙躲避。石凳上男女情侣正对谈，河南边垂纶高手待钓鱼。半身高大花坛原是下沉圆壁，

松江中央公园

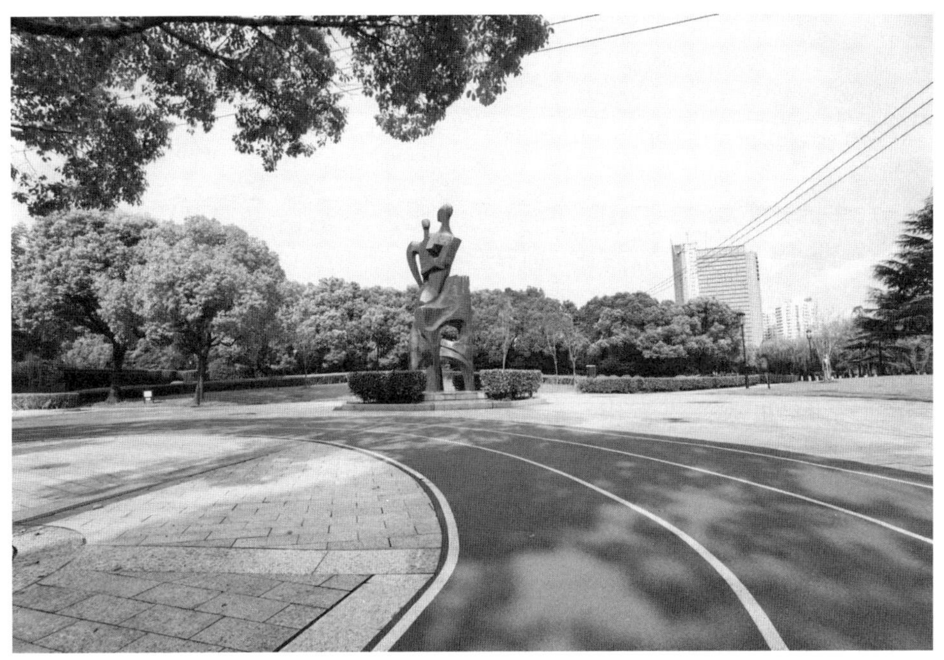

松江中央公园内雕塑

大雕塑用青铜抽象创意。长廊两道遮阳连景通南北，大道两条行步串景连东西。花坛缓缓播香氛，林木郁郁小径细。藤蔓弯弯上高枝，水溪浅浅清见底。莲叶田田映红荷，白鹭依依翔湿地。大草坪绵延园境开阔，大公园大气舒心惬意。

图书馆两面临水端庄美丽，青少中心建在园中聚集人气。梦想剧场湖边演剧，开元广场明星临莅。

水阔草青园中坡桥似海外移来，坡缓路顺周遭楼宇将园景借去。弯廊筑半圆，是欧式艺境，平台建正圆，在坡山屹立。走走歇歇，随处可以进来；看看停停，到处好景明丽。

新城之中有大型绿地，中央公园享生态福利。

荟珍屋赋

蟠龙港畔建起亭台楼阁，荟珍屋里汇集建筑构件，老屋从山村迁来，木作延续呼吸；院落在此处形成，别开一番新面。

门檐三重，户开双扇，砖墙素颜依然，石础斑驳苍然。道铺砖块石件，园栽黄杨石楠。大屋宽舒，存放老屋构件老木休眠，老木醒来可以构屋百间。莫道大仓库光线暗淡，老构件也曾经光光灿灿，别看梁柱已横卧成堆，建屋宇依然会立地顶天。斫斫有声，刨去蛀蚀斑斑；笃笃轻声，嵌入优材片片。古木期待重新立起，圆柱渴望再立百年。

道旁小池在隅，湖石游鱼相亲，锦鲤白身红斑，池水恍如影鉴，石桥盈盈一跨，古虹今水长联。复见小亭临水，玲珑八角飞檐。

过厅敞轩，横厅飞檐，南风北透，气韵相贯。大堂四面坡顶，天井八角对天，乌瓦阴阳交叠，檐口似方似圆，老屋复建交叠，收檐形制罕见。

荟珍屋门檐

荟珍屋光裕堂

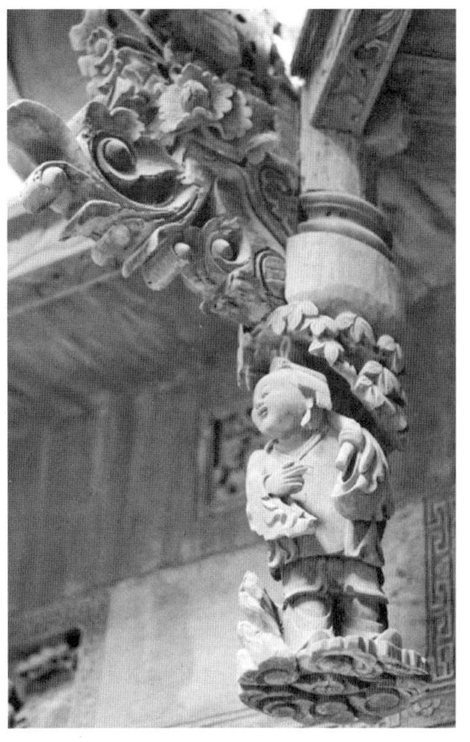

荟珍屋梁托

进仁德堂，高敞巍然，柱础石如鼓，承载一殿风光，木立柱浑圆，石刻有图案。留住吉祥，立柱选梓木，再现典雅，拾级登上殿。置身光裕堂，大字雄健匾额生光，墨迹依稀对联字淡，长案方桌摆放有序，卧榻座椅分列大殿。明堂高筑于承台之上，大院展现在重构之间。樟木冬瓜梁承托屋顶，牢牢有丰硕之美，花木梓子支承椽子，稳稳呈精致之彦。按营造法则，一砖一木皆严丝合缝，创复建之新，厅堂亭台尽巧搭妙攀。九里亭北架屋上之高亭，地缘深而厚矣；荟珍屋西开听流之侧门，寄意辽而远也。

旧梁托有故事，精工雕刻演戏文，老家具存生命，榫卯结合形制全。诗书字画寄托家国情怀，奇石文玩透出意趣无限。石雕有徽派功力，石刻存鼓凸残件。

小屋连明堂，过厅接耳房，雅室通书房，茶楼牵客厅，大房小屋十几栋，精致佳构成大院。

荟珍屋里存匠心，木作文化传久远，搜奇觅宝几十载，老屋安然度华年。

仓桥水晶梨基地赋

黄浦江边树，仓桥水晶梨，梨果莹白如晶，梨汁鲜爽甜蜜。国家地理标志保护产品，上海市著名商标，消费者认同有名气。

古有千年仓桥，今出水晶蜜梨，梨园风恬水润，田园树列对齐，元代知府赋词[1]，赞美梨花春意，谷水梨树风姿，仓桥农民属意。品种不断改良，植入青紫泥地。气候温和，光照充裕，水质澄清，空气一级。梨农精耕细作，生产改进技艺，梨果爽甜可口，种植扩大面积，优质果品评奖，屡获排名第一。

冬日田间树稀疏，梨农翻田添肥力，修却冗枝保品质，防病除虫抓时机；春来授粉疏花果，客来赏花添人气；初夏季叶翠初见果，精心呵护穿“套衣”[2]；夏秋之际喜采摘，圆熟沉甸水晶梨。

游园当在春分时，繁花雪白枝头寄，素锦无言蕊丝红，清英有韵储浩气。芳姿淡淡秀隽雅，嫩华晔晔浮厚地，田间一望意清新，树旁再探春消息。果熟时节来重游，呼朋唤友到基地，翠冠丰水继圆黄，先后成熟有次第，树结新果梨挂圆，满园佳果景色奇。寻得认购树一株，采下硕果第一批，青绿叶

仓桥水晶梨基地

[1] 词人张之翰于元顺帝至元六年（1340年）由翰林侍讲学士调任松江知府，写有《婆罗门引·赋赵相宅红梨花》词，赞美梨花“冰姿玉骨”。

[2] 即为梨果套袋。

子淡黄果，正圆形状油亮皮。采得满篮清心果，削皮品尝好欢喜。梨肉白，质感细，口味甜，汁水蜜，吃口脆，润喉底。采罢新梨看展览，梨史梨话观仔细，儿童垄间去体验，电话预订留餐席。仓桥基地核心区，百亩梨园样板地，浦江两岸栽种广，设立品牌示范区。

一品好梨仓桥牌，美好生活更甜蜜。

仓桥水晶梨

春芳园艺场赋

农田耸立大棚，棚中繁花萌生。园艺工坊如透明厂房，宽处生机勃发，深处婉丽缤纷。花床上红红绿绿黄黄蓝蓝缀点珍莲千万朵，花架上满满当当紧紧密密铺开锦玉千盆连万盆。花农有情，移盆浇水细栽培，花工用心，封套贴标送出门。线上订购天天传订单，线下选购常常有客人。说是多肉，饱满丰厚甚水灵，本为植物，大漠风沙炙炼成。润滢滢花开如宝石，尖簇簇叶挺如护盾。看盆小花微定力十足，叹沙厚土干生机旺盛。

特玉莲，叶瓣带褶叶色泛蓝；凝脂莲，瓣里含露叶色粉嫩。千羽鹤，叶片旋转生长如翔似飞；陶美人，叶尖粉红宛似桃开田埂；紫牡丹，层层紧围如涟漪射波；千佛手，芊芊斜倚如佛指誓盟；鹿海棠，茎生旁枝如鹿茸枝枝；红稚莲，垂生吊枝如绿叶萌萌。雅乐之舞，叶片舒舒似寻常野草，芙蓉雪莲，雍容大方如宫中贵人。盆中多肉，不远万里移来吾土，肉出沙土，不

春芳园艺场

同科属活泼天真。

输出园艺场，进入万户门，常置案头边，窗台长寄身。绿中透天趣，叶里含蕴深。莫道迁离故土花盆小，杯土滴水不觉陋仄，群聚独居皆可生存。百态千姿小异之中见大同，绿蕊红边变化之际不忘本。胖嘟嘟却又微小灵巧，密匝匝但是讲究分寸，水茵茵其实需水很少，肉鼓鼓然而结实清纯。

爱肉植者就是爱生活啊，春芳园艺日发万盆就是明证，来到多肉植物大观园啊，点不清数不尽的花盆，装得下千千万万个时尚肉身。

松江大学城赋

聚大学而为城，远播大名声。七校毗邻，共建亦共生。自然风光与建筑风貌相伴，大学精神与文化特色同盛。

规划大手笔，宕出新空间，地开八千亩，校区相通联，清流张家浜，东西水波缓，绿树两岸合，河中泛游船，公共服务区，排列体育馆，直通公交车，枢纽车流转，缤纷文汇路，美食美味鲜。选修课程跨校任选，图书资料互借互还。校校有开阔绿草地，每每有河流进校园，处处有佳卉伴楼宇，常常有鲜花开花坛。楼林起处是学林，人才辈出大学城。

外国语大学，多国建筑汇一园，当门可见图文中心，圆柱穹顶，前贴圆柱三角顶，古希腊风格耀眼，学而溯源意义明。英语学院呈维多利亚风格，尖屋顶、小花园，繁复凸窗户，重叠讲对称；俄语学院，半圆形顶盖高擎，俄罗斯风格鲜明，大楼阔正，优雅温馨；日本文化经济学院，建筑低平简洁，自然质朴色调雅青；西方语学院，厚重敦实如城堡，罗马柱雄浑力刚劲；东

松江大学城

上海外国语大学

上海对外经贸大学

上海视觉艺术学院

上海立信会计金融学院

华东政法大学

上海工程技术大学

东华大学

方语学院，伊斯兰风格圆顶小楼四面矗起报平安；国际金融贸易学院，端庄稳健华贵造型；新闻传播和国际教育学院，外廊成拱连续展开马蹄形；法学院，一楼隆起两尖顶，尖顶如砝码，尖顶似天平。

上海对外经贸大学，语音信息中心典雅宏伟，巨孔三圆似巨轮之窗舷，似海波腾起催船行。上海视觉艺术学院，大剧场立面是大眼睛，水面清湛映眼波，视觉冲击入艺林。上海立信会计金融学院，建筑方方正正，寓意刚正守信，屋前水池泉喷，象征心有明镜。华东政法大学，建筑清水红砖贴面，恰如剑桥风情，图书馆门前柏拉图手指对天，亚里士多德手掌对地，两尊塑像寓意“上知天文，下知地理”，学如登山无止境。上海工程技术大学，行政楼似电子芯片，大学城楼高第一名，登上十九层，北望佘山群峰竞秀，南瞰新城楼宇如林，图书馆门面M型，飞行学院飞机靠停。东华大学纺织服装特色鲜明，看主楼，立蛋似巨蚕破茧，卧蛋如经纬巧布银梭穿行。镜月湖上来白鹭，夏月清荷飘香馨。

建筑背后看文化，风景深处觅诗境。松江大学城，书香赛花香；沪上新学林，校区是园林。

上海雅园赋

新浜乡间，乡隐雅园，穿行许村路，乡北掩逸园。

白墙围门楼，乌瓦覆门檐，高堂敞入口，一径携小川。地旷田如野，草密白花现，随物任自然，造型出天然。停车见黛瓦，场院修竹掩。

天香荷居院[1]，叠叠层层耽。漏窗接连廊，石矶筑花坛，楼台对墙垣，客舍围庭院，或见芭蕉肥，或探枫树鲜，或抚红石楠，或叹石笋尖，梅兰友竹菊，松树桂香伴。廊曲多折弯，庭深竹木妍，明暗巧对比，宽窄移步间，墙角草纠缠，黄花攀假山，荷池敛静气，石峰挺水面。餐厅临水开，土菜是雅膳，平和养生馆，调理悦康健，晚来醉食客，月碎照花间。

上海雅园

[1] 天香荷居院是一组可观可憩的围合式庭院，分别以梅、兰、枫、竹、荷、桂、杏园命名。

上海雅园归田园居院

归田园居院，结庐在湖南，院外遮照壁，屏前隔声喧，院小四进深，厅多存化变，大门二重门，轿厅大厅宽，楼厅小庭院，夹弄相通连，天井嵌卵石，细砖衬圆圈，圆桌青花案，瓷凳座四边，浅阶敞明厅，栗柱对门站，登楼敞宽窗，田居舒望眼。兰圃种馨香，雅心储幽兰，曲溪设茶廊，新茗回味甘，廊连亭榭台，石筑亭下山，漏窗变造型，静景对湖观，窗外湖如镜，窗内花树鲜，水静树影定，花红映荷轩。

镜湖水居院，人居近水缘，水启生命源，濒水润心甜。野苇抽茎竿，蒲草簇团扇，嫩茭肚露白，老柳垂细辫，湖心水镜平，湖岸卧榻摊，镜台木板长，月台铺展宽。篱墙编竹艺，墙面引藤缠，返身入庭院，雅居赏雅玩，喜闻古琴声，复见画《夜宴》[1]，真丝壁布红，青瓷鉴龙泉，厢廊融中西，灯笼一线悬，粉墙开景窗，内外皆画面，晴光透树隙，午后天气暖，客舍竹影下，坐享好空间。

北是百鸟林，延至大蒸塘，晨昏鸟声脆，树梢鸣音喧，东北垂钓场，烧烤炙鱼宴，梅谢樱开过，谷雨红杜鹃，荷塘对月色，风动叶荷卷，果树结玲

[1] 镜湖水居院贴近镜湖，亦中亦西的厢廊式大堂墙上，挂着一幅复制的《韩熙载夜宴图》长卷。

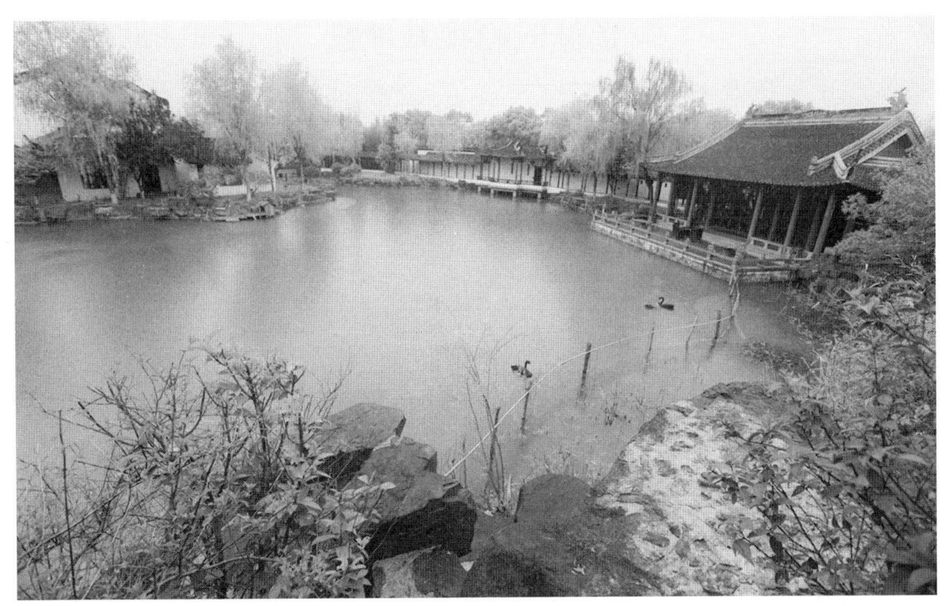

上海雅园镜湖

珑，农庄菜蔬鲜，艺境陶艺展，乐府歌凯旋，会集百家堂，咖啡香堤岸，迷你高尔夫，果岭挥推杆，室外游泳池，夏日好舒展，骑行可租车，一路赏雅园，柿红香瓜甜，采摘回家还，菜青甜椒黄，开心在菜园。天泥艺工坊，陶艺亦好玩，陶艺创作营，炉窑配套全。

水澹静兮镜湖，湖清和兮明洁，云淡白而天微青，风轻柔而波平，碧镜天开见天影，平湖淡颜水自闲。树茂盛而缀岸，堤平缓而弯转，舒舒展展漫野趣，文静不言；澄澄渺渺润雅苑，功在天然。黑天鹅结对游来，白天鹅成队嬉玩，白鹭鸟湖畔信步，灰鹭鸟掠水飞天。水枝柳摇曳花茎，鸢尾花素白轻颤，圆荷叶衬托令箭，大王莲盆浮水面。

荷花公社，湿地塘浅。放眼平田起绿涛，风来叶舞看翩跹。盆栽水栽总相宜，近赏远观皆是莲。雾起夏池田笼纱，风摇小荷动苍尖，浮水挺水有张力，浓绿中绿叶缱绻，跳蛙溅水晶珠动，翠叶还伴墨绿盘。苞开半羞青白涩，粉嫩花瓣无遮掩，玉立亭亭溢清香，芙蕖点点俏红颜，荷花品种三十八，风姿绰约观不倦，荷塘东首栽睡莲，十五种名品浮笑颜。荷风莲语话江南，公社里面秀菡萏。

乡间静意此处得，林水环抱雅韵添，此身亲临镜湖畔，美景不言是天然。

杨佩佩影视基地赋

济众路上，殿阁深藏，十亩小院，尽揽风光，影视基地，在此一方。

杨佩佩选址叶榭老镇，旧礼堂改成影视基地，大导演主导古装戏，武侠片《倚天屠龙记》《笑傲江湖》侠气十足，《神雕侠侣》故事神奇，武侠文化荡人心魄，孝道文化集聚人气。

看门头高企，门檐前双狮蹲立，有古时韵味，望仿明雕镂，似古城如侯门，显雄放声威。

济众影视公司，助力电影电视，两大拍摄影棚，两组拍摄同时，内景外景结合，摄制传播展示，古装剧集居多，也拍当代喜事，弘扬孝道主题，倾力少儿影视。学习体验并举，《孝星之旅》创制，儿童学习孝道，艺术表演尝

杨佩佩影视基地

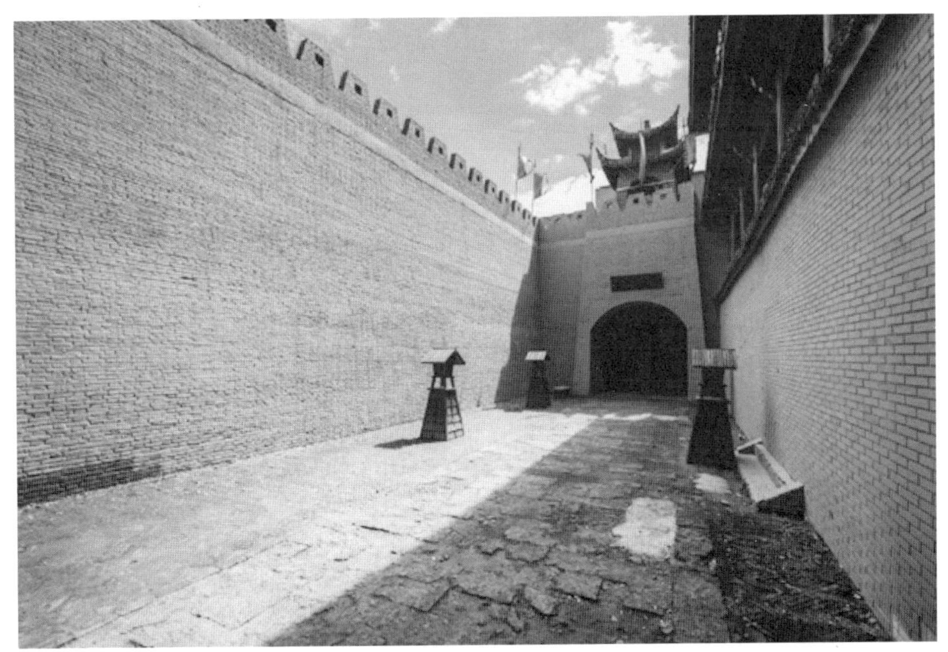

杨佩佩影视基地场景

试，进入古代场景，演绎经典故事。浸入传统文化，形似更须神似，穿越不同年代，表演追求真实，导演指导拍摄，点评演技得失，解放儿童天性，童星脱胎于斯。童星照片满墙，蕴含艺术气质，童星也是孝星，形成独有模式。特色旅游项目，微电影来录制，游客兴奋加入，魅力无有尽时。

“百搭”院落一座，中式兼顾西式，双层砖墙楼房，临街彩篷特制，本是楼边墙角，开放咖吧装饰。铁栏围护石屋，别墅宽大舒适，可作市政厅堂，可为候车站室。东南亦有城墙，城楼方亭耸峙。跨进独门小院，屋里平民摆饰，集镇小楼改造，宽门明窗可视，也有民国建筑，中西结合仿制。清代雕花民宅，马头屋墙坚实，忽见员外府邸，门头灯笼挂饰，幽深徽式门头，砖雕门楣刻字。走过花园外墙，水乡小街曲折，楼上楼下人家，家长里短谁知？建筑类型多样，展开今情古事，角色谈笑风生，剧情跌宕多姿。

走马影视基地，游客观景致知。小基地，多场景，摄影棚，好景致。

天马赛车场赋

天马山下，车赛天马，赛车脱缰，如箭射发，青烟重重，车轮滚滚，赛道弯弯，车身萌萌，全景在目，满场欢腾。

赛事F3，国际汽联论证，车模暖场，美女靓车互衬，高手云集，赛道跑车纷呈，绿灯开亮，发车只需半瞬，呼声雷动，须臾弯道转身，七转八弯，快车赛飞赛奔，你追我赶，超车时机瞅准，车手稳坐，狠狠发力竞胜。车如流星，星光赛道飞腾，挑战速度，赛手热血沸腾，漂移比赛，赛车逸滑侧身，极速点刹，赛道摩擦生痕，东扭西摆，轮下生发烟尘，轰然加速，赛车砰砰超声。赛程紧张，先后随时变更，赛事可观，全凭实力赢胜。

房车赛锦标，摩托超级赛，汽车漂移系列赛，全国方程大奖赛。赛季观看专业赛事，平时亦可自驾参赛。车场做出野地模样，坡陡水浑路曲桥窄；弹坑石堆沙池摆开，深谷翘板堆集轮胎。专业场地似野外，越野车主好越野。安驾培训，帮你安全操控，车行万米，实训攻营拔寨。夜幕降临，夜间赛道

天马赛车场全景

天马赛车场赛道

灯光添彩，小心体验，人车共进前行无碍。汽车电影，人坐车中仰起头来，车小天大，别样享受浪漫情怀。

天马论驾，纵论竞速气概；车友会聚，评价车商品牌；赛车宝贝，劲舞热辣俊迈；漂移表演，赛车摇摆宕开；知识讲座，令你眼界大开；彩旗飘摇，车品设摊特卖。

身坐大看台，心系车世界，天马来赛车，追风云天外。

西部渔村赋

引来泖河水，放养生态鱼，泖田蓄水变鱼塘，松江城西映渔光。东望小昆山，西连黄浦江上游，泖河奔流在西方，三面水围尽浩荡。渔村曾是低洼处，人工改造建鱼塘。松江水产良种场，繁育鱼种，养鱼有方，科研水平国家级，育出鱼苗品质优上，多种经营，休闲垂钓再引时尚。

驱车入渔村，左边荷池浮绿叶，右侧接连见方塘，搭篷安座撑大伞，塘埂边上钓客忙。最喜阔水渺渺然，如泊如湖泛银光，时有野鹭轻掠水面，鹭影云影倒映，江风田风清爽。水势浩瀚，水域空朗。好水养好鱼，好鱼深水藏。

大塘辽阔好气派，宽池平展也浩荡。室内钓鱼场，顶呈流波状，大气双连拱，大度圆鱼塘。风雨难阻雅兴，日晒难及脸庞，四季皆可抛竿，室内宝

西部渔村

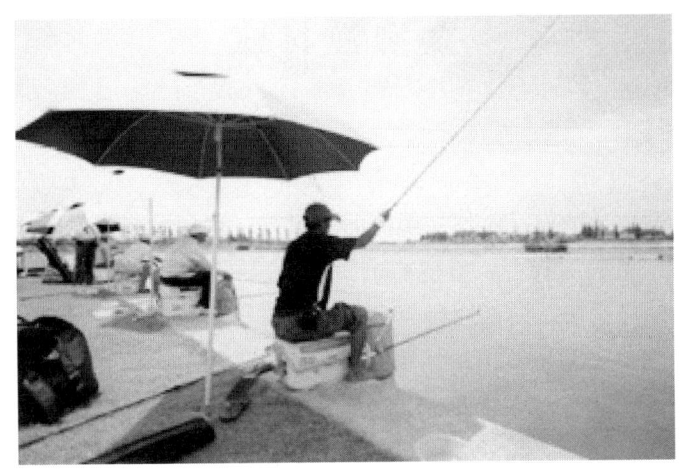

西部渔村垂钓

地一方。适应钓客需求，铺开联排钓塘，鱼池长方形状，全是标准钓塘，塘水清而适度，塘坡洁而适当，立身之处绿草茵茵，稳坐之际心情舒放。走道宽宽，水色苍苍，抛竿、长竿一起上，打竿、扬竿连连晃。这边厢鱼漂下沉似大鱼咬钩，那一侧遛鱼老手鱼线收放，大伞下三根鱼竿纹丝不动，塘西南陪钓客抄兜急而不慌。小孩来回跑动，大孩欢声朗朗。大鲫鱼单条一斤半，大鳊鱼学名团头舫，乌青一条十几斤，大中小鱼齐过磅。若逢赛事更热闹，沪上高手聚一堂，鱼好、水宜、塘标准，钓鱼比赛好地方。

浦江上游，生态为纲，林地百亩，草鸡散放；大泖河边，水源丰广，稻田养鱼，米质上上；浦江水清，养蟹在塘，名蟹评比，屡获荣光；池塘养鳖，经年野放，自然生长，食客赞赏。渔村餐厅，就地取材，蔬菜水产，家禽上榜，新鲜美味，绿色健康。

渔村堤外是泖河，泖河长堤接远方。走出鱼塘，漫步河旁，波光闪耀之处，行者心情舒朗。

金泖渔村赋

生态石湖荡，渔村江岸傍。蕴泖河之灵气，聚田园之风光。

过粮田，见稻禾青青，嫩穗初出如缨；遇树林，看枝丫密密，绿叶深浓垂荫。金泖渔村在望，门楼如村入进。

外有江网送来鱼鲜，内辟鱼塘可挥钓竿，塘鱼偶尔也上钩，钓客久坐多期盼。孩童爱去珍禽园，喜见孔雀唤大雁，鸳鸯麻鸭游水面，红腹锦鸡上树冠。漫步进入艺术馆，根雕树艺法自然，书画作品颂大雅，茗茶溢香透杯盏。

江鱼硕大鱼美味，渔村菜式人点赞。渔村餐饮有特色，食材取自乡村间，石锅萝卜小山芋，野生黄鳝草鸡蛋，酱爆螺蛳昂刺鱼，鲜蒸河蟹伴菜饭，酱油河虾白水鱼，线上预订有菜单。

江风习习人舒坦，金泖渔村可休闲。

金泖渔村

吾舍农场[1]赋

四季有果可摘，孩童有趣可寻，家长有事可做，农场有客可乐。

接待大厅标志分明，分得工具孩童欢欣，温室水果品质优良，四季可采小有声名。提篮采摘，春有草莓枇杷，夏有杨梅桃子，秋有生梨橘子，冬有番茄青枣。果满枝头，喜上心头，畅吃满口，定量带走，摘下果实，学会动手，装满小篮，装进感受。

亲子教室，锻炼灵敏。学习包粽子，粽米放斗中，巧手折尖角，稻柴扎得紧。乐高玩具室，玩具桌上陈，动脑又动手，拼装最有劲。小手栽盆景，多肉叶瓣青，摆布有讲究，童心拗造型。走进拓展区，露天更欢欣，滑梯蹦蹦床，挖沙玩不停。小小西餐厅，比萨薯条饼，果汁吃鲜榨，都说味道灵。农场有书屋，书架可巡行，静心细阅读，文化润心灵。

吾舍农场，学农爱农，乐做手工，尊重劳动。

吾舍农场

[1] 原名“五库农场”，在松江五库农业休闲观光园内。

佘山高尔夫球场赋

云集佘山下，冠军挥杆再夺冠军，举办世锦赛，绿茵场地传佳名。欧巡赛、澳巡赛、亚巡赛和阳光巡回赛，职业球手定排名，单站冠军聚佘山，参加“汇丰杯世界高尔夫锦标赛”，赛场汇聚群英。赛事连年添精彩，球星频频给好评。

俱乐部如乡间村墅，中赭色调，别具托斯卡纳风格，卖品部球衣球帽球鞋球袜球杆尽可选择，大餐厅大气华美，年会、派对、宴会、发布会，皆可变换摆设，咖啡厅、红酒厅休闲时光品味甜中带涩，会所阳台俯瞰球场，十八号洞决赛实况一眼统摄。

草地起伏，似山地、如丘陵，举首佘山在顶。阔大气势，柔顺果岭，旷达风貌，清新环境。放眼四望皆绿坪，大地碧草青青。十八洞征程多变化，变在地势和地形，湖延曲水水连滨，赛场青绿水湛静。

明星来场参赛，“粉丝”洋溢热情。“老虎”伍兹，瞪大明亮眼睛；辛格一路情绪稳定；尼克尔森人高马大，挥杆击球力强劲。球星自有风采，球迷

佘山高尔夫球场全景

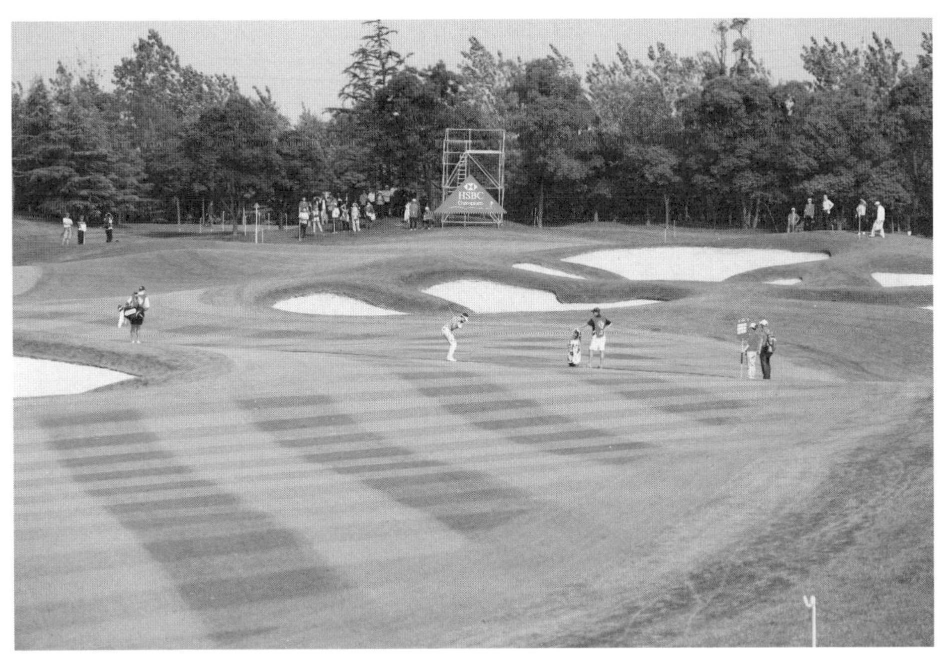

佘山高尔夫球场局部

一路跟进，看比赛，评球星，或挥洒自如，或精确细心，或轻推慢叩，或大步疾行。

看发球点居高临下，一球开击疾若飞行。小溪伴球道，狭地明路径。河环水绕湖光潋滟，深凹沙坑接近千年古银杏。铁杆木杆择地换手，长杆短杆顺道抢进。上得高坡，避过沙坑，进入拐角，滑出果岭。穿越深谷迎挑战，采石旧场是险境，更有湖面水阔大，前留缓坡待球临。奇妙景观是赛道，难度越高越有劲，高尔夫球意趣多，绿色满眼讲诚信。

佘山球场风光大美，森林浓绿地面草青，湖面静谧不起波澜，高低起伏良好地形，球星喜爱观众好评，打球休闲观赏点评，评上最佳高尔夫球场[1]，设施一流，服务称心。

[1] 佘山高尔夫球场2013年被《世界高尔夫》杂志评为“最佳高尔夫球场”。

绿亿农庄赋

叶榭井凌桥，绿意接村道，绿亿农家庄，乡村风光好。

农庄有空间，团队客来到，集体受训练，特色来营造。

高空场地，高架独“木”桥，人行桥上，胆大不可心躁，稳然举步，心无旁骛走好，心身训练，人身安全确保。

大草坪上，响彻呼号，团结一心，动作协调。你奔我走，你拉我跳，你伸我缩，你转我摇，你提我举，你击我捣。不畏烈日，不惧风啸，精神抖擞，齐步出操，迷彩军服，一身自豪。射击游戏，激光闪耀，电枪训练，教官指导，精心准备，瞄准目标，灵活机动，隐蔽快跑，团队协同，制胜之道。

草坪草地分设，集训亦可休闲，小桥跨越小泾，鲜花开在水边。大小会场多处，开会听课任选。荷池茎叶高举，圆盘映衬菡萏，暑月清荷正盛，乐迎练功少年，君看韩国学生，跟从教官训练。连排军训木屋，双层木床铺展，也有四人客房，简朴宽舒房间。一侧儿童乐园，等待亲子游园。土鸡竹下散步，山羊食草林间。食堂整洁宽敞，特色菜肴可餐。

长廊东西相连，贯通农庄景点。若有散客来庄，可住养生宾馆。塘边抛线钓鱼，随时上网浏览，乒乓桌前练球，门球场上挥杆，练歌厅里放歌，图书室里阅览，品食农家土菜，客房饮茶闲谈，放眼田野风光，漫步农家庄园。

绿亿农庄，青年来锻炼；绿亿农庄，老人来休闲。

绿亿农庄

旺家根雕艺术馆赋

沪松公路旁，根雕馆兴旺，旺家根雕馆，创作有名望。

运昊天之神气，发大地之英皇，开宏阔之胜景，刻妙肖之情状。

穿行深山寻老木，幽境深深生大树，慧眼独具识好材，千年古根底气足，老木硕根出大山，垂危生命得恢复，传统艺术发新枝，道法自然意气舒。

观旺家根雕，形制巨大，现恢宏气度。大型根雕最擅长，觅得巨根赛大屋，千人万物尽铺展，恢宏古木出新著。《万里长城》万般情，万万根脉万千崮，巨木十丈雕巨作，古根高大有厚度。山势蜿蜒连屏障，群山莽莽在奔突。城墙建在险峻处，气势雄伟如飞虎，敌楼天矗镇险关，垛口正好射弓弩，烽火台上狼烟急，关城调防当部署，兵士巡城张远目，将军一呼冲天怒。山道狭窄，奋力运粮有民夫，山岩峭立，岩上筑城更牢固，人强马壮，抬石运砖不怕苦，楼巍城长，恰似聚龙凌峰舞。松茂草秀，北国听风，山峻峰陡，边塞卫戍。收万里于一根，凝千年于一木。更有奇思畅想，秦皇巡边登城台，一代雄主好威武。长城绵延，因山势而起伏，雄关峙立，守庄严之疆土。一山一岭皆雄浑，一砖一石形远古，一车一炮有范式，一人一马气不俗。古樟有幸刻宏图，撼心动魄最巨幅。

赏旺家根雕，韵味独特，形肖神更酷。赋树根以情感，缘本根之纹路，出古木之原型，化灵动之图符。《祈福龙龟》惊世骇俗，根瘤斑斑，苍郁厚朴，龟背凸起满腹抱负，龙首威严正气喷吐，龙龟集蓄万钧神力，气吞江河载德载福。《东方雄狮》躯体魁梧，山呼海啸，草伏地栗。狮王张口毛发竖，尖牙毕露鼻前凸，雄气勃发欲一搏，甩尾顿足胆气粗。雕材本是黄金樟，轮廓如狮有起伏，阐发古木形中意，巨首健体显风度。

品旺家根雕，雕工精美，如画又似图。巧凿慢镂施精工，精雕细刻去陋俗。活用珍贵根材，巧借自然元素。黄金樟、黄花梨，材质名贵，当惜材、当爱护；红豆杉，紫檀木，纹理细密，可镂刻、可雕塑。逐一再现四大名著，各呈其美，各显其主；倾力光大艺术内涵，才艺俱佳、形神俱酷。《水浒传》豪情侠气贯古木，《三国演义》跃马江山云水怒，《西游记》历经磨难取经路，

旺家根雕艺术馆的根雕作品

《红楼梦》女儿国里多猜度。环境与人物相偕，故事与情感相辅。神态精细务求其真，刻画精准深浅有度。《五十六条蛟龙》团团聚聚，凸凸鼓鼓，大大度度，和和睦睦，象征中华五十六个民族。《捻珠达摩》透出参透禅机之妙悟，《丹凤朝阳》简洁之中将神态凝固。或流畅婉转，或灵动空谷，或凝重厚实，或简朴脱俗，或雍容华贵，或刀法丰富，或繁密细腻，或略加磨琢，或雄穆大气，或特质毕露。天工巧夺意丰沛，格调高古匠心付。

展厅高大，大象雄狮皆可常住，作品众多，有今有古聚集千数，静心创作，屡获金奖业界关注，根硕艺精，旺家根雕大展宏图。

泰晤士小镇赋

英式风貌从泰晤士河沿岸借来，特色小镇为松江新城添彩。英国人设计，荟萃英格兰风采。整整一平方公里，精工营造好气派。

入口开敞，银杏敦实如壮士迎宾，大道宏畅，英文镇名由地被栽出。环形道路内通外联，自然水系延伸进来。

海斯大街，街道宽中带窄，尺度恰当，商店依次排开。世界风味，时尚包袋，摩登咖啡，上海老牌，尚品衣饰，小吃海派，文玩古朴，花店现代，超市小巧，餐厅常开。商业街区，建筑汇聚不同年代，都铎时期强烈对比看黑白，乔治亚时期左右对称整体合拍，维多利亚时期式样变化多姿多彩。迈步大街，喜遇塑像，右面是拜伦，左面是雪莱，同为英国诗坛俊才，支持民主革命，诗中激情澎湃。威严自在，拐杖点地决不言败，英国首相丘吉尔，塑像雄气傲人，雪茄吞吐之间，焕发英雄气概。

尖顶耸天，哥特式教堂气氛穆然，立柱拱券随同向上飞升直线，玻璃长窗花花绿绿，教堂色彩也斑斓。人在堂前心虔诚，圣歌唱诗乐音传。礼拜天，

鸟瞰泰晤士小镇

泰晤士小镇天主教堂

教友端坐圣坛前，吉祥日，教堂婚礼鲜花灿。爱心广场草坪碧绿，婚庆摄影好地点，男士俊俏，女郎姣妍，摄像机照相机对准新人，准新郎准新娘欢溢笑脸。处处有景，步步是景，广场亦是婚纱秀坛。婚纱摄影新人对对，犹如绿地盛开玉兰花儿倍姣妍。

走弹石路，坡道起伏，红砖建筑正面侧面随您阅检，拱门之外，假日广场又一站，小火车车头不动长停久靠，游人何不止步小歇此间。一杯咖啡在握，环顾滨水空间，原有自然水道，映衬婚纱名店。画家对景写生，游客指指点点，广场广纳众生相，行游小驻驿站。

街边钟书阁，始发旗舰店。图书满画阁，小镇书香添，四壁储珍藏，足下书铺垫，楼阁似宝殿，灯明色彩鲜。新书勤上架，名著推新篇，作家办讲座，读者皆欣然。

健身俱乐部，外形犹如雄鹰硬翅左右伸展。游泳池荡起清波，羽毛球馆父子对战，瑜伽毯上柔美身段化变，壁球、乒乓球击拍之际球反弹，书画室舞蹈室亦文亦体身心锻炼，太极拳、木兰扇，休息配套咖啡馆，健身交友两不误，人居小镇身康健。

松江美术馆，常年办画展，摄影美术创佳作，展厅舒阔赛宫殿，全国小幅油画展荣誉开展，西风东渐笔意精湛，休息厅美术书籍任翻阅，报告厅讲座演讲任你选，还可观看电影品经典。

美术馆连接规划馆，先看松江专题片，吴王寿梦五茸射猎开纪元，水沛林茂广富林，吸引移民来迁，黄婆教织布松江府衣被天下，大仓桥会集北上漕运船，十里长街商市兴旺，浦江之首泽润人家万万千。专题片律动动画画面，辉煌历史期待新传。城市记忆走廊，文物古迹复制陈列，气势气氛气象依然非同一般，楼桥照壁古遗址，古塔园林唐经幢，才子文人集大观。十米

华亭湖龙舟赛（2010年）

电子长卷，再现十里长街人烟稠密街巷交错市集繁华都会大场面。跨越历史，而今请看松江新城全景规划大沙盘，借鉴全新理念，建成大美大雅开放宜居新空间。道路纵横，楼盘林立，绿树伸展，河道蜿蜒，绿地青翠，华灯耀眼，宏宏丽丽一座城，磅磅礴礴人称羡。

小镇内，住宅小区各自组团，洋房别墅也有联排公寓湖景大庄园。丽斯花园独栋别墅木构建，内壁原木外墙加贴保温砖，舒适节能，敦实稳健；温莎半岛湖景开阔；汉普顿、肯辛顿，庄园带花园，花园像庄园；切尔西庭居家打扫最方便，垃圾自动回收处理，居家人天天践行环保理念。

亮丽华亭湖，河道连湖湖连河，沈泾塘上承淀浦淀山湖水，下通黄浦大江潮水。湖泛清波水色美，桥接两岸桥美观。端午时节龙舟竞发，擂鼓划桨水花飞溅，两岸观众呼声如潮，龙首高昂击水争先。半岛南岸大卫德堡半圆，石墙砌成仿古建筑，古意之间透出安闲。上层是休闲茶厅，赏茶器识茶饼，香浓普洱饼醇圆，古朴茶盏对老壶，茶水入口心亦甜，凭窗瞰湖似风来，陶杯虽小饮畅酣。拾级而下赏珍宝，藏品展示好稀罕。釉色秾丽唐三彩，造型素朴魏碑残，历朝佛像配佛龛，工艺精美雕刻件，射灯盏盏照展品，艺术氛围透古典。

湖西晶球亮华晶，晶圆球体布餐厅，湖光水色润新城，新城高楼映水景，入席用餐视域宽，心旷神怡举杯盏，美酒甘洌佳肴鲜，半城夕照投照水，美食美景两相伴。厅外湖水轻拍岸，游艇码头栈桥展，高速游艇画舫船，船艇过处浪花喧，向暮时分客归来，水韵悠悠意潺潺。

泰晤士，英式风貌中国情，建筑是你外在的容貌，精工细作才是你内在的心田。严谨之中透出浪漫，规整之中放射活力。古今交融，中外交流，新城符号，小镇经典。

上海松江顾绣研究所赋

画绣出神韵，由来叹奇惊！顾绣研究所，传承担使命，遂养堂[1]中人，穿针养清心，格窗滤俗尘，青砖地气盈，擘丝细于发，着色线微精，针法十六种[2]，守正励新运，丝丝连线线，针针眼隐隐，古画意高雅，绣品神胜形，佳作非天成，绣娘倾才情，艺高涵养深，气静用恒劲，万万千千丝，纤纤密密引，用针如运笔，布线似墨行，摹古形有定，画韵至新境。艺坊传真艺，师徒俱用心，耐得十年功，绣出好作品。

顾绣源流长，明代颖破囊，松郡文风盛，诗画礼乐邦，文人好风雅，淑女女红尚，敬佛绣佛像，顾绣进佛堂。早期顾绣女，顾家女妾当，手作生韵浓，缪氏留微光[3]，委身露香园，四季刺绣忙。才媛韩希孟，艺惊董香光[4]，"良丝付精工"，文士好神往，"顾绣第一人"[5]，文史留荣光。传至顾兰玉[6]，顾家见窘况，顾绣余声名，娴丽竞学仿，绣艺传外门，授徒设教坊[7]。丁佩著《绣谱》，时年启道光[8]，慧心通画理，纤手绣名芳，实践是高手，理论树名望。清末至民初，沈寿有开创[9]，"顾绣派名手"，针端造化王，创出仿真绣，

---

[1] 遂养堂现位于松江区中山中路748号思鲈园中，是一座清代二进古建筑，原址在松江西门外大街，形制九进，是清工部尚书张祥河的宅堂。

[2] 顾绣大师，第一批国家级非物质文化遗产项目代表性传承人戴明教在其专著《顾绣针法初探》中，整理归集了当代顾绣常用的十六种针法。

[3] 缪氏为上海县城露香园园主顾名世长子顾汇海之妾。据姜绍书《无声诗史·顾姬》介绍："顾姬，上海顾汇海之妾，刺绣极工，所绣人物、山水、花卉，大有生韵，字亦有法，得其手制者，无不珍袭之。"今人认为，顾姬即（顾）缪氏，其绣艺虽卓，然因身份较低，相关书籍未有更多记载。

[4] "香光"是董其昌的号，他曾为韩希孟绣的《宋元名迹方册》题赞。

[5] 韩希孟是顾名世次孙顾寿潜夫人，因其工书善画，使顾绣出神入化，达到极高的艺术水准，因而被研究者称为"顾绣第一人"。

[6] 顾兰玉是顾名世的曾孙女。

[7] 据清嘉庆二十三年（1818年）版《松江府志·列女传》载："顾氏兰玉，有孝行，工针黹，设幔授徒，女弟子咸来就学，时人亦目为顾绣，兼能诗，积久成帙，自题《绣余集》。"

[8] 道光元年（1821年），丁佩刊印《绣谱》。

[9] 俞剑华主编的《中国美术家人名大辞典》称沈寿为"顾绣派名手"。

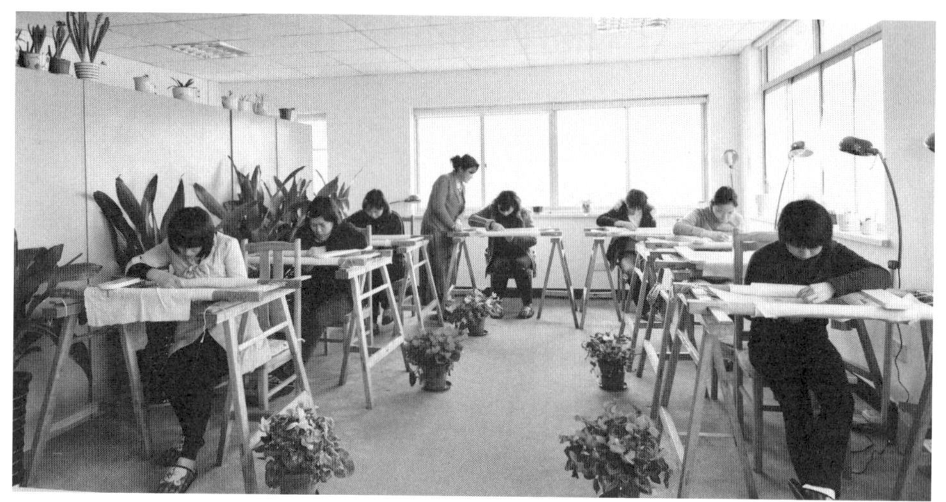

上海松江顾绣研究所

源自顾绣章。松筠女校兴，刺绣进课堂，沈寿女弟子，宋金苓担纲，抗战烽烟起，复兴梦废荒。新中国初期，顾绣曾兴旺，“无绣不姓顾”，多见新绣庄，其后受冲击，绣手民间藏。一九七二年，恢复见希望，总理有指示，工艺品重光[1]，工艺品厂内，戴明教上岗。三中全会后，小组重建创，名师戴明教，授徒回厂房[2]，十名女弟子，齐心绣华章。明教绣品美，方家竞收藏，顾绣列国礼，《针法》勤探访，二〇〇六年，荣登“非遗”榜。电子仪器厂，接续把旗扛，联办顾绣班，大江职校帮，成立研究所[3]，焕发新辉光。二〇一〇年，电仪厂散帮，街道秉道义，岳阳迎绣王，大师钱月芳，领衔著声望[4]。顾绣研

[1] 1972年，周恩来总理发出了发掘、发展传统工艺美术品的指示。

[2] 戴明教曾在松筠女校师从宋金苓学习刺绣，1972年松江工艺品厂成立顾绣小组时戴明教从阔街刺绣社进厂负责传授顾绣技艺。她精心绣制了《红蓼水禽图》等上佳作品41件，写成了专著《顾绣针法初探》，带出了10名徒弟（朱庆华、钱月芳、高秀芳、吴树新、富永萍、刘松林、沈月仙、宋亦香、周佩龙、陈君）。2005年9月，戴明教荣获中国文联授予的“中国民间文化杰出传承人”称号。

[3] 因松江工艺品厂破产，经领导协调，松江电子仪器厂接受了原工艺品厂的顾绣小组，成立了顾绣车间，并于2006年9月在顾绣车间挂牌成立了顾绣研究所。

[4] 2009年2月，钱月芳被上海市文广局认定为“上海市非物质文化遗产项目顾绣代表性传承人”；2009年9月，获“上海市工艺美术大师”称号；2012年8月，被中国工艺美术协会评为首届“中国刺绣艺术大师”。

究所，名花吐新芳，师生如姐妹，新人进绣坊，绷架如画架，针繁心清朗。

顾绣四百年，文脉一线传，行针循画理，施线如笔牵，通晓诗书画，气质若蕙兰，手巧人灵秀，定心绣经典。董师奉“针圣”[1]，元春唤“神工”[2]，子龙称“奇丽”[3]，志书“画绣”赞[4]。皆说顾绣美，发端有绪源，起先绣佛像，绣出立体感，进而绣人物，眉目纤毫现，山水花鸟虫，鱼翎蔬果鲜，活然添生气，女红神力见。探胜寻法道，胜擅有“六专”：一曰精丹青，纤手铅黄点，能摹古画魂，善绣妙品缣，融汇技与艺，此事为要端；二曰选题专，文人意趣涵，蓝本是名作，取法于宋元，画派追松江，名家作指点；三曰擘丝细，细过头发纤，一擘四十八，细密平滑展，细细线绘色，精如笔墨染；四曰针如毫，尖端长又坚，松郡制针妙，针孔不平扁，头锐身光滑，穿送不咬线；五曰配色精，秘传会心选，尚古色淡雅，色谱选中段，色级色阶多，色泽呈天然；六曰运新法，因循加化变，齐针基本功，虚实刻鳞卷，针法十六种，巧运画理传。绣房生淑气，明厅伴佳媛，绫白绷架平，心灵画韵含。

名作共欣赏，绣史阅经典。《十六应真册》，绣册留先范，绣线循笔线，白描滚针现，劲力加巧构，神韵看罗汉；《顾绣弥勒佛》，立轴乃罕见，执袋持念珠，神态亦安然，肉身肌理明，百纳僧衣绚；《花溪鱼隐图》，墨韵跃画面，苍松对浅山，渔者坐钓船，董其昌题赞，经纶握一竿；《米画山水图》，浓墨绣晓烟，朦胧群山远，清晰秀枝干，画面留空白，意境浓淡间；《扁豆蜻蜓图》，韩希孟亲传，叶色分深浅，扁豆颗粒满，精绣蜻蜓翅，剔透薄翼翩；《名迹洗马图》，白马黑斑点，擞和针绣身，虚针尾飘然，垂柳动曲水，欣然是马倌。《露香园牡丹》，叶浓花王淡，婀娜有雍容，淡雅也灿烂，如画当如绣，绣画真牡丹；《松筠墨虎图》，善孖笔意染，女生知画意，威猛跃然间，崖壁岩草动，涧谷水流远；《红蓼水禽图》，戴明教示范，新中国首幅，宋画

---

[1] 董其昌在《容台别集·画旨》中记载：“吾邑顾太学家有针圣，绣此《八骏图》，虽子昂用笔不能辨，亦当代一绝。”

[2] 明竟陵派诗人谭元春在获赠一件顾绣十七尊者佛像后，曾赋诗赞曰“女郎绣佛人天喜，运针如笔绫如纸。华亭顾妇嗟神工，盘丝擘线资纤指”。

[3] 陈子龙在《韩希孟花卉虫鱼册》题识中，称其绣品“灵汉机丝”“灌出奇丽”。

[4] 清同治《上海县志》卷八《物产》释“顾绣”为“盖所谓‘画绣’也”。

古意远，色雅针迹细，禽动蓼微颤；《小庭婴戏图》，童趣真盎然，二童争玩具，众目聚焦点，绣神戴明教，封针绝技传。大师钱月芳，创意绣“飞天”，仙女真端丽，云气相随伴，人飞衣裙舞，俊雅涵古典；《布袋和尚图》，和气溢画卷，乐而神不颠，须发纤丫短，泼墨大布袋，笼身白石间；《平复帖书法》，墨皇存宝卷，浓枯情质朴，率性出天然，墨晕见笔触，酷如笔墨篇；《群鱼戏藻图》，活灵又活现，针法讲章法，绣鱼巧化变，宋代一名画，轻盈蕴淡然。传人庄美金，技能皆熟练，《翠竹牵牛图》，妍丽亦柔婉，唐寅《山水图》，古朴墨色变；传人张丽敏，针法巧运转，《江亭揽胜图》，活用蚕丝线，《天末归还图》，虚实水带山；绣师高伟伟，运针画复原，郎本《牡丹花》，富含立体感，《中国熊猫图》，恰似水墨渲；绣师顾菊菊，会心重内涵，郎本《罂粟花》，深浅绣质感，《桃花竹枝图》，墨晕溢扇面；绣师叫吴燕，花鸟最喜欢，郎本《樱桃图》，繁丽不浓艳，宋画《竹雀图》，双钩古韵现。长卷《浴马图》，赵孟頫经典，集体来创作，历时足三年，人马俱有神，姿态似万千，苍树水清淡，岸石绿草鲜，用色丰而美，针法更精专，气势好恢宏，绣与画难辨。

顾绣研究所，绣媛技艺专，深研十五年，人才梯队全，佳作奖上奖，流芳声名远，藏家研究者，跷指多点赞，绣者通书画，文心染丝练，甘坐冷板凳，从艺不嫌烦，寂寂仍定定，默默更安安，大处观全局，小处上针线，一线虽纤细，缺针画不全，千千万万针，万万千千线，绣面平滑光，真功不自言，甘苦味尽知，柔线心劲坚，遂养堂中人，薪火正续传。

黄桥村赋

“全国生态文化村”，泖港黄桥有名声。北濒浦江起始处，三江汇流水奔腾；东营水源涵养林，林木葱郁幽境生；南达叶新公路界，浦南通途经此村；西邻乡河黄桥港，千亩良田水边横。

涵养林青翠已育成，小木屋迎来度假人，当年楼台直望江北，而今只见树冠高盛。

古河温泉合理开发，“热带雨林”泉流飞喷，温泉农庄饮誉沪上，身浸爽泉温润养生。浴罢走向江堤边，登上坡顶豪情生，三江并流走势弯，水域开阔黄桥门。

蔬菜基地大棚连栋，标准生产绿意亮萌，绿叶菜品常年栽种，番茄黄瓜

黄桥村

黄桥村委会

应季缠藤，包装配送产销两旺，食品安全信誉有恒。水稻丰产市级示范，家庭农场精播细耕，农机革新整田做岸，提高效率节支降本，生产全程机械操作，现代农民驾机自耕，收获时节绿海浮金，青秸金谷稻香阵阵。

田间河边农舍成列，二层楼房洁净齐整，楼下客堂家训高挂，楼上卧室窗明屋正，家居生活厨卫俱全，有线宽带网速提升。自种稻米新摘蔬菜，鲜鱼活虾现捉现烹。饭后茶余场头舞蹈，健身点上活动健身，篮球场上球友投篮，农家书屋读者凝神，远程教室听取讲座，数码播送影剧纷呈，百姓戏台沪剧好看，老年茶室牌友结盟，联农超市购物便利，农资分店服务延伸，村民事务就近代理，驻村医生诊疗认真，星级家庭文明创建，党员干部担当重任，政治领先思想紧跟，邻里互助道德养成，“楹联沙龙”吸引村民，诗联书法专室展陈，法治楹联普法有道，楹联名村文化传承，网格自治精细管理，村容整洁健康卫生。

大方农田接阡连陌，香粳水稻遮没田埂，田平稻齐成片相连，现代农业风光迷人。乡河村沟岸绿水清，和风徐来水流轻声，水波粼粼映照晴阳，农桥平平人车安稳。村道改成黑色路面，驾车骑车便捷出村，水杉池杉夹道成行，乡风乡情一路寄存。屋前场院屋后菜园，鸡鸭与鹅圈养围屯，河坡果树无人乱摘，路旁鲜花三色缤纷。

戊戌新年新春，利好消息传遍全村，“乡村振兴示范村”，“宅基地改革试点村”，市级试点两大项目，看好黄桥堪当重任。各项政策统筹兼顾，各级领导关心到村，拆旧建新村庄平移，生活改善土地节省，集中居住形态一新，田园人家根扎农村，支部动员村民参与，建设方案反复讨论，新居当有时代风采，水乡肌理盼望保存，村民移居村民做主，设计图纸多次调整，房型选定中式宅院，明窗亮户新楼两层，灰瓦白墙小院在前，设施配套需求递增，水电宽带新装入户，管道煤气接装进门，客厅朝南阳光朗照，楼上卧室主次划分，有厨有卫楼道上下，前后通风南北两门，农家习惯受到尊重，公共菜地家家有份。村民代表受命监督，建材施工现场见证，分期建设有序推进，一期竣工二期紧跟，村落布局因地而宜，疏密有度合纵连横，江南水乡风貌再现，田园风光浦南农村。

公共服务更为优化，日常生活无需出村，综合大楼办理村务，餐饮购物会所近门，农展厅里农事纷呈，村史馆中往事动人，幸福老人合居本村，活动室里飞扬歌声，村民广场门头气派，方中透圆境界提升，道路齐整绿树舒展，园艺小品花草铺陈，村前小河碧水轻流，村后农田阡陌纵横，改革盘活农村用地，产业园区城乡结盟，产业兴旺增添活力，乡村振兴持续升腾，黄桥农民入住新居，笑从心出添彩人生。

再度步入涵养林中，十万卉木恣意生生，涵养水源优化环境，林里林外生态平衡。

泖港黄桥村，宁谧和美新农村。

（备注：本赋部分内容写于2019年12月之前，“温泉农庄”现已不复存在）

上海松江开元名都大酒店赋

百米高楼平地雄起，开元名都松江屹立，沪郊首家，五星等级，大型酒店，喜气洋溢。看好松江，投资新城毫不犹豫；服务松江，“以客为尊”[1]赢得声誉。强民族品牌，创经营佳绩[2]。

酒店位居商业旺地，当年配套尚未全齐，店方具备战略眼光，信任当地办事效率，新城规划开元响应，择地开发倾情倾力。开元本具改革魄力，萧山创业创出佳绩，松江亦是创业宝地，松江鼓励争闯第一，地区经济发展迅猛，社会事业如虎添翼，城市功能亟待完善，五星酒店顺势建起，郊区提升服务水准，松江开元勇扛大旗。

精心设计，大楼立面华贵典雅；用心选材，现代设施高端大气；潜心装饰，内外环境特色雅集；贴心服务，宾客需求殷切顾及。商务会务活动频繁，婚宴喜宴首选之地，福地松江宾来客往，下榻开元舒适称意。

现代城市必有现代设施，五星酒店事关城市等级，酒店是旅居驿站，酒店更有多重意义。一可美化城市景观，阅读建筑心旷神怡；二可提升生活品质，宽舒卫生高雅精细；三可体现文明程度，礼貌相待服务有仪；四可优化营商环境，各地客商商住安歇；五可助力产业发展，酒店住宅商场聚集。松江有幸迎开元，开元试水开福地，住宅、商业加酒店，开发模式见创意，人民北路添新境，新松江路聚人气[3]。

进入开元名都，感受华贵气息，大堂精致华丽，厅室典雅富丽。开元厅宽朗辉煌，景园厅舒放明丽，信义厅庄重端美，贤德厅慧光宝气。会务有现代设备，宴会有佳肴上席。大床房豪华雅致，高标房设施高级。健身中心游泳池，中西餐厅品厨艺，乒乓台球咖啡厅，美容美发棋牌戏。外国首脑曾入

[1] 开元旅业集团将“以客为尊”作为企业文化。

[2] 开元旅业集团在2006年入选中国饭店业民族品牌20强。

[3] 酒店位于人民北路和新松江路路口。开元旅业集团在兴建松江开元名都大酒店的同时，还在新松江路北侧建设了松江新都住宅小区，紧邻酒店兴建了开元地中海商业广场，带动了周边的城市开发和商业繁荣。开元地中海商业广场已成为“松江的66个经典符号”之一。

上海松江开元名都大酒店

住，院士名导留印迹，影视剧组乐光顾，市民赴宴沾喜气。

登楼上高处，胜景奔眼底，中央公园铺浓绿，商业街上人密集，新城四处起楼宇，楼宇周边缀绿地，车驰大道车如流，入夜华灯闪虹霓。

开元徽标寓意深，红帆向日歌宏丽，店开沪郊第一家，保持水准五星级，开元名都是品牌，但愿品牌更亮丽。

上海农业科普馆松江馆赋

农业科普馆，农业园区开展览。

首观“序馆”，九峰三泖一览，九峰凝翠色，三泖淀泖田。官修海塘，置县、设府，聚人丁、垦农田。明代松江府，“衣被天下”美名传，高阜植棉，纺纱织布家家勤勉，高超技艺深得黄道婆真传。看松江植被丰茂覆平原，河流如网遍水川，土地肥沃宜稼穑，鹿奔鹤鸣鲈鱼欢，九峰耸立沪上巅。

再看“综合馆”，四鳃鲈鱼，松江特产，红云染颊，视若四鳃，文人墨客，笔颂画赞，名贵美味，人工育繁。浦江一号团头鲂，肉质鲜嫩身扁宽，鳊鱼新品种，鱼苗各地传。还有动物标本，请君一一辨看，粮棉油并蔬果花，农田作物上图片。

“农具馆”里看农具，耕田好帮手，农家最喜欢。耕、犁、耙、种不可少，锄头铁搭最常见，车水开沟种水稻，做垄喷药栽花棉，连枷举起打菜籽，风机摇动谷甸甸，笠帽蓑衣挡风雨，小船罱泥在河畔。

进入“棉纺馆”，黄婆业绩纪传。乌泥泾畔童养媳，不堪苦难，离家出走登海船，飘落琼岛最南端，身在黎族同胞中，纺纱织布技艺专，三十年后归故里，纺织工艺传经验，擀、弹、纺、织改工具，三锭纺车脚踩踏，效率提高翻几番。“错纱、配色、综线、挈花”，被褥巾带花纹鲜，织造技术登顶巅。乌泥泾被，天下名产，松江织造，大名传远。纺织中心名副其实，黄道婆功高多贡献。

“种子馆”，生命现象有奇观。种子催生生命，种子力量无限。穿越时光隧道，进入生命空间，种子生长发育，隧道逐段呈现，种子自有构成，形态复杂多变，巨者大如炮弹，小者微如尘纤，有种就有遗传，遗传导致衍繁。现代太空育种，试看运载火箭，种子升到太空，特殊环境诱变，地面再次选育，品质优化高产。

“水稻馆”，水稻原产中国，历史已有七千年，松江栽育五千年。春来水牛整水田，晴日光照车水灌，水田稻禾青返绿，秋来金黄谷粒灿。了解水稻一生，吃饭毋忘农人。始自幼苗期，成在开花结实期。营养生长在前期，长

上海农业科普馆松江馆综合馆

上海农业科普馆松江馆农具馆

根系、多分蘖、叶片增多，营养储吸；肥水管理是关键，株健苗壮有力气；生殖生长是后期，拔节孕穗穗花开，灌浆结实长谷粒，尤须协调肥水气，穗大穗足皆欢喜。水稻加工出大米，米饭糕点品种齐。

纪念农民科学家，陈永康全国作模范，“三黑三黄”察苗情，千斤亩产当状元，创出晚稻“老来青”，大面积高产又稳产，精耕细作是样板，创造效益数十亿元。

五厍农业园区，根扎浦南作示范，农业科普展示，冀望后人开新篇。

美厨玩家赋

玩家，乃精于一业之法师也，亦为钻研有成而蔚为专家之笑称也，近时，又作为偶尔赏而漫弄之流行新语见诸网上。玩家出手，可化平凡为奇美，赋家常为华美。

美厨玩家，玩家美在烹调过程，食物之美启迪人生，玩家乐在观厨赏艺，食物之魅撩拨舌唇。民以食为天，食以味为胜。美厨玩家成网红，乡间厨房时鲜烹。烧饭做菜有柴灶，切面下饺大锅好，文火清汤腌笃鲜，旺火急炒跑马蛋，泥窑烤出法式包，烤箱烘成蜜香糕，滚油炸麻花，平锅煎带鱼，酒香烹草头，蒜泥拌黄瓜，卤肉盖浇饭，洋葱焖牛排，红酒浅入高脚杯，绿茗深潜茶汤底。中餐西餐皆可做，米饭面食任蒸煮，冷盘热炒呈百味，酱菜浓汤各所宜。

松江泖港，田园之中，由腰泾村往西，行至尽头，有灰瓦白墙小楼面南，楼寻常而清新别致，老阳台水泥栏杆与墙面一色纯白，老窗户格局未变，绿植贴墙，或攀缘而上，或入盆为安。院前有舒阔院场，场边遮阳巨伞两把，可拢可张，伞下长方桌素面朝天。院场与村道间有绿篱一道，正值人间五月天，蔷薇花儿艳，淡粉嫣红令春意备添。推开篱中矮门，进得院内，如农家大院，又不似先前老院。花圃两方，蔷薇儿淡苞浓花清芳播远。乡间老屋，客厅阳光正暖，厨艺食具纷呈。锅碗瓢盆，刀铲砧垫，油盐酱醋茶，糖奶姜蒜酒。有旧貌古样，有新辉异彩。辣椒香掺进芝麻香，柴火气搅进咖啡香。鹁鸪声声里，菜畦绿西墙，浓浓醇酒中，红泛客笑靥。屋分中厨西厨，才无高低上下，中厨有中厨的气派，西厨有西厨的做派。中厨家，铁锅铜铲配瓷碗；西厨家，红酒调料玻璃盘。中厨家，犹如寻常人家升级版，北味南风俱可信手做来；西厨家，好似英伦之家浓缩版，欧风美雨皆已韵藏佳肴。提高技艺，家常菜宴会菜不时推陈出新，丰富口味，从现摘到冰藏备足各地食材。美食制作好有趣，制作过程拍视频，美食节目制作人，兴建玩家益众生。

家主婆身兼设计师，好男人担当泥水工。老墙面嵌进照片变展框，旧屋改造历程主客共观赏，辅助房拆除隔断变长厅，八米木桌棕编桌旗古朴也时尚。家主婆也是园艺师，护花养草盎然生机溢楼院，好男人本是美术家，巧

美厨玩家

饰软装艺术氛围绕乡邦。屋后藤萝遮顶，棚下摆开茶盘，河边水埠叠阶，水中鹅鸭欢然。郭悦与卢森，夫妻携手400天，将乡间旧舍换新颜，夫妻同创美厨屋，乡间共享慢生活。

夫妻乐不如众乐乐，乡舍时见访客。交流厨艺听课程，观赏厨家学掌勺，茶水清心，咖啡提神，把盏之间品釉下青史，推盘之时赏筷上滋味。此处真可暂寄身，艺术之美美乡村。场西田廊，留下泖港田园艺术节印迹，田廊即艺廊，田间即舞台，诗歌伴轻风一路西去，土布在田娘身上变为时装，油画带来海派创意，剪纸突出乡村风情。更有爱心拳拳，热心公益：微信公众号转刊沪上援鄂援汉抗疫志士名录[1]，以一己之力，倡众人同做“美厨疗愈”公益活动，免费接待百名已然凯旋的白衣天使，以厨艺作修养帮手，借美厨致敬白衣天使。揉面团、做比萨、喝咖啡、听音乐、弹吉他、看图书，漫步田间，安坐屋前，缓解疲惫，平复身心。让安静的乡村再添几许圣洁，让玩美的厨家增添几分美好。

食事乃实事，不容虚情假意，厨艺乃才艺，必须心灵手巧。美厨玩家，田园之间求至味，厨房之中创和美。

---

[1] 上海共有1 649位援鄂援汉抗疫志士。

上海欢乐谷赋

佘山脚下，生态乐园，欢乐主题，激情无限，游乐设施，刺激惊险，科技人文，惊奇体验。

“阳光港”：朦胧港湾，月夜行船，梦行海上，起航出湾，海洋广阔，去意决然。环幕电影，效果顶尖，奇幻飞行，视觉拓宽。亚瑟宫殿，豪华相伴，阔殿宽厅，集会饮宴。

“欢乐时光”：“谷木游龙”，木质坚韧，过山木车，飞车驰奔。“天地双雄”，高塔两尊，上下往复，极速弹升。“异度空间”，黑屋多间，狰狞面目，惊吓考验。车场碰车，碰碰对面，左旋右转，越碰越欢。摇摆荡伞，跌宕如旋，滑道起飞，势如银燕。急速风车，风狂车颠，速率叠加，人随车转。梦幻陀螺，自转公转，两相逆反，离心自旋。旋转木马，屡见不鲜，上下两层，马拉车转。

上海欢乐谷夜景

上海欢乐谷绝顶雄风

上海欢乐谷旋转摇摆伞

“上海滩”：十里洋场，石库门脸，灯红酒绿，男爱女欢。外滩冒险，摆锤荡船，人生起伏，风光尽揽。“绝顶雄风”，顶峰跌还，神奇加速，跌落过山。“能量风暴”，飞臂翻转，风暴裹挟，人在风眼。“尖峰时刻”，转危为安，坠而不危，止跌突然。“四维影院”，冒险梦幻，滴雨下雪，入座体验。“婚礼宫”，神圣璀璨，幸福时刻，亲友证见。

“香格里拉”：壮美高原，神秘雪山，隐秘通道，王国关键。“蓝月飞车”，俯冲地面，如飞似翔，刺激体验。“飞旋驼峰”，一瞬之间，失重感受，突然涌现。“肯配古塔”，座椅旋转，登顶遥望，风光饱览。“峡谷漂流”，游乐经典，穿山越洞，水花飞溅。“丛林抢险”，水枪扑焰，奋勇灭火，冲向火线。

“蚂蚁王国”：勇士出战，拯救家园，智慧过人，王宫兴建。“蚂蚁城堡”，梦幻多变，蚂蚁神奇，童话家园。“水蛙战舰”，电枪对战，反应灵敏，勇敢大胆。“弹跳袋鼠”，边跳边弹，人坐袋中，上坡跳转。“蚂蚁战车”，簸簸颠颠，似游太空，开辟战线。“迷你漂流”，海豚似船，水道弯弯，顺坡到岸。“泡泡大战”，全家可玩，亲子游戏，合作领先。“快乐飞艇”，线路可变，轨道车厢，可赏可玩。“跳跳蛙”，哇哇声喧，直升直跳，跌落田园。“转转杯车”，杯随车转，圈圈圆圆，圆圆转圈。“疯狂精灵”，越峰过弯，呼啸而下，冲向峰巅。“蚂蚁运输”，车队列编，小小火车，快乐出站。“虫虫跳伞”，塔上落伞，虫在空中，人在挑战。“浪花飞舞”，笑看喷泉，乐音起伏，水舞翩跹。“北极探险”，标靶在前，一枪在手，不畏艰难。“城堡影院”，视觉盛宴，风吹雨淋，海空冒险。

“金矿镇”：美国西部，淘金场面，狂热牛仔，小镇约见。“矿山历险”，矿车回转，顺滑侧滑，巷道飞窜。“华侨剧场”，快马飞鞭，杂技歌舞，演艺盛宴。“金银宝岛”，登顶俯瞰，湖光山色，徐徐收览。“骑警训练”，机枪在肩，瞄准影像，互动开战。“梦幻剧场”，立体影院，亦真亦幻，眼花缭乱。“西部追忆”，科技影院，画面雄奇，声音震撼。

“飓风湾”：劈浪海船，寻宝探险，加勒比海，杰克强健。“激流勇进”，落差明显，滑道激水，巨浪扑面。“完美风暴”，座舱滚翻，水幕奏乐，天旋地转。“神奇草帽”，魔法施展，飞而可升，转而成圈。“暴风之选”，洞穴历险，4D互动，神秘玄幻。

“特色演艺”:“玩乐魔方”，综艺表演，场景豪华，扣人心弦。“满江红”，实景马战，名将岳飞，冲向硝烟。老上海滩，里弄枪战，游客参与，角色体验。“蚂蚁王国”，儿童表演，卡通游戏，欢乐少年。“花车巡游”，车行人欢，车饰华美，风貌呈现。异域风情，歌舞明艳，金矿打铁，技艺非凡。水上表演，水幕喷泉，激光烟火，水火淬炼。

都市繁华，聚集少年，快意游乐，压力舒缓。山水之间，玩啥任选，经奇历险，人生体验，时起时落，势在必然，光飞影炫，扑朔耀眼，尖端科技，跃动之间，游来玩去，激发灵感，多彩生活，乐活好玩。

上海欢乐谷嘉途酒店赋

佘山度假区，嘉途酒店带来异域情趣。欢乐谷、水公园，相伴休憩好境地。明黄主色调，热烈的西班牙鲜艳无比。

神话和浪漫的国度不再遥远，上海的山谷中驶进了努曼西亚帆船。大堂对面帆船敦实稳健，白帆升上高高桅杆，港湾堤岸三色纷呈，木船尾部浪花翻卷，航海开启海国时代，历史信息载满航船。

大堂明丽敞而不空，装饰风格美而不奢，色调和谐多而不杂，南北敞亮明而不炫，古典风情雅而不繁。

东北有庭院，院中喷清泉，尖塔明楼共围合，西班牙式建筑经典。西班牙人爱阳光，建筑围合必有庭院，楼宇之间留出空间，邻里互动聚集庭院，喝茶聊天共度时光，社区生活宾馆空间。庭院摆布高迪座椅，圆角半围马赛克贴面，椅形蜿蜒饱满，坐卧随君所愿。

漫步草坪，彩色陶艺小品精湛，变色龙高脊低背色彩斑斓，大蜥蜴蛰伏蓝白相间，加泰罗尼亚标识此处落地，茵茵绿草贴心相伴。

复制“世界文化遗产”项目，“巴特罗之家”实景再现。建筑立面波浪翻卷，弧形柔角自然再现，陶瓷彩玻马赛克墙，舞会假面窗台凸显，肋骨造型拱门折弯，围栏如雕塑雪白在顶巅，抬头仰观，欣赏著名建筑经典。

亲子氛围浓郁，最宜家庭客群来居。儿童高低床，二孩之家好乐居。小帐篷、软抱枕，童鞋童卫浴；学陶艺，练手工，工坊名“九曲”；画彩绘、骑木马，泻落滑滑梯；尝甜品、玩卡通，钻进山洞里；游乐谷、戏水池，激爽在夏季。

客房洋溢异国韵味，四种楼层风貌，四段历史转换。西班牙艺术时期创意迭现，抽象图案织成地毯，踏入走廊轻松自如，红黄绿蓝白色共现，一家四口同住一房，童稚画作挂上墙面，人偶玩具抱抱入睡，高低童床好梦可圆；安达卢西亚山地时期，走廊变身林间鹿道，麋鹿沿墙款步而行，山地重色沉厚如岩，褐色基调打扮房间；阿拉伯时期驼队跋涉长路漫漫，驼色家具放置棕色地面，阿拉伯纹饰灵动又安然；大航海时代蓝波在走廊轻泛，人行

上海欢乐谷嘉途酒店主题房

其中，好似航船渐入港湾，房间主色蓝白相间，航海地图灯饰美观，客房宛如客舱，日光照亮海面。

底层餐厅温馨古典，餐桌餐椅中规中矩，餐布餐具摆放有范，大厅顶饰图案精美，地中海风轻微拂面。儿童最喜3D餐桌，投射灯光变幻画面，餐盘海鲜色泽明艳，餐桌变成画中海面，厨师起身海中捞鱼，烹饪上桌巧手化变，音乐伴随画中故事，多种菜肴多种图案，宛如一出微型戏剧，味觉视觉皆是正餐。

嘉途酒店特色鲜明，西班牙风处处扑面。

天马射电望远镜赋

雄踞天马山下，巡探迢遥空间，似神珠电眼，如半球对天。高擎创新宏志，广纳天外讯电。叶叔华院士高瞻远瞩提建议[1]，天文学研究自主创造获进展。半球内圆，实为望远镜之反射面，巨幅天线接收信号可纳八个波段；半

天马射电望远镜

[1] 经中科院院士、上海天文台原台长叶叔华提议并由她带领，上海天文台在1979年、1987年先后建成6米、25米射电望远镜。为进一步提高未来执行国家深空探测重大任务和开展射电天文观测研究的能力，从2008年起，上海天文台在叶叔华的推动下，肩负起研制具有多种科学用途的世界级大型射电望远镜系统的重任。口径65米的天马射电望远镜于2009年年底在松江区九江公路与天鸡路交会处奠基，2010年10月底落成，于2017年10月底通过总体验收，建成后极大地提升了我国探月卫星和深空探测器的测定轨能力、国际VLB1和射电天文研究能力，当时被誉为“亚洲第一射电望远镜”，在综合性能指标排名中位列全球同类型望远镜第三位。项目获得中科院改革开放四十年40项标志性重大科技成果，获得上海市2018年度科技进步特等奖。

球外围，当是望远镜之托举架，钢轨之内旋转可探达全方位界面。口径达65米，时为亚洲领先。

半球转动，天线开工，探得细微声响，捕捉律动脉冲，声音化为数据，数据波影汇总，波影图显示奥秘，揭奥秘傲对深空。为探月工程保驾护航，为深空探测观察遥控。功能齐全，立地大侦探雄健壮美；转动自如，巡天大利器灵活主动。凝心静神，搜捕一百多亿光年的细微声响；定心聚神，测定嫦娥探月工程的在轨行踪。大型天线大而灵敏，主反射面俯仰追踪，电磁信号射电而来，原始信息采集分送；馈源巨舱位于中心，边缘信号收纳其中，测控中心仔细分析，天体变化屏幕游动。探测谱线、脉冲星，大有新发现；随行嫦娥、飞行星，测轨保行空。主力测站，全球合作开创新篇；接点连线，天文研究直面太空。观测灵敏度成倍提高，能力获提升再立新功。

天马山下好地方，天蓝地绿桃花红，天马行空古神话，而今科技巡深空，前有天马跃松江，今看天马气势雄。安安稳稳一伟夫，旋旋转转真灵动，硕硕圆圆一重器，精精确确缜密功。

程十髮艺术馆赋

华亭老街，明清古宅，鲈乡[1]存美，艺传海派。

馆前广场壁画，历代文人赞夸，巨幅浮雕精致，介绍十位名家，陆机平复祖帖，陆云春节淳化，元代冠冕子昂，公望松郡作画，王蒙吴镇倪瓒，峰泖山水为家，华亭董其昌公，领军云间书画，乡贤陈继儒君，力作传世《梅花》[2]，当代程门十髮，书画艺术名家。

松郡瞿氏家宅，耕读继世有楷，仪门砖雕承范，大户人家气派，少时好友之宅[3]，如今艺术承载。

门厅展示生平，铜雕立像遗爱，情系鲈鱼之乡，大仓桥头感慨。髮老巨幅相片，一代大师风采，艺术之树常青，生命历程精彩[4]。来到人民中间，采集创作素材，植根民间艺术，才情超越同侪。伫看大师力作，凝聚真心大爱，讴歌人民当家，描绘崭新时代。

走入王冶山宅，藏品展示开来，髮老与斯有缘，走马楼中情爱[5]，大师高风亮节，捐赠书画爽迈[6]。藏品古意浓郁，真迹明艳色彩，笔墨洒脱精湛，画面生动畅快，风格奇突清丽，卓然自成一派。

“墨缘”深结王宅，轩名寄托情怀，千古文墨有缘，归乡情意表白，跨

[1] 20世纪70年代后期髮老在作画落款时使用“鲈乡人”等印章。

[2] 陆机的章草《平复帖》是中国最早的名人纸本墨迹，被称作“书法祖帖”；陆云书写的《春节帖》被选入《淳化阁帖》；赵孟頫（字子昂）、黄公望、王蒙、吴镇、倪瓒寓居松江，创作了许多精品书画。赵孟頫创立了“赵体”，对明代松江书法享誉全国有着重要影响，黄公望的名作《富春山居图》成于松江知止堂，董其昌为松江画派、云间书派的杰出代表，其画作及画论对明末清初画坛影响甚大，陈继儒为松江乡贤，工诗文、书画，擅墨梅、山水，赞同书画同源。

[3] 瞿宅主人瞿少康是程十髮幼时的好朋友，他俩于1946年曾在松江同台演出《空城计》。

[4] 在生平展示区有一幅勾线淡竹衬底，选取髮老不同年代典型相片、画作和摄影组合成的“生命长青图”寓意髮老艺术生命长在。

[5] 王宅走马楼是程十髮1940年与上海美专同窗张金琦女士结婚之处。1950年，程十髮在此完成了《水浒传》连环画《野猪林》的创作。

[6] 2005年11月，程十髮捐赠给松江57幅收藏作品和23幅个人创作作品。

程十髮艺术馆

院布局精巧，天井池水铺排，三孔石桥横贯，云间风物刻载，名曰“鲈乡墨池”[1]，意在深切缅怀。后堂场景再现，客厅桌椅摆开，灶间有灶“福来”，民间艺术花开。潼潼美术启蒙，灶花最早入怀[2]。二楼诊室隔帘，帘前程父把脉，帘后寝室半间，床头老布被盖。

公共汇展区域，设于袁昶家宅，大屋相连王宅，“书香门第”匾牌。厅堂高大开阔，时有展览安排。继承传统文化，笔墨创新时代，画作风格多样，热心观众前来，山水花鸟人物，书法国画水彩。

髮老童心不老，成就无可取代，三座古宅有幸，闪耀艺术光彩。

---

[1] 墨池又寓“临池发愤”之意，池中小桥桥栏镌有四鳃鲈鱼、十鹿九回头、云间白鹤等松江著名风物。

[2] 王冶山宅后堂楼下灶间复原场景有一台两个炉膛的省柴灶“福来灶”。砌灶师傅在灶壁绘下的灶花，被程十髮称为美术启蒙的开始。

巴比食品创意园赋

馒头选巴比，起名蛮稀奇，传统中式食品，时尚西式徽记。当年南京路口，蒸锅热气飘逸，馅鲜形实面松，小店做起生意，肉包、菜包、奶黄包，三大品种是主力。口味贴近本帮，店档风生水起。当今社会节奏快，白领早餐时间急，早上出门快快吃，吃饱吃好吃得起，质优价宜味道好，一顿早餐现商机，一元两元热包子，小店做出大生意，现代企业现代人，自建园区冠创意。

企业落户车墩，高大厂房耸立，全力生产面食，服务民众生计。

走进展示序厅，大小视屏满壁，生产现场实景，察看犹如巡弋，生产流水过程，探看从头到底。车间高爽明洁，恒温环境封闭，白衣白帽口罩，员工穿戴整齐，机器设备铮亮，运转胜过人力，和面洗菜拌馅，切面团拢包起，员工静心操作，工艺中规中矩。接受顾客监督，监控画面清晰。

展示大厅开阔，创业艰辛牢记，屡经尝试探索，总算调准口味，还看创始门店，排队增添人气，连开三家店铺，产品热销不已，发展品牌门店，形象一再升级，巴比小象代言，动漫标志有趣，食材选用大牌，管理建立体系，顾客称赞有加，线上线下比翼，开发团餐销售，提供定制良机。二千五百终端门店，日均顾客一百万计，中央工厂集中生产，全程冷链分送各地。宏大愿景壁上闪烁，中式面点世界第一。

参观通道紧贴车间，玻璃分隔观看明晰。烧卖生产标准严格，每道工序分工严密，先进设备淘米浸米，蒸饭米箱调控火力，猪肉香菇调制配料，手工捏拢形态美丽。青菜清洗最为讲究，张张菜叶手工掰离，黄叶残叶必须拣除，不厌其烦练成手艺，单瓣入水最易洗清，水冲浪洗依靠机器，高温漂烫保留营养，低温冷浸青色鲜丽，高速细切制成菜馅，拌入肉糜分袋传递。和面醒面机器操作，制馅拌馅最佳配比，高温蒸煮冷冻包装，成品出厂馅料运抵。

梦幻体验中心，儿童结队学习，讲习课程生动。农家种麦讲起，动画漫画结合，面点文化记取，重在动手参与，老师指导详细，课桌点点排开，工

巴比食品创意园

具一一配齐，听得眉开眼笑，做得认真仔细，黏上湿手面粉，擀出点心面皮，制成小小面点，蒸出腾腾热气，体验工匠精神，领略传统手艺。更有小象巴比，形象可爱俏皮，激发动手兴趣，留下童年印记。

巴比食品创意园，中式面点创传奇！

上海辰山植物园赋

松郡东南，辰位有山，辰山吉向，草兴木繁，“绿环”围山[1]，植物满园。德国设计，中国理念[2]，江南水乡，开朗视线，保育山体，留存资源，巧用河道，引水泽园，引进植物，品种九千，种质保存，有利科研，园容优美，多样景观。

早春花开，樱花当先，玉树琼花，夹道花满，大道迎宾，捧出锦团。迎面春景，春花开遍，春景园中，分作五园。海棠园里，海棠初现；西有梅园，梅花浓淡；东建桃园，夭夭红颜；木兰园内，木兰刚健；看樱花园，盛景烂

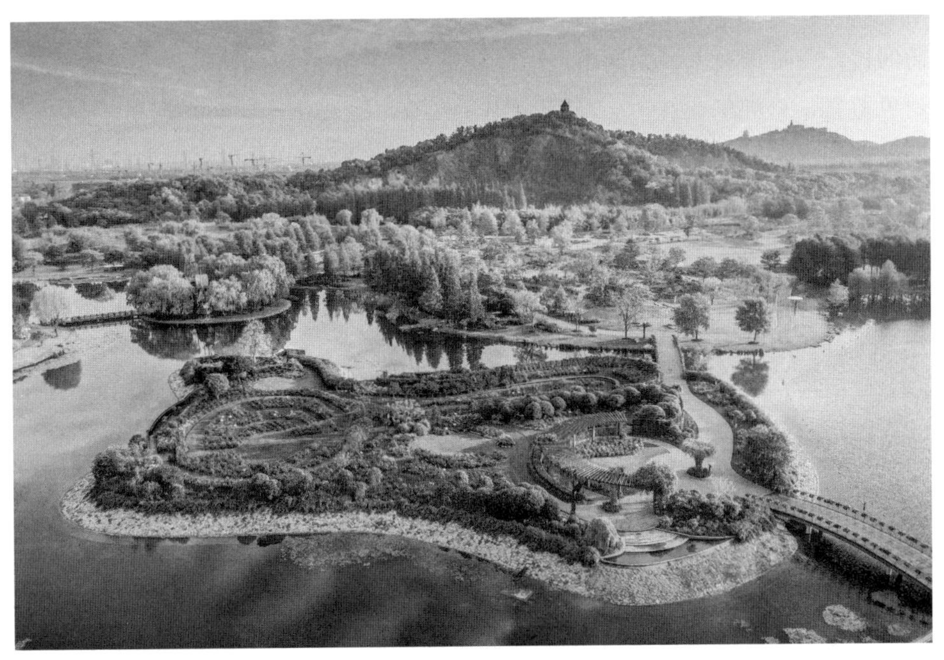

辰山植物园

[1] 上海辰山植物园外围有一道4.5千米的坡状绿环，绿环也是亚洲、欧洲、非洲、美洲和大洋洲植物的展示区。

[2] 经全球招标，辰山植物园采取了德国瓦伦丁设计组合的方案，该方案将中国文字“园”的外框设计成绿环，并且努力体现江南水乡的景观特质。

辰山植物园自然生活节

辰山植物园热带植物馆

漫。过玫瑰桥，入月季园，香水丰花，藤本长春，花出四时，形貌娟然，品种五百，月月花艳。旱生植物，白沙铺毯，模拟沙漠，旱地新颜。观赏草园，蒲苇翩然，狼尾草花，露珠挂满，细叶针芒，叶色鲜艳，细叶丝兰，叶镶金边。

辰山有石，采石多年，掘地见坑，积水成潭。修复生态，因势造园，改造旧貌，变身景观。镜湖连山，山崖高悬，峭壁在巅，白瀑飞练。台地铺石，锈色留斑，一坡斜出，山石屹然。花开坑沿，地被花鲜，花繁四季，茂盛浓艳。循梯下行，过“一线天”，栈桥缘壁，贴水折弯，潭清水碧，坑深天远，飞帘直下，水雾弥漫。绕过小岛，隧道在前，钻入隧道，幽深冷然，走出坑道，山岩当前。矿坑遗迹，采石留岩，岩间植绿，花草适然，筑溪引流，菖蒲挺坚，游龙松劲，赤楠红艳，灌木点缀，草木养眼，岩中嵌花，花下石坚。片石块石，草苏木俨。

药用植物，中药大观，清热解毒，止咳平喘，活血化瘀，保肝利胆，安神开窍，明目清肝，药效多样，形态多变。丹参细辛，牛蒡射干，益母首乌，五味子甜。保健之物，芳香弥漫，薄荷藿香，药效明显，沙棘紫苏，鸭儿芹马兰，可烹可拌，食之保健，阴生植物，樟下舒展，油光草亮，虾脊兰弯，万寿竹绿，九龙盘卷，喷雾加湿，厚苔生藓。

走过大桥，盲人优先，服务盲人，专门建园，植物奇特，闻味抚探，触觉鲜明，色彩亮艳，盲道盲文，声音导览。

最具特色，温室展览[1]，冬春之际，生机盎然。弧形跨度，网壳对天，状

[1] 由热带花果馆、沙生植物馆和珍奇植物馆三个单体温室组成的温室群，总面积为12 608平方米，植物种类为3 000多种，为目前亚洲最大的植物园温室群。

如巨蚕，轻盈透灿。热带花果，雨林景观。大叶植物，迎宾参观。蕉叶宽舒，热情呈现，双凤迎客，凤凰凤眼[1]，木棉花红，红木挺冠，棕榈广场，开阔空间，霸王棕树，昂然向天。四季花卉，随换随添，红黄橙蓝，叶绿花妍。瀑布飞溅，山洞隐现，栈桥架立，溪流水潺，草顶木亭，细雾迷眼，菩提禅树，高度领冠[2]，无忧花开，贝叶棕健，鸡蛋花树，龙头活现，蔓吐龙珠，壮阔龙眼。

沙生植物，坡形展馆，巨人柱高，仙人掌宽，瓜楞带刺，仙人球圆，仙人掌属，如树如磐，沙地用水，智慧呈现，多肉植物，南非来迁，猴面包树，百岁奇兰。高矮不等，大小毕现，如果如玉，如碧如簪，如花如种，如米如丸。澳洲瓶树，槭叶耀斑，镇馆之宝，看油橄榄。珍奇植物，特辟展馆，食虫植物，箱笼展现，分泌植物，引虫聚歼。凤梨出挑，兰花镶嵌，雨林景象，湿气扑面，小叶榕树，枝如墙面，雾气迷蒙，蝶兰翩跹，炸弹树奇，嘉宝果繁，苏铁如齿，石斛茎颤，“见血封喉”，难得一见。

华东植物，收集入园，八百多种，四科彰显[3]。跨过老桥，进槭树园，阔叶小叶，五裂五尖。水生植物，分布水面，沉水植物，若隐若现，水草水藻，清水净源，浮水植物，池中王莲，巨叶圆盘，载人坐盘，挺水植物，鸢尾紫蓝，美人蕉叶，迎风招展。河湖溪地，植物装扮，水生植物，风生水转。

游览辰山，宝塔在巅，登上绿环，高处放眼，树绿花红，坡缓路坦，山苍崖古，潭深洞暗，水洁河清，草鲜坪宽，花境优美，花容鲜艳，境界宏阔，境象万千。

---

[1] 凤凰木和凤眼果两株树，树冠饱满，如“双凤迎客”之状。

[2] 热带花果馆的菩提树现为世界温室栽培中最高，高度13米。

[3] 华东区系园面积227 000平方米，800多种华东区系植物主要有樟科、壳斗科、蔷薇科、豆科等。

摩尼宝农庄赋

茸城何处赏苍鹿？摩尼宝农庄鹿成群。

松江别名五茸，亦称茸城，茸者，鹿茸之谓也，由此，松江人喜以“茸”言鹿，茸城，乃鹿城也。

松郡九峰青，云间三泖秀，古时山林奔鹿群。传说吴王来狩猎，花鹿五头眼前行，鹿茸高耸形壮健，步态优美蹈仙境，吴王抚箭弓不发，猎者顿起恻隐心，跟随五鹿生怜意，可叹鹿群遁山林。美妙形象难忘却，吴王缘此探访勤，无奈五鹿影无踪，而后“五茸”作地名。

鹿依九峰恋情深，邑人视若为亲朋，爱鹿护鹿眷故乡，几多自豪茸城人。道是“十鹿九回头”，松郡游子乡情深，古有石雕刻祥鹿，雕石醉白池中尊。时至一九九〇年，“云间奔鹿”跃老城，昂首奋蹄奔高速，不锈钢塑不锈身，仰看雕塑闪银光，感染多少松江人！

松郡自是鹿家乡，历代皆有养鹿人，但惜山林鹿已迁，山林不闻呦呦声。天马鹿场转新浜，文华村里有鹿屯，暂圈二百梅花鹿，未见圈外有鹿奔。都道浦南田原美，山房路旁鹿栖身，请君动身到叶榭，摩尼宝农庄享温顺，鹿

摩尼宝农庄的梅花鹿

解人意喜迎客，结伴开步出鹿棚。灵首善目对游客，素梅点点缀全身，公鹿犄角似琼枝，母鹿晃耳不惧人，后腿劲健待发力，前爪优雅已出伸，时见浅塘起奔鹿，亦有稚者草上蹲，呦呦游鹿鸣农庄，跹跹方步踱有痕。名列灵兽性高洁，花色斑斓美貌生，喜与白鹭同相伴，趋步无言心为盟。梅花鹿闲心亦乐，结队游苑无烦闷。今有农庄摩尼宝，鹿现茸城多见证，农庄亦可观孔雀，锦鲤天鹅也欢腾。

得闻鹿鸣在乡间，茸城闲鹿在南苑。“云间奔鹿”君念否？雕塑重现在公园，郊野公园广富林，灵光重闪丁酉年，明年[1]广富林辟鹿苑，亲近游客可赏玩。北有公园可赏鹿，南有农庄鹿悠闲，南北相呼声相应，茸城有茸无缺憾。

---

[1] 2020年。

月湖雕塑公园赋

洼地开湖面，佘山增灵气，人造大湖泊，当年大手笔[1]。湖山两相望，月湖如玉璧，北对凤凰山，十字山形凤凰展翼；西南有薛山，山似玉屏森林茂密；南望东佘山，避暑佳处犹存名人旅迹[2]，自然风光好瑰丽。湖光山色映照之中，雕塑艺术再添文气。

门前广场，山高水阔归来眼底，棕榈高大，仿真植物温润大地。

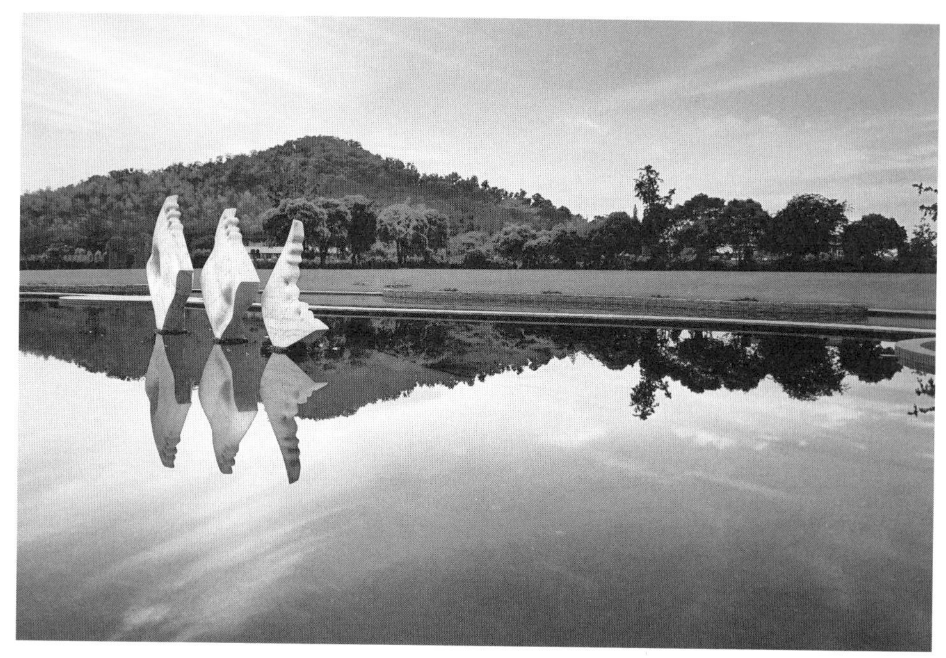

月湖雕塑公园

[1] 1999年，松江区投资1.5亿元开挖占地465亩的人造湖。2000年8月18日，工程举行竣工典礼，时任上海市市长徐匡迪将之命名为“月湖”。

[2] 徐霞客于明天启四年（1624年）登上东佘山拜访陈继儒，陈继儒为之取了“霞客”别号，从此，徐霞客之名开始启用。在之后的十二年中，徐霞客曾五次到佘山，四次拜访了陈继儒。今东佘山犹有“眉公钓鱼石”等名人遗迹。

古典小火车，载客景中行，行车慢悠悠，放眼观风景，座位开敞式，晴雨皆开行，湖光山色美，雕塑耐赏品。

水韵悠悠，山色青青，步道弯弯，桥梁颖颖，塑像历历，空气清清，绿树翠翠，馆舍定定。月湖置放雕塑，公园汇聚精品。雕塑大师深度思考，多样手法描述生命。春夏秋冬四个岸区，不拘一格展示作品，风格“恬美、闲适、温馨”，山水之间塑造文明。

春岸明媚。石刻“钟盘”，日晷慢转，每秒一格，时光流变，翼型指针，如凤展翼，石针沉重如山，难以压停时间，钟声准时响起，报道永恒传奇。“水桥”也是雕塑，透亮有机玻璃，两侧喷水如瀑，行者心旷神怡。人造钟乳溶洞，内藏方便之地，洞中气氛异常，游客感觉奇异。巨型雕塑“宴会”，红妆头像坐齐，花岗岩石如桌，铸铁人形风趣。巨型剪纸不是纸，钢材铁质像皮影，身高马大，迈步开行，古老文化树碑刻铭。球体环复交杂，恍如宇宙“流星”，能量动力集蓄，向外迸射发力，水滴凝固，如黑色慈姑，似乌颜冬笋，其形大如石椅，摄取瞬间，封存记忆。

夏岸舒旷。沙滩对湾，棕树在岸，热带风光，亲水空间。“生命之旅”，石泊岸边，如舟似船，又似磨盘，凹凸出角，错落伸展，舟裂船破，滞停水边，生命不沉，划向彼岸。“夏日”嬉水，沙滩充满生机，孩童奔跑，伞下人憩息，情侣享受日光浴，水中泳客出浴，宠狗翘尾撒蹄。真人雕塑搪瓷工艺，仿真效果亦奇。榕树魁伟高超，儿童天地来到，浅浅戏水池，跳跳月形网，登登小长城，开炉学烧烤。哥伦比亚对天“祭泉”，祭器也是水器，三竿着地撑起，水器亦如灯具，借以察看星体，支杆象征流泉，高处流向大地。“巨石林”，花岗巨石成林竖地，块块超过一百吨，高矮阔窄形态不一。“摩天大楼”石中林，出石林，入“嬗夜”，石如林，人是石，人依石，石贴人，血肉之躯化为石，巨石禀性改变人。

生命在轮回，“无尽的河流”在涌动，鹅卵石衬托花岗岩，生命之河凝固成竖石，合作中转化，黑夜中消长。探究“水之道”，三石并列竖一道，石刻水波纹，“川”字形象立得牢，水能接天连地，万古流川天地桥。

秋岸多彩。一桥之西景色异，“山水”组合看机理，粗石留糙纹，表现山崎岖，背面细打磨，对比水细腻，山尖水流泻，山水难分离。“月湖美术馆”，双旋隐入地，草坪连屋顶，馆中藏珍奇，展事创特色，创作有会集。馆外有

月湖雕塑公园

“黑猫”，拟人连猫体，站姿各不同，又黑又怪异，手法超现实，诙谐眼耳鼻。地坪鲜草绿，铁锈塑座椅，“躯体”坐姿怪，无头有身躯，似人似靠椅。造物有圣主，静穆力无敌。白色大理石，雕成“美人鱼”，线条极抽象，神态好悠然，三块菱形石，似断似相连，童话新演绎，遐想当无边。如喷泉，似风帆，抽象造型极简单，无去无从底盘园，“愚人之船”亦非船。铸铁造石锥，锥块围成圈，中间高，四围低，状如多峰一座山，起名“中国圆屋顶”，寓意生命在蔓延。石雕“屏风”，展开四扇，石中开花草，图案不一般，精工构思，刻画三维新空间。

冬岸静美。月湖会馆，待你休闲。滨湖造房，高敞空间，宴会大厅，欢乐喜宴，大型会议，设施齐全，主题客房，藏品经典，古意茶室，咖啡品鉴。会馆侧边，“十根弧线”，舞台旋转，红白加蓝，划线摇摆，左拓右展，年轻活力，倍添动感。木荣草不衰，“人间舞台”，留下百态，条石如桌，远悦近来，或坐或站，或行或止，或抱小孩，或撑伞盖，和静自在。三十六个人，各显神态。

春夏秋冬风光轮替，艺术雕塑充满大爱，思考生命揭示哲理，塑造形象手法多彩，各国雕塑融入自然，佘山月湖倍添风采。

昆秀湖赋

西临小昆山，昆秀湖名唤，北望佘山、天马山，一湖碧水映天然。以柔美之水，衬山之昂然，以秀美之域，养生机盎然。

巨石卧湖南，花岗石上，“崑秀湖”湖名俊秀宛然。主干道通向正北，行道树绿荫成片。和风舒畅，带来山之浑朴，清风舒缓，送上水之缠绵。放眼皆绿色，满目见翠颜。

细雨轻轻飘洒，湖区暖雾稀，湖面点点涟漪，午间亦迷离。水色连天光，天光水中移。有翠鸟飞来，尖尖荷上颤颤栖，怅鱼儿游过，皱皱水下缓缓去。

昆秀湖

绿荷脉脉，全张半开好任意，红花美美，色浓色淡绽天趣。五孔石桥通湖心，卧波透孔如吹笛，湖风徐来仍迷蒙，佘山一望乡情依。湖旷纵目远，水阔岸依稀。湖心绿岛绿如浮，水涌湖心柔波起。铁塔高耸，景区布下时代印迹，电线连塔，半空缀接山水旋律。枇杷晚熟，黄澄澄点染绿树，石榴饱满，红彤彤满脸神气。木栈道探入湖中，如大地伸出四臂，树化石静守道旁，似卫士巡逻小歇。

水榭面湖，观山览水皆畅意，亭台对水，轻抚入座均可以。湖面水碧碧，湖岸绿萋萋。千屈菜挺枝，再力花挺立。湖连小河沟，小桥石堆砌。荷花塘里听蛙鸣，湖石立处嫩草齐。透迤旷野如远山之余脉，绿浪起伏似平地被扭曲。女孩撑起花伞在雨中漫步，情侣端起手机快拍下甜蜜。

桃林过处花已谢，粉色入土无残迹；樱园烂漫已消逝，樱花短暂人叹息；梅林曾开红与白，高风亮节寒风里；花园信使月月红，温暖催花开月季；垂丝海棠悬吊钟，娇颜含羞盈湿气；待等八月玉兔皎，金桂飘香秋风起。湖光直须树色衬，种得花林扮四季，花开四季昆秀湖，昆秀湖畔好美丽。

湖边漫步步款款，山水寄情情依依。

九曲创意工坊赋

佘山山势蜿蜒，山下溪河九曲，九曲师法自然，创意喷涌灵感，工坊心手牵连。

屋隐小村，院饰艺门，柿树绿叶尖厚，小院顿添盎然生机，草亭稻柴铺顶，眼前兀立乡野旧迹。桌椅本色清晰，客来尽可露天茶歇，庭心青砖着地，留住村宅架构老底。

平顶咖啡屋，轻松聊话语，南墙绚丽，彩色照片汇集，影像生动，焕发青春气息。案有闲书可翻，字里行间流云逸飞，杯有醇香可品，颊齿之间咂出暇意。

大堂原是客堂，前后通透爽气，既可读书品茗，又可卸下隔帘开会议。白墙白壁，视觉拓展添新意。

收来古物旧件，夹弄中西合璧。楹联一对，东墙增辉，槽钢四柱，小屋储奇。土布用作桌布，铺开农耕时代印记，废坯充作水石，经验教训水池充溢。陶艺作坊，运来制陶坯泥，学做陶器，老师辅导仔细。聆听课程学原理，搓成泥条叠杯壁。拉坯定造型，陶轮转时心不转，小心捏软陶，陶器器型随我意。神情专注，凝神屏息，又黏又滑，满手沾泥，杯盘壶盅各有范，冲饮储摆皆如意。幼儿小手触摸大地之珍，幼小心灵经受劳动洗礼。团队成员轻抚陶艺成品，喜悦之情工坊内外洋溢。不受揉搓苦，哪有好造型，不经高温烧，哪得成陶器？成功带来乐趣，体验悟出哲理。

天然草木取汁，布料染出新意，帛料浸满原香，挥来灵动飘逸。少妇穿针绣美图，诗人赋诗赞陶艺。缝纫机踩响踏花节奏，电动锯裁出挂饰坯体。布艺书签香囊袋，“旧衣重生”练才艺。釉下彩绘，初学者小心翼翼，纸上画图，小朋友轻松随意。

玻璃柜中，青花瓷罐一字排开，陈列架底，藤编提箱两相层叠。墨斗、木刨，制式大同小异，布刷、梭子，织布形成纹理。陶罐之中夹着“韩瓶”，茶壶边上茶杯堆集。小物件、小摆饰，史海浮舟留记忆。试开微店有出品，陶壶茗杯好工艺，红豆葫芦微木雕，T恤围巾有文气。

九曲创意工坊

桃花春风摆琴台，古琴张弦来雅集，申时喝茶爱茶道，举杯闻香养静气，竹编技师劈细篾，制成竹篓放东西，亲子活动学剪纸，剪出红花添兴趣。工坊实现创意，创意心情陶冶。

蔷薇花开邀村民，喝茶制陶好邻里，植根乡土求振兴，融合互动聚合力。

芭蕉长扇舞新风，小院绿藤上疏篱，农家屋舍客常来，文风蔚然看九曲。

中国会计博物馆赋

全球第一家，会计博物馆，位于松江大学城，陈列研究多功能。看序厅，古雅大气，孔子之言古篆文字呈立体“会计当而已矣”。至圣先师颠沛一生，屡任多职曾为会计，深切体会会计须“当”，即计算须准确，收支应平衡，管理要适宜。至理名言，揭示真谛，天下有经济，便有“大会计”[1]，会计文明史，留待看仔细。

“中国展厅”，弘扬经世致用之精神，彰显综合财计之个性。“会计萌芽”

中国会计博物馆序厅

[1] 大禹晚年在浙江绍兴茅山大会诸侯，汇总稽核他的功德业绩，大禹计功而崩，茅山改名“会稽山”。《史记》载曰“会稽者，会计也”。大禹茅山“大会计”，被视作中国会计之始。

“发展完善”展区量具、秤具专题

“发展完善”展区历代会计账簿专题

萌于原始社会末期，采集、狩猎、捕鱼、产品产生剩余，会计行为随之显印迹，契刻厚实，绘图可辨析，形式虽简朴，记录很清晰，记数码字，概念成立，刻画符号留字契，结绳统计数据，陶壶陶器搜集，砗磲饰件绳维系，骨针骨器有刻符，尝试记录纹路细。山上窑洞置场景，结绳计数皆欢喜。

“计制初创”，大禹茅山大会，乃首次会计大集会，壁画场面浩大，奠定国家财计有依据。殷商时期甲骨文，碎骨原件排列齐，会计历史文字记录可考据。海贝肇始用贝币，骨、铜、陶贝来代替。铭文刻上青铜器，青铜古器长相记。古代铜钱箱，八牛储贝器。周朝立国制《周礼》，九赋、九贡、九式，财计制度成系统，财计组织更严密，堪称世上无与伦比[1]。春秋战国百家争鸣，财计思想交相汇集。

“发展完善”，秦始皇帝定鼎天下，中央集权国家建立，官厅财计位居会计核心，陈列文物繁复详细。永元器物簿，竹简记录成册集，里耶秦简拓印品，陈旧古纸留下古迹，秦汉简牍、汉代砖刻，刻图画上计，会计核算统一，会计报告统一，会计组织统一，会计制度统一，核算方法统一。壁画、文书、器具，陶罐、铜币、量器，会计文明创辉煌，实物见证巧收集。唐代经济登高峰，会计事业全面升级，吐鲁番、敦煌文书账册绵长记仔细。宋代财政竭

[1] 美国会计史专家迈克尔·查特菲尔德认为“在内部控制，预算和审计等方面，周代在古代世界是无与伦比的”。

蹶，虽经变革无大济，朱元璋手笔写命令，《万历会计录》录记，记账场面画进《清明上河图》里。元朝疆域大一统，财计会计缺大计，铜权钩秤传到今，地亩公册详载记。明代重大创建多，壮丁清田核税基，农业税收订黄册，中式复记记账渐然兴起。清初垦荒有奖励，减免捐税促经济，顺应“康乾盛世”，农业经济核算管理形成体系。文房四宝，形制多样，账房场景格外清晰，各式珍品瞩目，专列传世“守信”雕花座椅。

“艰难变革”，鸦片战争打破封闭，中式会计难以自成体系，学习、吸纳、深刻反省，艰难探索经受洗礼。会计报告展柜展墙或竖或卧摆放整齐，公司企业经营报告，原件字体不一。民国时期改良中式簿记，会计教育振兴，会计师事业发展有力。珠算专题，算盘长短宽窄大小不一，纵横交错张挂展墙，传统文化氛围浓郁。新中国会计制度重新统一，建立社会主义会计体系，改革开放为借贷记账恢复名誉，法律制度制定颁布，会计文化重获生机。

“国际趋同”，中国改革开放后，西方会计理论得以引进，西方会计方法合资企业率先采取，会计国际化，会计准则服务于市场经济。“不做假账”，朱镕基题词牢牢记取。

“国际展厅”，从世界角度展现会计历史，展呈世界文明交互演进之联系。卡尔·马克思《资本论》中谈簿记，名人名言强调簿记之意义。

“文明肇始”，岩画是刻图，史前文明有印记，骨片、鹿角刻符号，人类记数助记忆。四千年前，产生奴隶制会计。《汉穆拉比法典》，西方会计由此奠基。古巴比伦、古埃及，古希腊与古罗马，会计文明各有奇迹。展出古城邦遗迹，场景油画人物描摹细腻。“单式簿记”，简单好记，会计史上独有意义；“复式簿记”，始于卢卡·帕乔利，有“借”，有“贷”，会计学之父塑像展厅竖立。“工业会计”适应工业革命时期，内部管理成本核算成为会计发展主要领域，账簿、账册、账台、账柜，考勤机、保险柜、天平砝码、打字机，实物陈列典型具体。“职业之路”介绍职业会计，职业操守公允诚信，维护经济秩序，会计师地位无可代替。“多元发展”现代会计理论构建新体系，会计准则建设全球共努力，数字化取代手工纸质簿记，经济社会全球化日益强烈，国际趋同态势更清晰。

“中国会计名人堂”，为拓荒者记功，为奠基者立传，为播种者树碑。百年中国会计，群星璀璨无比，一道历史长廊，名人画像连壁。记下智者形象，摄录慧心灵犀，大师神情豁达，名家面容清癯。发展中国会计事业，名人创立百年功绩。

潘序伦，引入西方复式簿记，中国会计事业先驱，创办立信会计学校，立信品牌中国第一。顾准，经济理论颇有建树，深入研究理论问题，最先提出社会主义市场经济理论，推进改革开放不遗余力。谢霖，第一位注册会计师，经典著作《实用会计》，诲人不倦注重实际。杨汝梅，中国最早四大会计师之一，创立无形资产理论，国际财经学界赞许，会计行业最早进入世界名人录，从事教学海内海外遍桃李。杨纪琬，勤于思考，推动社会主义会计制度建立，提出会计管理论，主持起草《会计法》，建立不朽业绩。安绍芸，新中国首任会计司长，推进经济核算制，为新中国会计制度奠基。葛家澍，全国第一批博士生导师，《会计学基础》获全国高校优秀教材一等奖荣誉。阎达五，编辑第一本中国化会计教材，管理活动论会计学派创始人之一。娄尔行，系统介绍西方会计学基本理论，《审计学概论》获得多项荣誉。

名人形象轩昂气宇，思考探索学无禁忌，志存高远目光远大，或坐或站神情坚毅，敢为人先创新课题，高风亮节黄钟大吕。

会计博物馆，实物不胜举，记录会计史，专业好话题。

松江区文化馆赋

吸纳老城的谷水，播撒云间的阳明。谷阳路旁，门面淡妆，府城深院，美丽绽放。

记忆，化作绚灿的画面；手艺，绣成灵动的彩绢；默契，奏响欢快的乐章；跃动，舞出四季的明艳。

市民的客堂，人文的寻访。市民来串门，客堂有人等。上阶沿，座椅安放，书报刊，圆桌置放。街风轻微，书香清朗，读书吧，白桌白椅，一方洁净小天地；翻看吧，新报新刊，万千信息尽收揽。家有好书君可带来，与客共赏；心绪烦躁当可过来，书山寻芳。人生哲理，理疗过往之偏执，艺术修养，养护疲惫之心房。书香浸润，来者愿常来，轻语暖心，谈心心扉开。喝茶，茶中有别样韵味，小坐，坐上观案头摆件。如入邻家客堂，似进文人书房。偶有琴音可闻，古琴雅集曲铮铮；间有棋枰手谈，围棋布眼黑白分；时

松江区文化馆

陆军教授在松江区文化馆戏剧创作班开课

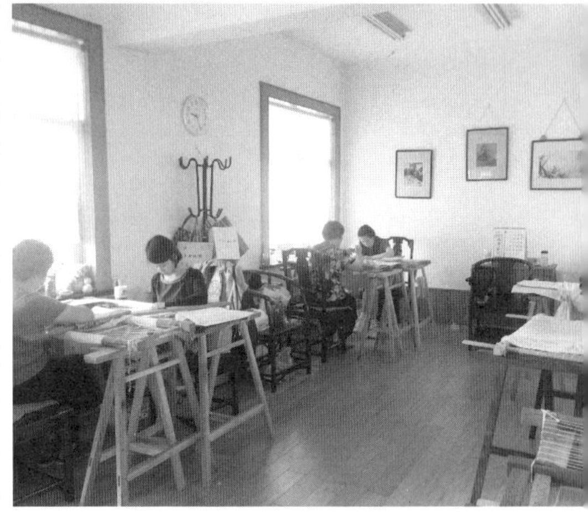

松江区文化馆顾绣工作室

见亲子伴读，童书七彩竞缤纷；亦有经典朗诵，慷慨激昂励人生；月来书画月会，笔墨结缘好师生；还有茶道表演，高冲轻斟香飘腾；并有影视观摩，迷光幻影听评论。读书使人明智，客堂让人清心，感受文化氛围，贴近城市文明，文化来自生活，生活蕴含文化，进入市民客堂，感受生活本真。

文化的学堂，美好的依傍。群众文化，动力来自群众中；群众文化，创意萌发靠群众。松江千年古城府，文化氛围自浓重，改革开放百业兴，崇文尚美扬新风。群文团队龙飞凤舞，百姓明星紧贴民众。参加文化活动，重塑靓丽人生，热衷文化培训，辅导老师当红。声乐培训老少皆宜，美好歌声响遍茸城；黄梅戏中载歌载舞，文化交融诗意飞升；松江沪剧发祥宝地，演唱、伴奏腔浓韵正；越剧优美流派纷呈，师从陆派英俊小生；现代排舞广场热门，学会舞技亦可健身；戏剧表演塑造形象，勤于体悟舞台驰骋；诗歌创作源自心灵，欣赏写作水平提升；戏剧创作学会编剧，起承转合聚焦矛盾；电影欣赏培训课程，赏析艺术把握特征；学习刺绣精而又细，象形摹神巧手运针；竹编制作开班培训，工匠精神应当继承；国术太极阴阳互动，学会功法健体强身；摄影培训来者众多，捕捉瞬间美图萌生；书法国画统称书画，执笔挥写技法入门；剪纸艺术镂空成形，学习前辈造化天成；油画创作定期交流，拓宽视野学有所成。

艺术的殿堂，创意在奔放。松江文化植被丰厚，地方文艺百花齐放。辅导者有高级职称，潜心指导艺坛蜚声，爱好者具发展潜能，倾心创作提高水准。国家群星奖、市级一等奖，佳作连年迭现，赞赏好评连声。剧作家、摄影家、美术家，文化馆里多能人；善作诗、会编舞、能导演，群文舞台才艺真。人才共汇聚，队伍在延伸。游园花神会，歌舞新春祭花神；校园赛街舞，热辣青春竞飞奔；青年书法篆刻展，翰墨传情书法城；艺术创作接地气，诗情画意放歌声；文艺团队新人辈出，诗人学者北大访问[1]。民间艺术特色鲜明，精品荟萃艺术展厅。缩微唐经幢，铜把门上装[2]，门刻经幢云，象征溯既往。进入艺术厅，扑面江南韵。青花拼祥鹿，瓷片通性灵；木雕董文敏，眉公正苦吟[3]，大堂多功能，观剧赏雅音。非遗项目精彩亮相，民间瑰宝版面展陈。十锦细锣鼓，丝竹伴鼓声；祭天舞草龙，求雨为农耕；顾绣如古画，笔韵水墨魂；竹编好手艺，细密如意纹；灯前演皮影，唱念乡土声；花篮马灯舞，新浜有名声；中医中草药，百年余天成；丝网印版画，创新画农村；剪纸有美学，美在意趣真。平凡之中见精美，提炼生活显本真，朴素之中蕴崇高，甘于创作韵味深。

松江文化馆，传文习艺育新人；大美在云间，萃华撷英化人文。

---

[1] 松江区文化馆创作部主任徐俊国是中国作协会员、诗人、北京大学访问学者。

[2] 在松江艺术展厅大门上装有一对铜制的仿松江唐经幢形状的门把手。

[3] 董其昌谥文敏，陈继儒号眉公，文化馆大厅设有这两位松江邦彦的木雕塑像。

玛雅海滩水公园赋

玛雅海滩水公园，激爽水空间，夏日冲浪凉，蓝水沁心田。

“极速水蟒”，管道如翼飞天，高处滑落，快过飞蟒掠探，泳道宽阔，舒缓瞬间心颤；坐“巨兽碗”，恍如吸入涡旋，转转旋旋，水花上下飞溅，凉气深深，身处迷幻水涧；“疯狂水战”，借力喷水助战，水浪激涌，你我分界两边，乘势进攻，战将你呼我喊；乘“大黄蜂”，水路何其漫漫，水力强劲，双轨推到终点，形如章鱼，造型高大伟岸，竞速之王，八人并列探险；“超级大喇叭”，凉风一路相伴，直径最大，亚洲刮目相看，喇叭高悬，留在关键节点；“四驱迷城”，四条滑道并联，滑道炫目，不知滑向谁边，流水清清，顺

玛雅海滩水公园

玛雅海滩水公园

势带人向前；“天地泛筏”，充气船筏滚圆，三人合坐，滑道绰绰舒宽，激流冲刷，圆筏好像神环；入“懒人河”，河中水速平缓，蜷坐浮圈，情侣悠悠闲闲，静而不动，看似懒懒散散；“玛雅海滩”，阔水与山相连，天水倾落，乐在痛痒之间，古意今趣，互动之中体验。

轻松玩水，快乐漂旋，水上冲关，派对狂欢，惊险刺激，濒水体验，玛雅文化，歌舞上演，盛夏戏水，再造自然，活水常在，生命之源，水上游乐，活力喷溅。

松南郊野公园赋

苍苍米市古渡，背靠郊野公园，滔滔黄浦江畔，规划修复自然。土地整治，保留农田；疏通水系，再现江南；畅通道路，进出近便；保育森林，绿色发展；修复村宅，宜居家园。西入涵养林，东下农家田，河网如棋盘，水乡波通联。

大涨泾弯弯曲曲通向浦江，水顺潮势冲出岛屿一片，一岛如叶两头尖尖，新名“科学岛”，功能得增添。垂钓岛之北端，钓起鲫鱼白鲢，饱吸负氧离子，耐性在此修炼。迎风走向江边，江口风光无限，一望黄浦江面，江潮涨势劲然。当年鱼米互市，渔歌米市唱传，往来商船经停，南北摆渡通连。米市繁荣不再，车来人往不见，喧闹复归平静，渡口停航撤船，唯有车渡码头，

松南郊野公园

松南郊野公园

水泥靠桩硕圆。琼王小庙一座，乡民古今祈愿，更有灯塔高标，船运历史纪念。江边专辟营地，体育运动开展，户外健身项目，尽可自由挑选。步上防汛通道，江景开阔壮观，内侧涵养林带，绿树勃郁养眼。

穿过林间小道，跨越女儿泾堰，一座生态小岛，叠翠濒水四面。可唤浦江行船，可游滨江岸线，可亲女儿泾水，可望一色水田。行至泾水东边，林荫停车亮眼，遮蔽高照日光，免炙高温热焰。复回女儿泾西，纵横水稻大田，满田禾苗青青，年轻人才种田。谷雨梨花初白，桃花红芳未残，夏尝水晶蜜梨，秋摘葡萄成串。才闻水果飘香，又见湖中鱼雁，渔宿傍水而建，观湖最佳地点，湖是生态湿地，水势深深浅浅。

田间农家民宿，村民民居改建，四周清新稻田，朝夕漫步乡间。林地绿树扶苏，花鸟虫鱼认辨，万叶垂向屋檐，林宿夜游体验。清风簌簌作响，儿童游乐林间，森林浓浓密密，地草青青鲜鲜，“作战”阵营分明，游戏乐趣无限。跃入泥坑玩耍，竞相摔打戏玩，泥水裹满泥人，玩者野笑连连。地势起伏之处，“九峰三泖”仿建，浓缩云间地理，呈现松江特点。松江群峰九座，绿水充溢泖田，山泽纷迁之间，烟雨婉转云天。郊野大好空间，林下运动休闲，健步搏击皆可，目标身强体健。整座公园北面，林荫车场大片，生态游览郊野，实践环保理念。

松南郊野公园，生态修复优先，保护农家耕地，涵养浦江水源，营造自然景观，丰富乡村体验。

夏家花园[1]赋

林不茂密，然大树高隆，古树怪拙，一隅静谧可归隐；河不宽大，然水曲岸土，苇白草绿，一道清水权作屏；房未成群，然主楼安稳，树屋小巧，一任来客暂驻停；石不雄峻，然叠石有致，水石相依，一叠坡山依斜径。

夏家花园，茹塘幽境。

一主二辅，主楼明窗明门稳然向南，脱胎于皖乡而与和风相洽相融，厢房二列，东西相对而木作精工，由是，院落形成“凹”字阵容。青石围栏，围护一方鱼池，趋前可见鱼群悠闲从容。转身而顾，有方亭临水，通透之中更见轻松。

西围小河，闲花野草肆意，枯苇瘦柳散立，轻踏田埂沾乌泥。缘河而行，有小丘堆起，其上散植乡树如许；右转，可见一径从林间沉宕而下，弯而有曲是石级。身移步低，叠石生苔见野趣，更觉小径幽秘，山泉声潺湲，水清流细。

趋步而行，小丘半圆，茶室与浅潭相对，开辟半沉境地。厅堂朝南，瓷版画四幅乌木围框成画壁，长条供案四方桌，左右摆列雕花椅。书房画室凳台齐，茶桌宽长待茶沏，盈掌小杯手中握，窗外幽境收眼底。你一言，我轻语，茶香淡淡壶嘴细。落地玻璃作墙壁，晴光透亮开心扉。茶罐茶饼茶礼盒，茶浓茶淡茶如意。恰逢主人在会友，未来规划谈仔细，临水傍树建客房，空气清新宜乡居，亲子活动有乐园，新人婚庆大草地，樟树景区可漫步，盆景园中学园艺，码头解缆划小船，住进树屋听鸟语，书吧茶馆好方位，清池游泳挥双臂，露天餐桌连菜园，田头超市欢送你。

夏家花园是幽境，清静之境待等你。

---

[1] 在五库农业休闲观光园内。

上海香薇玫瑰庄园赋

田园变身花园，花园映衬庄园，欧式建筑在园中，田园风格宜休闲。

花田遍植玫瑰，花红满田红艳，田园花开花团团，团团花开缀花田。小径深处，叶绿枝挺衬花浓，田园边上，深红浅丽蕴花香。片片相连花相似，朵朵竞开应天时。花廊如拱，满架繁花紧缠；花道幽深，一路新花伴新人。重瓣竞出夺娇然，圈花成簇枝头弯。如蔷似薇有深浅，如树似丛芳锦灿。

芳华看罢向南院，南有绿草清水湾，挥杆抛向池中待，摘瓜挑菜味天然，落座餐厅尝真味，农家土菜滋味鲜，烧水泡茶翻闲书，骑车漫步皆景观。

入夜请赏灯光秀，全年开放真辉璨，孔雀开屏龙抢珠，流星雨注喷涌泉，红黄绿蓝变彩色，青紫粉白构图案，天空之城冲云天，螺纹灯海加速转，异域风光富士山，中华长城更巍然，时光隧道光闪闪，芳心连耀爱长远。

花香灯灿玫瑰园，辉光耀花更好看。

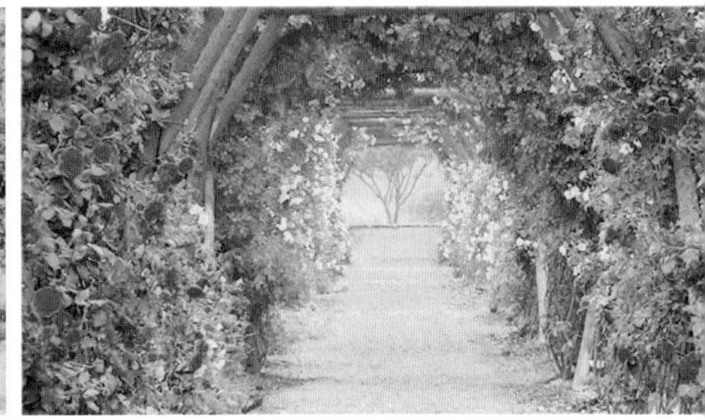

上海香薇玫瑰庄园

新浜渔乐码头赋

水乡本是鱼家乡，渔人垂钓乐此乡，天蓝水清空气新，乡间理想钓鱼场。

码头无舟渡，野浜鱼放养，木屋架船上，近水莫划桨，吊桥接岛岸，上跨彩钢梁，栈道通钓台，平台宽又畅，滨水设钓点，钓客有模样。撒窝料，钓竿扬，鱼标沉，提竿忙。青鱼甩尾颤悠悠，草鱼鳞片闪银光，鲫鱼出水白肚皮，鳊鱼上钩还想犟。乡间水净鱼肥硕，乡风拂面好清凉，静坐河边待鱼来，鱼不来时练心相，负氧离子润心肺，静谧时光慢慢享。

午间小息餐饭共享，农家饭菜船上飘香，烹鱼烹出水乡味，做菜做出农家样。眼望船舱外，稻田稻花扬。河深水洁水不言，岸青田丰田岸长。

渔乐码头乐有鱼，渔事可乐，乐波荡漾。

新浜渔乐码头

舞龙桥赋

古有五茸地，吴王猎场逐鹿还，君王事已毕，胜地嘉名世代传，五茸城亦称茸城，千年松江有别称。茸北旧田原，松江新城在拓展，国际生态商务区，渐建渐新，渐次亮相舞龙湖畔。

天蓝云白，水清岸绿，商务楼清新明丽，现代楼宇现代风，超逸之中呈现和谐的稳健。晶闪华美的玻璃，与搏击市场风浪的自信相伴，山一般高耸的建筑，为人文宝地增添聚财的新峰之巅。

五龙湖中央广场，“鱼跃龙门”巨型雕塑亮眼。看七色彩鲤由水中聚集而来，向着高空盘旋、飞转。层层盘转，圈圈飞旋，鱼呈腾飞之势，鱼追奋进之愿。密密集集齐进攻，踊踊跃跃旋空转。万千锦鲤汇成龙身，水鱼化龙全力旋翻。近看彩鱼跃飞腾达，远观云龙舞动湖畔。

舞龙桥

舞龙桥

舞龙湖，水湛然，舞龙红桥最抢眼。红桥如琰接南通北，商务商业两片通连。睡莲叶绿花粉白，卧桥形红架钢链。似龙骨，如螺旋，若火龙，是景观。钢桁扭而如绞，独特工艺使然。红色圆形钢管，竖弯焊接平弯；弦杆撑开腹杆，纵线一路相贯。通透如侧卧之扭曲井架，明灿赛燃野之熊熊亮焰。两岸绿树相拥，桥下流水清缓，桥面铺设钢化玻璃，人行其上，亦可透视脚底看湖面。五茸与舞龙，音切声气同，由古至今仍奋进，文化续延桥连贯。上海首座螺旋桥，结构宛若脱氧核糖核酸。一桥越湖形态美，龙舞新区更壮观，生命代代在延续，城市款款在延展。

桥北商业广场，市民乐于购物休闲，商圈三雄鼎立，万达广场奔鹿雕塑养眼。云鹿奔逸灵动，奔势优雅飘然，大鹿小鹿相偕，站鹿飞鹿齐肩，旋律优美如彩绸挥舞化作钢带柔软成环，身手矫健似羚羊腾空冲破藩篱力度空前。有鹿披银画彩，有鹿腾蹄向前，有鹿回头乡恋，有鹿翘首企盼。雕塑巧摆妙布，鹿相和美蔼然，松江五茸胜地，十鹿九头回看。

舞龙湖上舞龙桥，桥如龙舞蕴意显，商务顺达商业兴，五茸城北更红艳。

松江道桥文化展示馆赋

道通八方，桥达四海，道桥文化，都邑风采。水乡松江常见桥，现代新城道生财。水路船来舟往，古城经济命脉悠然承载，公路客货运输，当代城乡发展继往开来。

道桥文化展示馆乃“全国公路科普教育基地”，沪上各区松江唯一，依托深厚文化底蕴，追寻松江道路交通发展轨迹。

艺术墙馆外迎宾，大型浮雕简练大气，云间山水相连，古塔古桥接续，现代大学之府，轨交立交昂立，大桥跨越浦江，大路通向各地。

观展先看序厅。站在古桥头，瞭望申城访古今，窨井石盖，排水口铜钱造型，寓意财水长流流不尽；铸铁排水口，洞眼齐整一十八，泄孔增多，杂物难以跟随雨水流进；定海路桥铭牌，中英两种文字标明，中外交流口岸，上海吸引各国来宾；“上海市公路零公里”标志[1]，乃是沪地国道及所有“沪”字起头公路之原点，中心放射缘此出行；枣木老木夯，把手光滑，底子依然很坚硬，当年抬起又夯落，曾将多少路基夯实夯平？柴油发动活力夯，而今静立展厅，当年效率大提升，筑路工人可省劲。见物知史睹场景，工地勘察校水平，弓腰曲背，透过水准仪，瞄准塔尺盯得紧，调节望远镜，对准水平放样板，精细作勘察，确保工程高水平。

松江道桥文化展示馆

再看文化厅。大仓桥畔，地面映出互动投影，碧水青荷间，四鳃鲈鱼游动轻盈，人踩“水面”荷叶动，倏然游鱼遁隐。

“人行松江”专题，充满

[1] 1985—2007年间，此标志被放置于上海人民广场人民大道，在市政府西大门一侧的道路中央，当时为大理石置地碑，现已改为其他材质。

浓浓乡情。江南水乡水灵动，水围府城借水出行。《松江府城图》，水城最典型，护城河围抱四方城，四城门皆伴有水门助通行，城内河道弯折如网，河上架桥利人行，水路陆路皆通达，富安通津尽是诸多好桥名。古时仓城在松江，南粮北上启漕运，水上船队旧照片，摄下运粮送棉景。再观水陆交通图，县域交通水路陆路并行，陆路交通亦有主线，一张旧图标示分明[1]。回顾二十世纪，三十年代公路客货开运[2]，人员货物流动加快，陆路交通大受欢迎。马车、轿子、人力车，还有自行车、摩托车、汽车、火车、有轨电车，交通工具逐代发展更新。

百年之间，交通工具大变，路行百年，道桥基础地位未变。

“路桥技术”专题，图片实物互为证见。九种路面结构，一一实样着地对天：土路面黄土朝天，石板路面板材铺展，弹街路面高桥老街犹见，青砖路面宜步行，泥结碎石路面效果一般，沥青贯入式路面俗称柏油路，水泥混凝土路面就是白色路面，沥青混凝土路面高速公路一马平川，透水沥青混凝土路面践行环境友好理念。珍贵无比的煤气路灯于一八八三年[3]出现，一堆铆钉锈迹斑斑来自外白渡桥那是一九〇〇年，青浦泰安桥桥石是一五八四年[4]的纪念，厚厚实实的铁梨木当年铺在南京路上作路面。古物一件件，道桥史迹可见一斑。多媒体触摸大屏，展现“千年官街”历史场面，方塔府城庙前街，清真寺前马不喧，西林寺西听梵音，大仓桥北大宅殿，十里长街名郡治，东南都会声名远。

续观现代厅。“路通八方”激情洋溢，电视片回溯现代公路桥梁发展，歌颂团队奋斗精神，展现建设者风采斐然；亦有“我来修路”电子游戏，现场互动中将科普知识宣传；名牌栏目“阿汤说路”，介绍发展讲解知识回应市民关注的热点；厅中摆设电子沙盘，上海成陆过程演示渐变，松江水陆交通化变轨迹同样清晰可见。

大路平坦承载希望，公路建设者艰苦奋斗意志坚，致力建设智慧交通，“四网融合”[5]再谱新篇。

---

[1]《上海公路发展示意图（1927—1937年）》上标示，在20世纪30年代，松江县与上海中心城区已有松金公路、上松公路、佘砖公路、松泗公路这四条公路相连接，形成了现代公路网络雏形。

[2] 1932年，松江镇至上海县的公路筑成，第一辆公共汽车开行；1938年，公路货运开始运行。

[3] 清光绪九年。

[4] 明万历十二年。

[5] 松江区提出要建设国家高铁网、轨交地铁网、有轨电车网、地面交通网这“四网融合”的交通体系。

拉菲尔云廊赋

松江雅称“云间”，九峰云翔，三泖波腾，云水意象，古韵今生。古代云间显山露水，现代云廊堪当大任。动感丰沛，灼灼光彩化变疾速；立劲十足，巍巍长廊产业兴城。

集聚高技术企业，形成高成长亮点，沪杭高速公路北边，产业与城市融合发展。东西长度一公里半，产业长廊举世罕见，仰首望八十米高，楼柱接力二十二站。楼是廊柱，楼是商店，楼里办公，楼中宾馆。会议论坛嘉宾云集，精品展示名品博览，高楼托起顶层云廊，楼宇中间精彩频现。登上连廊游览花园，高空天雾来自喷泉，联络游廊缓然穿行，咖啡醇香瞰景品鉴。廊下碧水如镜如鉴，水边绿树碧草青艳，地面营造田园都市，工作之余散步休闲。

拉菲尔云廊

铝合金网壳做成顶盖，太阳能光伏提供能源。波峰浪底楼上起伏，十八米落差曲线腾翻，天幕启开半空不夜，离地百米华彩亮妍。创新大潮澎湃汹涌，科技城内宏图大展，创新人才集聚松江，建筑大师欣然领衔，拉斐尔[1]操刀气势宏大，大顶盖长度世界领先。新理念、新技术、新工艺、新能源、新形象、新发展。矩阵排列网状散点，节节延伸又厚又宽，云间“天路”壮丽阔大，科技创新风光无限。十三万新颖灯盏，晶莹剔透华光璀璨。似霞光绛色瑞丽，像金华明辉深艳，如蓝潮闪烁光华，若粉彩冷暖交集。各种图案变化多姿，文字信息精彩亮眼，时如透明水晶天域，时若紫玉天境亮殿，时充城市巨型天盖，时涌暖流通向世间。

长廊如云廊美云间，今日松江云廊缀天，“世界最长”创造纪录，产业长廊魅力呈现。

云间气度本非凡，建得云廊更酷炫！

[1] 拉斐尔·维诺里（Rafael Vinoly），国际知名建筑师，出生于乌拉圭。

浦江之首赋

百里浦江[1]兹处为始：太湖之水从淀山湖接来，斜塘江引入苏南水脉，大蒸港吸浙北诸流而由圆泄泾导入，三角渡前，两派相汇，水急流淌，浩浩黄浦流大江；南北夹攻，岸固堤坚，尖尖陆角似弓箭。

曾联达官出巡通途，亦为官兵出击通道。曾见黄浦江上第一桥，桥名“通济”，乃徐阶所留政绩[2]。诸流入注，久之而江面渐宽，河底淘深，桥废而渡兴，渡口处于三角要地而名“三角渡”。为五厍、泖港与李塔汇、石湖荡之间乡民往来必经之渡。后经历朝疏浚，形成半岛角尖直指横潦泾，三水于此汇流之格局，乡民亦称为“三角洋”。

浦江百里水流长，浦江之首气势昂，湖光河影来此化江水，三泖九峰敞

浦江之首

[1] 黄浦江全长113.4千米。

[2] 明嘉靖年间，松江籍礼部尚书徐阶在三角渡主持修建了长六百余尺、宽一丈的木石结构的通济桥。

疏流利运宝塔

怀纳川流。百舸竞发，千帆往复，运魏塘布纱、秀洲稻米、杭府丝绸来吾邦，输华洋百货、工业机械、各地特产至三州[1]。潮来汐去，客货畅行。运输大动脉，黄金通航道。

润百乡千村，泽广陌平野。大河涨水小河满，水系如网利万民。满田新禾稻秧绿，菱壮藕肥鱼虾鲜。兴农兴民兴申城，联水联岸联城乡。生命之源通向千家万户[2]，开放之途通达五洲四海。

烟渚会波三角洲头，仿佛巨舰船头俊昂，褐色卧石稳置船首，“浦江之首”字题石上，石似波起，亦如浪涌，卧对南北江流奔放。三层灯塔高标，塔楼雄风一如盛唐，塔檐收放自如，塔台平坦通爽。疏流利运指明方向，镇水安澜礼敬龙王，龙王庙镇守航标塔，船来舟往分水导航。登上塔楼观景台，三水来汇，江岸茫荡。江流浩浩砂船突突开进，江风嗖嗖芦苇急急摇晃。上海母亲河，川起石湖荡。

念黄歇凿浦之功，建春申朗畅高堂。深檐挑梁斗拱在，落地明窗五大间，

[1] 上海至苏州、湖州、杭州的航道于三角渡分水龙王庙处分叉而出。

[2] 在长江口九段沙取水口启用之前，上海市民饮用水约有80%取自黄浦江。

春申堂

刻盛唐印痕，展现代情怀。古今相融，人水相亲，水文化展示馆借此开展。巨幅木雕述五百年前往事，古代名人显开拓奋进形象。承先人疏浦之隆恩，通开府孕城之浩波。记黄歇首疏之功，思夏元吉受圣命治浦之劳，赞林则徐浚泖河畅流之举。

春申堂接续宽殿，三殿并立，有曲有张，气度飞扬。户外，得见“浦江烟渚”雅称，更有“〇”字石碑标明黄浦江零公里在此，浦江欢流起始于此。

殿西有小园，石板曲桥伸出，圆拱石桥静卧，木栈道傍岸，杨柳树衬托，风来花映红，鹭鸟翔清波。

叹江通浩溟，赞内河流清。江滩是公园，内侧添好景。牌楼叠檐标“首幡”，双柱挺立引路径，一流如溪河有声，叠石蓄水水下行，岸沚时见蒲草绿，矮苇出土护泥泾，平桥一横绳作栏，草嵌石缝也温馨，柳拂拱桥妩媚添，江河栈道设行径，老树迁来扎新根，闲花开处水漫浸。

万事皆有头，万物均有始。黄浦江开流三角渡，蓄力添劲壮城都，黄浦江浪激三角渡，气吞江海不停步。

堤外壮美，堤内秀美，护滩造景，江长海兴。

思贤公园赋

塔柱之巅伫天鹰，沈泾塘边瞰水景，拱廊临河展平台，思贤路北接花境。

杜鹃簇拥，公园题石添文气，棕榈引道，入口宽敞开胸襟。黄石叠山，山势雄健敦实，红瓦饰顶，茶室英伦风情。绿柳轻荡，岸堤和风吹吟，榉树浓绿，园中枝叶坚挺。出水泵巧装桥栏上，白龙两条倾白练，管理房妙嵌假山后，小屋数间惜光阴。河边小径美少女轻盈散步，临水座椅俊小伙耳机倾听。置石为桌椅，不见来人摆棋枰，铺石作地坪，卵石细小排图形。

芦秆斜出，遮没半条石径，青竹贴篱，偶见游人漫行。湖心岛乔木高大灌木蔓发，花境群名花沾雨闲花缠绵。静水平湖桥可开启，链索起吊船过桥心。花拱层层圆廊纵深，花坛方方绿植油青。

花木蓁蓁，通流盈盈，天色朗朗，小草隐隐。

龙兴港桥安然一卧雅致之中见洋气，三孔桥洞弯拱成圆河水映衬好入镜。莲开半湖挺红英，水围绿荷催香馨。桥头钓客甩银线，平心静气诱沉鳞。

水汽澄鲜风送爽，小径芳菲满清英。

思贤公园

新浜牡丹园赋

曾道“牡丹不过江南”，今日新浜开创奇观，北国佳卉盛开浦南，华东最大百亩秾妍。

新浜赏牡丹，栽种有渊源，王花“首案红”，花开经百年，黄家行善人，受花九华山[1]，好花遇好人，花容更绚璨，虬枝意坚劲，繁华开百盏，秾红透紫韵，花大像海碗，花苞变鲜球，厚瓣缀花冠。

着地绿叶衬春色，顶尖精华开芳颜，国色繁茂浓复浅，芍药傍篱乐相伴，名花灼灼四万株，花品点点三百种，纯白开过盛海黄，如火红色开缓缓，白红黄粉出天然，紫黑蓝绿复大观。“姚黄”光彩顶皇冠，株形直立花王赞；

新浜牡丹园

[1] 相传1882年（清光绪八年），新浜鲁家埭村一黄姓村民在九华山进香时得“首案红”牡丹一株，回家栽种两年后见花，已140余年，被列为上海市二级保护古树名木。

新浜牡丹园中赏牡丹

“魏紫”扁圆花本紫，花后雅称声播远；“赵粉”色淡看浓重，花蕾硕硕形尖圆；“豆绿”花开如绣球，青绿脱俗花开晚；园中晨花“朝阳红”，池边雅韵“粉中冠”，“金阁”红边描金花，“花王”开张神饱满。

新浜牡丹花开早，摹画牡丹画艺巧，国画大师吴玉梅，对花摹神渐得道，最爱牡丹如蒸霞，《花开富贵》赞誉高[1]。

芍药牡丹与共，花仙游客同道，身着豆绿汉服，洁白百褶裙罩，采撷花王一朵，天香丽质映照。

群芳次第开花田，珍品俏立盆中观，千紫万红谷雨后，百媚千娇正尽欢，雍容华贵醉乡野，春来不畏倒春寒，仙葩朵朵吉祥意，锦团簇簇富贵愿。

新浜本名荷花地，湿润之地花开难，北国名花惯北风，南方温暖性难迁。种花应知花脾性，易地养花添烦难，精心侍护巧调节，匠心催开花鲜艳。

牡丹花开樟树下，长廊穿行天香边，乡间开辟国花园，春花夏花连连看。

[1] 1995年，新浜籍国画家吴玉梅应邀为世界妇女代表大会作画，她的《花开富贵》图上牡丹富贵灵动，在天安门城楼举办的画展上受到好评。

华亭湖赋

北连淀浦河，南达黄浦江，沈泾塘北涌南注，华亭湖宽容大度。承续古城水脉，荡开新城水谷。疏河起泥，改河为湖，窄道变宽，阔水起舞。

石刻湖名，领导题字，松江新城，拓开城池。水色映天，湖光对时，英伦小镇，美轮美姿。沈泾塘桥，快艇穿驰，孔桥卧波，水色润滋。

艾伦小岛，绿树栽植，草坪舒延，步道曲直。铸铁雕像，风格别致，爵士端庄，凡人对视。大卫德堡，城堡欧式，文化展览，内秀外实。小岛安逸，水乡雅致，丰富湖景，美化城市。

滨湖路边，岸堤平实，疏林舒秀，灌木密植。休闲绿地，花廊掩饰，广场临湖，群舞展示。湖水拍岸，波涌漫势，雀立树梢，鹭腾双翅。湖西风景，

华亭湖

华亭湖水上表演

小镇范式，红砖外墙，尖塔耸峙。别墅红顶，公寓英式，圆形球屋，灵秀身姿。游艇码头，泊船静侍，皮艇缓过，钓竿抛丝。湖泛倒影，平如镜子，漫步湖滨，赏景度时。右岸船屋，桅杆如刺，大型酒店，湖畔美食。

端午时节赛龙船，击鼓擂号勇争先，齐心协力挥船桨，龙船飞驰意气宣，观众踊跃群情激，华亭湖上浪花湍，彩旗插岸船旗红，群龙竞渡夺标杆。

松江华亭湖，风貌迷人真不俗。

雪浪湖生态园赋

曾经是远乡，而今已非僻壤，汩汩地泉涌温汤，林间流莺歌唱，有楼宇布列，似东南亚风格，典雅大方，湖水盈盈，遐思如练飞雪浪，乡村公路可通都市，沪牌小汽车挤满停车场上，每当周末，餐厅座无虚席，不预订，哪有空闲客房？

园外莲叶田田相连，乡路荷风扑面，时有蛙鸣三二声，声声提醒游人，新浜，新浜，曾是芙蓉古镇。挟清风，缓然入园，浓荫绿树，湖上新荷初盛。栈桥与栈道相衔，钓亭与钓台相衡，水不兴波湖生烟，林湖同伴绿水盟。湖浮水草与荷竞生，人抛钓线，湖鱼见饵智昏。地草芊芊，湖光潋滟，鹿戏草丛，塑像如真，茸城好地方，十鹿九回寻乡魂。

围屋似石堡，体现“围聚”观念，大堂拢圆通，象征“聚居”理念。顶棚高而透明，仰首见蓝天，好引天外清气入丹田。中有四象“拱手”巨型雕塑，宛如佛国灵象恭迎尊贤。环壁沙发宽厚待君小憩，大厅灯火明灿宽舒好似宫殿。陶瓷博物馆，敦本藏大罐，服务区里开展馆，藏品百余件，宋元明

雪浪湖生态园

雪浪湖生态园

清器型，尽可一一观览。明洪武釉里红龙纹大缸，乃为镇馆之宝，釉色沉稳，造型大气，纹饰精美，为收藏界孤品，专家评价“罕见罕见”。[1]

景观大道如渠如池，艺术长廊拓出水乡诗意空间。漫步水上平台，栈道出伸，鹅头小舟列岸，游船往来湖面，游客笑声正欢。

湖对岸，青葱勃郁绿树拢岸，绿意起伏犹如绒绣绿围边。环湖道上，自行车两人并骑行速缓慢，骑车人边行边交谈。射箭场上，红靶心钉入箭头，射箭人张弓又开箭。棕榈树下，搭起小帐篷合家草地午餐，孩童仆地爬行，妇人手托餐盘小声呼唤。半岛湖心餐厅，湖上又一风景，形如莲荷一朵，三面水来水波轻颤。水色天光，农家菜乡土风味浓郁，创意海派菜巧手烹成，经典粤菜精细味真，改良川菜微辣细嫩，湖风拂面，美味可餐，湖景怡目又怡神。

水汽蒸腾，热雾蒙身，温泉泡汤，露天之下也温存。儿童水上乐园，孩童小脸通红，抽水水枪你射我喷；东南亚风情，池木顶石池，融融温汤浸泡疲倦之身；土耳其色彩，小鱼嘴啄人脚皮屑，花香满溢如刺针；芦荟玫瑰薰衣草，汤池浸泡草本；当归首乌人参池，中药入汤，池汤也有滋补功能。瀑布池激水起瀑，瀑布雾气共伴生。石围树遮竹林掩，屏隔草隐挡细节，水汽氤氲汤池暖，开放众多水空间，细水潺潺声声慢，舒舒缓缓醉此生。

乡里雪浪湖，湖畔温泉水飞白，雪浪飞乡里，异国风情不陌生。

---

[1] 由陶瓷收藏家胡平设立的“敦本博物馆”中有明洪武釉里红龙纹大缸，此为古陶瓷界的孤品。此器高46厘米，口径36厘米，底径28厘米。呈现沉稳大气、釉面滋润、器型饱满、精细灵动的明初陶瓷工艺特征。中国国家博物馆馆员、中国古陶瓷学会副会长李知宴认为，这款藏品“弥补了我国收藏界的历史空白，是罕见中的罕见”。

上海松江马术乐园赋

叶榭乡野公园，村宅农田连片，河道纵横分布，自然气息养眼，乡间竹亭南路，马桥与马有缘，初看草场一片，接续妙章连篇。

农家屋宅联排，屋前草场如田，今日马球开赛，看客纷至台前。草场开阔舒展，骑手驯马开练，每队四名球员，人马配合无间。马上杖击小球，击球入门争先，红蓝两队竞赛，白球飞驰如电。策马奔向马球，先军挥舞杖杆，奔马蹶起草泥，红队气势冲天。蓝队侧面进击，形势瞬间化变，小球滚向球门，后卫出马阻拦。击杖挡回来球，红队挥杖连连，看似你争我夺，规则记在心间。进球赢取胜利，输球脸色不变，赛场较量球艺，绅士风度彰显。

赛后参观马棚，好马安住棚间，日夜专人照料，棚舍无有污染，马房分列数排，看马悠然安闲，更有高头大马，飞机运程遥远，洋马安居叶榭，爱听主人使唤。

走进俱乐部里，博物馆有展览，场景一如马棚，文化气息弥漫。中国名马介绍，契合历史阶段，名马亦建大功，时代风云亮眼。国外名马亮相，雕塑呼应图片，人马相爱相亲，生产运输征战，名马故事生动，爱马知识播传。也有电动马椅，儿童座椅体验，回看比赛集锦，精彩动感画面。上海名流马会，国际国内相连，形象大使选拔，丝路马语牵线，王者杯马球赛，国际马联称赞，大使杯国际赛，专业球手认鉴，拓展趣味活动，德保小马赏玩，还有马足球赛，踢球要把马牵。

开办马术培训，培养爱马少年，推广马术马球，非遗项目留传，加盟王者运动，练得身心灵健。

马桥环境清新，骑马爱马乐园。

上海路程房车营地赋

松江泖港，房车营地安家岛上；旅居生活，乡间田园心情释放。

缘茹塘公路向南，农田绿色遍乡野，村道土树种成排，村河流水伴车行，乡居农楼挺清新，营地门边开草坪，自驾车来可泊停，豪华精致普通车，不拘一格皆欢迎。简约宽舒车型多，连驾带房高车顶，标白灰黄时尚色，房车度假渐流行。放眼湖区看营地，小岛三座车泊停，曾经拖挂终停当，亲水着地长方形，车厢如屋功能多，合家聚居好温馨。车里闲坐至夜眠，配套家电好随心，宽窗明户纳风景，小屋咖啡慢慢品，有线电视配信号，烟雾防火会报警，也有精致巧房车，座位床位两用型。

小岛依次布房车，绿地白房出新景，水静静兮衬营地，地空阔兮房车停。旅居车与拖挂车，营地靠泊享乡情。水电桩基可对接，户外平台伞遮阴，欲做烧烤供餐台，车外桌椅相对应，更有模块配套房，环保建材露台平。

简易草地网球场，人挥球杆跑得勤。儿童游乐有专区，攀上爬下添游兴。夏日露营帐篷区，营位充足看天星。主舞台上达人秀，文艺表演是群星。簇足体验人兴奋，老少相看好高兴。农事体验到田间，采摘有机农产品。认养鸡鸭小动物，亲子菜地可认领。湖边垂钓练定力，闲逛小坐觅竹亭。农家大灶烧菜饭，分工合作热气盈。红蓝两队练拓展，电子射击比输赢。体验中心学驾车，“美国公路”模拟行。卖车连带帮修车，提供营位让你停。

路程房车来乡间，露营休闲正时兴，车里车外皆世界，尽享自然与文明。

铜瓷创意园赋

荷乡访艺园，铜艺、瓷艺两相看。本是厂区楼一栋，如今美哉创意园。赣州画家谭太阳，承古开新在新浜。窑火百炼出艺陶，电解化铜铸新范，创意须凭融会心，化境当生无畏胆，巡看作品尽琳琅，满目精彩更焕然。

大气青花瓷，花青瓷色新，彰显景德镇特征，拓开山水画新境。

大美醴陵红瓷，红釉光彩如新，制作奥运礼器，端庄和美器型，出品全运瓷器，鲜红色彩描金，创制世博礼瓷，中国红最新颖。胸怀九州气度，志在突破创新，制成国家礼品，吸引世人眼睛。

继承传统工艺，五彩瓷釉创新，宝瓶釉色青蓝，亮如玻璃泛映，细颈如意高瓶，秀如美人造型，高罐圆罐小罐，福禄寿喜充盈，古风古意古韵，宛然画上瓷瓶，花鸟虫鱼灵动，古装人物雅静，器型流畅悦目，画工着笔精心。

二楼观铜器，稳然多上品。珐琅礼器嵌铜丝，丝丝入扣见匠心，景泰蓝中闪金华，繁花细密好图景。威风凛凛中华龙，龙首高昂入祥云，云豹探爪似真身，体健力强正吼鸣，亦有宝尊如古鼎，古意纹饰铜耀金。人物塑像雕工细，关公提刀正气盈，武士发功运真气，肌肉暴突力扛鼎。也有小品溢灵气，荷蛙喜鹊小而精，桌上杯壶连托盘，丝路风采流线形。

铜瓷皆可成大器，铜器稳重瓷器精，精雕细刻创佳作，展示架上展精品。

铜瓷创意园

热带雨林馆[1]赋

都市农林实训中心，玻璃温室再造环境。一木高矗，凤凰奇观，叶若凤羽，花似凤冠；董棕阔大，叶绿茎坚，西米露粉，髓心所产；香蕉结实，连弯结串；柠檬鲜黄，其味奇酸；芭乐似梨，产自台湾；木瓜在巅，黄绿相间；番荔枝果，熟大如拳；吉祥柚子，浑然团圆；茂名荔枝，唐诗牵连；菠萝蜜果，印度入传；九里香花，叶厚花鲜；看鸡蛋花，黄白毕现；酒瓶椰子，树茂干短；龙船红花，婚姻浪漫；朱槿牡丹，高树木棉；如鹤望兰，花似鸟变；绿玉麒麟，似菜似卷；光棍树枝，不见叶片；虎刺红梅，毒性难辨；含羞有草，触之闭卷；剑叶龙血，圣药功显；红掌鲜艳，绿肥红宽；大叶海芋，花孕茎间。

珍稀植物，温室呈现，见奇识异，眼界拓宽，农林职校，开放资源，南国风情，美在眼前。

[1] 在五厍农业休闲观光园内。

阡陌云间赋

都市乡村，创客天地。无尘世之烦嚣，有水乡之静谧，阻车马之喧闹，归田园之原意。乡河穿园，水弯水曲，平桥跨流，乡院门齐。高高马头墙，堂堂正厅立。门厅之内是大厅，“阡陌”迎面篆书体，回廊通庭院，楼台可看戏，亲友相会聚，茶酒来上席。曲廊有弯折，“寻芳”亭飞翼，临于水上，人在风景里。西岸展花境，草平花色稀，花草分双层，绵延筑阶梯。

老柳叶不干，水杉红塔聚，湖心秋色浓，小岛弹丸地，板桥饰拱廊，乳

阡陌云间

阡陌云间

色添静气，更有石拱桥，青石呈古意。午后光线好，模特桥阶立，创客拍影剧，有心选此地。过桥是南岸，梯田大写意，层叠上复下，弯曲又弯曲，形如造阡陌，开阔显大气。瑶草仆地生，新花芽苞细，此境他处无，原田植创意。

阡陌有民居，来客享乐居，乌瓦白墙面，红窗添喜气，临水得新氧，芦花窗前飞。屋舍楼两层，设施配套齐。亲水站平台，户外摆桌椅。近旁垦菜田，分成八卦地，菠菜色油绿，青菜正勃郁，农人在浇菜，游客学园艺，乡间来劳作，种菜添田趣。

青青低草坪，琴苑有雅集，妙手弹古琴，“管派”传承地，悠悠古琴曲，声声抒心意，阡陌得知音，琴声通天地。

阡陌云间，创客属意，乡村旅游，示范基地，中国榜单，上海唯一，疏朗开阔，田园气息，琴音缕缕，乡情可寄。

茸城蛋蛋乐园赋

上海名牌，“茸城”鸡蛋，养鸡生蛋，衍发乐园，传统鸡场，产业伸延，学生参观，亲子体验，知识传授，动手实践，小小鸡蛋，乐趣绵延。

蛋由鸡生，鸡缘人选，“茸城”品牌，久经历练。专业养鸡，四十余年，谢敏杰君，初心不变，由鸡生蛋，日日繁衍，蛋再生鸡，生机无限。健康养殖，不断钻研，好鸡好养，好生好蛋。黑羽乌鸡，产绿壳蛋，品种珍稀，引种云南，历经驯养，稳定产蛋，绿壳鸡蛋，金奖授颁[1]。开拓不已，品种拓展。鸡场笼养，饲料把关，清洁棚舍，建立规范；三黄草鸡，网床立站，不沾污浊，健康产蛋；虫草蛋鸡，散放桃园，啄虫吃草，营养高含；营养蛋鸡，成分天然，中草药材，养分转换。开发食品，设厂生产，烤制鸡蛋，口味香甜；熏制鸡蛋，风味独擅；菜卤鸡蛋，源自乡间；特制酱蛋，酱浓味鲜。休闲食品，市场稳占。养鸡产蛋，转型发展，乡村旅游，开辟乐园。

泖港五库，蛋蛋乐园，乌瓦白墙，徽派风范，鸡场在后，展厅在前，大型鸡场，房舍改建。大厅两端，张挂版面，创业历程，介绍在先，老谢敏杰，创业艰难，不畏失败，勤学勤研，带动农户，合作发展，围绕市场，灵活应变，科学饲养，“鸡王”名冠[2]。子承父业，产业拓展，蛋为主题，科普展览，线上销售，线下体验。大厅中央，雕塑巨蛋，以蛋立业，与蛋结缘，产品介绍，特色呈现，营养价值，原理授传。由蛋到鸡，二十一天，日日递进，天天演变，生命历程，照片展现。笼养鸡舍，可近可见，以一当十，样式示范，一排两层，玻璃隔拦，自动喂料，蛋槽捡蛋，卫生防疫，人禽安全。手工教室，桌椅排展，科普讲座，影视宣传。孵化器前，排队参观，小鸡出壳，绒毛湿黏。手工彩绘，描画彩蛋，美术作品，色彩浓艳。农家土灶，燃起火焰，学烧鸡蛋，炒菜做饭。烧烤箱盘，排列铁串，把握温度，烤出熟蛋。室外场

---

[1] 由蛋蛋乐园的投资者上海太平洋禽蛋专业合作社生产的绿壳鸡蛋，获第五届上海科学技术博览会金奖。

[2] 由顾吾浩编著，上海远东出版社2017年出版的《农民的儿子——茸城鸡王谢敏杰》一书，把谢敏杰称为“茸城鸡王”。

茸城蛋蛋乐园

地，亲近自然。茶座侧边，水声潺潺，钓小龙虾，抛下钩线。绿地起伏，桃花红艳，鸡飞上树，斗鸡表演。鸡舍连排，大屋朗间，高墙相隔，区分空间。曲池一泓，亭桥相连，乡村赏景，心绪舒展。

“茸城”品牌，养鸡生蛋，依托鸡场，拓开新面，蛋蛋可食，蛋蛋可玩，产业转型，前景可观。

李昌钰法庭科学博物馆赋

依托卓越法学人才，汇集丰富实物文献，体验刑事侦查技能，深化司法教学实践。全球著名神探，华政名誉院长[1]；法庭科学博物馆，李昌钰事迹流传。

看法庭科学展示区——大屏幕迎面，声光俱炫，李博士神情炯然，慷慨话语多激励："谁都能使不可能成为可能！"励学笃志，勤修苦练，察微见著，寻迹证辩，独辟门径，科学办案。法医学是研究人体特征之科学，展台上，手骨足骨让你看清骨相；察头骨，可鉴判人之性别；人体枪弹痕迹，当可估算射击距离；察看盆骨可判定属男属女；取自现场石膏足印可推算嫌犯身高等特征。观之察之，对法医学留下初步印象。书证材料，文件检验，手写文书，笔迹真伪可作技术识辨；司法摄影，现场勘验，聚焦证据重要手段，数码单反相机，光学结构展现；放大器用于照片冲洗，传统摄影重要器具亦可

李昌钰法庭科学博物馆案例展示区

[1] 从2006年9月起，李昌钰博士应邀担任华东政法大学刑事司法学院名誉院长。

详观。玻璃罩内，各类弹头纷繁列陈，弹壳与火药相邻相伴。众多展品来自多年办案累积，李博士亲自赠捐。展区犹如时光隧道，展台逐一列陈两侧，明朗中显出神秘，深邃中体察科学。展台边，特设电子触摸屏等你点击，李博士领你进入经典案件破案过程，凶险与智慧一一呈现。

看案件展示区——破案成就英才，李博士品牌辉灿。巨型铁艺标牌，李博士大名直入眼帘，铁艺标牌透出稳重坚定，黑色字体象征神秘奇传。展板与展台对应，文字与图像齐备，展板介绍案情，展台展示物证。关键物证体现李博士超常思辨，物件来自细心梳理发现。

八个世界经典案例，作案手段各有特点，侦破案件大有难点：缺证据，无头绪，少线索，没迹象。李博士细心调查，细密取证，细腻检验；严正承办，严谨分析，严密推断。去伪存真而鉴细察隐，由此及彼而仔细论证。不受表象迷惑，重在事实证据，不囿固有结论，贵在调查取证。神探之神，神在博学之功底，神在缜密之作风，神在坚毅之品格，神在科学之精神。成倍的付出，赢得成功的收获，百倍的细致，探得取胜的暗门。辛普森杀妻案，警方定罪得以逆转；碎木机灭尸案，以大量细碎物证终使元凶归案；三十年前停车场命案，由半枚残缺指印找到嫌犯；三代灭门案，经严密推断抓获两名嫌犯；夏威夷警察杀妻案，勘验伊凡妮厢型车发现罪犯痕迹；少女乔安娜焚尸案，由捆绑死者鞋带上的油漆找到嫌犯；豪门家族疑涉强暴案，由报案人相应衣物及现场未有“两物接触”痕迹终于由陪审团否定指控[1];真假华南虎案，李博士慧眼识出照片自图片翻拍。于难点之间找出疑点，由困局之中着力破局。再难难不倒李博士，因为他有讲究科学的自信心，再假骗不过李博士，因为他有去伪存真的求实心。科学辨疑，细心搜证，科学检验，循证追踪。发现蛛丝马迹，假象背后追出真凶。看似无影无踪，慧眼之前必有迹象遗存；好像无头无绪，法力之下定能抓住要害。证据是神探之宝，论辩是

[1] 1991年，舞女帕特里西亚·鲍曼状告威廉·肯尼迪·史密斯（小肯尼迪）强奸，肯尼迪家族通过律师，拟邀请李博士担任辩方专家证人，李博士坚持要求委托方同意三项原则方接办此案：“第一，只能依据事实作证，肯尼迪家族不能左右；第二，调查报告完全独立，律师及肯尼迪家族都不能更改；第三，肯尼迪家族须将专家咨询费捐赠给康州警政厅犯罪实验室作为添购仪器和训练人员的经费。”李博士依据微量物质转换原理证实了小肯尼迪的清白。最终，陪审团一致裁定小肯尼迪强奸罪名不成立。

李昌钰法庭科学博物馆多媒体互动区

神探之剑。法庭科学是求真之学，法庭科学是证伪之学。胸有正气，腹有诗书；敬业以勤，执业以公。

看李博士职业生涯风采展区——画作与照片组成一道正义之墙、法律之墙、科学之墙、智慧之墙，坏恶凶毒阴险之贼永远无法逾越。展柜中博士服端庄大方，凝聚着博学与科学的严谨。荣誉栏上，奖状、委任状、奖牌、证明书，林林总总70帧，缀满大墙的一面，折射皇皇勋业。各色马克杯，来自相关警局相关州县，白底圆口，弯弯执柄，多色图案，多种徽记，大神探闲来对杯赏心。在校听课笔记，纸色已旧，墨迹犹在，工工整整做记录，笔记清晰和美，可见博士认真之秉性。新闻报道、图片集锦，或勘验、或授课、或接访、或颁奖，不同角度，不同尺幅，不同画面，不同景别，聚焦同一个国际著名鉴定专家，主人公神采焕然，不知疲倦，信念定然，不畏艰难。图书满架，文心斐然，各科书籍，渐次展开。右手手模，透发出坚定与勤勉，舒展着力量与至善。照相机、打字机、工具书、放大器、显微镜、记录仪，当年辅助工具，而今馆中休憩，也曾立下赫赫战功，职业生涯留取记忆。一幅肖像，精美油画，李博士的坚毅与果敢，睿智与卓然，充溢整个画面。

观李昌钰法庭科学博物馆，敬佩神探，心灵震撼。在回顾中感受科学的力量，在参观时领受博士的人格魅力。参观完毕，一个雄健的声音久久回响在耳边："谁都能使不可能成为可能！"

上海佘山世茂洲际酒店[1]赋

人称天马深坑，原是小赤壁山，历年开山采石，掘向地层深岩，坑崖陡壁峭立，坑底积水成潭，深达八十多米，广达千米围圈，山坑遗而留创，若如地球伤斑。幸有世茂集团，独具开发慧眼，多年结缘松江，志在再创新篇，请来专业团队，设计五星酒店。

秉持自然理念，克服多重困难，追求独一无二，开拓地下空间，世间海拔最低，人工坑内酒店，AB两大区域，弧形侧倾外观，圆弧层层叠落，源于

上海佘山世茂洲际酒店

[1] 上海佘山世茂洲际酒店，又名“上海世茂深坑洲际酒店”。由世茂集团投资建设，2006年立项，2018年建成运行。宾馆下探海拔-88米地表下依附深坑崖壁建设，整个项目投资上百亿，建筑总面积61 087平方米，格局为地上2层，地平面下15层，共有336间客房，是全球人工海拔最低的五星级酒店，被美国国家地理杂志誉为“世界建筑奇迹”。

上海佘山世茂洲际酒店

瀑布意念，俯瞰建筑奇迹，峭壁瀑布盘悬，层层流线飞动，面面畅达豁然。

地上两层大厅，动态水柱壮观。坑内十六层深，水下两层沉潜。人工景观湖上，建立空中花园。客房视域开阔，瀑布壮丽壮观。独特情景套房，观景露台流连。云雾水景花园，水流轻流石岩。天然室内花园，热带植物清鲜。生动隐水花园，山谷豁然眼前。水下观鱼房内，如在水族展馆。餐厅开在水中，赏景餐饮心恬。房间弧形展开，因势造成景观。阳台弯曲立面，立体植物垂悬。崖壁绿叶油然，窗外瀑布喷然。本是深坑之中，却见生动自然。室内深坑酒店，酒店深坑结缘。

水面栈道散步，悬崖滑索溜纤。攀岩蹦极均可，半空摆锤荡玩。屋顶绿草如茵，户外运动休闲。

依山傍水借景，修复受伤矿岩，石坑不再寂寥，建筑坑中伸展。海拔记录负数，六十五米沉展，绿色大地添景，地上地下连牵。

佘山深坑酒店，世界建筑奇观。

乌卢鲁水乐园赋

乌卢鲁，乌卢鲁，戏水玩水好去处。

室内开辟水乐园，恒温宜人通水陆，复式场地玩趣多，温柔水乡乐光顾。

大圆小圆浮球满，长方正方海绵舒，超大海洋浮球池，爬上颠下软乎乎，扔球拍球喜抱球，放松心情任欢呼。

彩虹滑梯是水梯，赤橙黄蓝七色路，人在梯上如骑虹，气势非凡意不俗，水助泻势水润身，高低变化溅水珠。

但看圣灵海盗船，岸旁民居是茅屋，船载水枪可喷射，摇来晃去水喷注，海域当年可探险，海船如今可迷途？

极速滑梯名考拉，左旋右转加速度，弯弯滑道急急滑，速速进程连连呼，有惊无险好刺激，落水之际人不浮。

魔法学院高科技，人机互动比炫酷，持笔作画绘龙图，仪器一扫龙起舞，比智比勇比迅捷，打败敌军占屏幕。

魔法地毯不会飞，貌似琴键着地铺，多来米发梭拉西，脚踏地毯乐音出，若想踏奏美旋律，也须琢磨下功夫。

欢乐蹦床紧绷绷，弹上落下弹劲足，你自用力它自弹，放飞心情卸包袱，此床可跳不可睡，莫道名实不相符。

斜躺靠坐有书屋，屋名跃悦得宽舒，涌浪急流方经历，书海寻悦漫阅读，童书童话童玩偶，轻轻松松选读好书。

温汤泡澡有水池，绿松石湾似平湖，湾中浴客享闲情，水温水柔升水雾，四季恒温汤水适，水中消乏最舒服。

乐园配套水疗房，因水利导筋骨舒，人卧疗床通体松，轻摩慢揉润肌肤，花草精油轻轻抹，浴后康体排毒素。

水中玩乐耗体力，腹中饥肠叫咕咕，欢乐餐厅全天开，餐厅大名叫袋鼠，生日餐席聚餐会，简饭简菜味丰足。

乌卢鲁，乌卢鲁，水上乐园半空筑。

乌卢鲁，乌卢鲁，嬉浪玩水乌卢鲁。

九里亭赋

松北面貌日异月新，新设街道名九里亭，街道新名出之有典，缘起蒲汇塘北凉亭。

七宝泗泾之间，宝地在此缘定，东西各距九里，九里中间憩停，憩停起建凉亭，便利停集再行，船行至此歇脚，纤夫上岸散心。南宋咸淳年间，高僧亭北建庵，市集渐次兴旺，八方客商来临。清朝同治年间，庵毁天国太平[1]，古亭日后颓毁，乡邻为之痛心。泗泾乡绅梦虎[2]，出资重建凉亭，时在光绪三年[3]，文脉再续有亭。不意年久亭老，柱倒瓦落颓倾[4]。难忘水乡古亭，亭名留作村名[5]，二〇〇二年时，政府依样建新，让位轨道交通，再移居委庭心[6]。

但看六角憩亭，前亭后廊连绵。宝顶仙鹤昂首，久恋斯处居停，六角单檐黛瓦，弧线起翘分明，檐枋柱头相连，檐下斗拱托檩，亭柱圆穆硬朗，撑起亭势飞凌，亭匾增添气韵，字体沉稳有劲，楹联左右对称，莲风廉水回滢，亭栏简洁清爽，靠椅栏上围定。亭中空灵通透，亭外丛树青青。亭乃停集之所，古人诠释论定，古代置地建亭，彰显江南文明，六角六六大顺，飞檐飞腾上行。消散夏阳热酷，遮蔽天公雨淋，便利人来客往，照护舟行船停。凉亭聚集人气，村落街市繁兴，秉承爱民古训，长怀畅达之情，一任雨来风去，但得无愧本心，亭耸政府院落，牢记执政为民。

悠悠九里凉亭，承载古风今韵。

---

[1] 清朝同治元年（1862年），九里亭北侧的资庆庵毁于太平天国运动的战火。

[2] 即泗泾乡绅沈梦虎。

[3] 1877年。

[4] 因年久失修，九里亭大约于20世纪40年代末50年代初坍塌。

[5] 1984年，九里亭所在地九亭人民公社九星大队更名为九亭乡九里亭村。2004年，九里亭村撤村建居委会。

[6] 因让位于轨道交通九号线建设，九里亭亭子于2006年移建当时的九亭镇九里亭居委会（今九里亭街道）办公院落内。

深坑秘境赋

探访“世界建筑奇迹”，探问深坑酒店秘境。

深坑原为小横山，位于天马、横云[1]间，松郡九峰十二山，此山只是一小丘，声名一般般，历经炸山采石[2]，遂成地下沉潭，潭低水深地荒僻，少有来者访探。侨商世茂集团，欣然在此参观，起意兴建宾馆，修复地球创伤，由上向下拓展。历经一十二年，蓝图得以实现，深入八十八米，完成建筑奇观[3]。靠傍石坑崖壁，展开长波流线，势若太极合抱，山凹珠圆玉润。

坑底宾馆亮眼，潭有秘境探玩。

园门棕榈相迎，待你解开悬念。登上玻璃栈道，行走百米之间，崖壁撑挂坦道，观光化险为安，栈道缘壁而展，人工融合自然，试瞰深坑酒店，此处蔚为大观。坑底流水入潭，水面甬道伸展，遥看瀑布有声，近抚山崖石寒，酒店依壁面崖，周遭气势不凡。

精灵隐遁而去，树屋斑驳苍颜，老树根粗枝壮，精灵居所迎面，屋里有无精灵，孩童最想探看，手攀盘缘粗根，钻进树屋里面，树洞犹如大屋，皱褶七转八弯，洞屋层层套接，精灵是否寻见？光线时幽时明，空间忽紧忽宽，步步拾级而上，树顶风光豁然，老树陪伴苍崖，古根笑揽童颜。

崖壁突兀眼前，摆锤大过秋千,四面青山相围，四大高柱伸延，尖顶铰接大摆锤，摆锤摇臂是铁肩，锤头设座围成圈，晃来荡去好惊险，顿失重心落低谷，忽提悬心升上沿，跌却寻常安稳态，掠起急飙冲高端，有惊无险伴跌宕，人生起伏胆不寒。

飞越深坑有滑索，索吊造型如雪鸮，天缆从南牵到北，卧篮紧系扣滑道，鸮鸟飞翅不扇动，索下飞人在滑跑，掠掠风声过双耳，忽忽驰过碧池沼，人卧索座朝下看，前伸后展托得牢，俯瞰秘境不神秘，飞掠深坑有深奥，人随

[1]“天马”“横云”，即天马山与横云山。

[2]小横山从20世纪50年代末开始采石，约历经40余年而结束，形成一个周长千米深约百米的深坑。

[3]即上海佘山世茂洲际酒店（又名“上海世茂深坑洲际酒店”）。

雪鸮直线飞，“飞机”感觉好奇妙。

成人奇甩又神飞，孩童秘境再探奇，小小虫虫成大宠，庞然大物好神气，色彩鲜亮造型酷，似虫非虫可嬉戏。欢乐秋千索链牢，轻晃慢荡秘境里，才见小弟笑颜开，又来小妹试胆气。秘密花园花开鲜，花开五色在平地，不知园中可藏宝，谁人寻来又访去？铲沙挖沙沙坑玩，嫩嫩小手捏沙粒，沙滩一片造天然，“沙漠考古”是游戏。

红鼻子，蓝眼睛，凸面小丑挑逗你，脱腔跑调迈怪步，巡游一路漾笑意。再看西洋魔术师，无中生有变幻奇，逗得游客哈哈乐，变出糖果享甜蜜。

身入秘境礼品店，大小卡通蛮淘气，男侠女娃成双对，圆目瞪大探奥秘。时临饭点当休憩，餐厅开在悬崖壁，比萨汉堡加蛋挞，美景美餐正相宜。

掘石小山山形消，挖山有止坑成型，荒坑沉潭自寂然，赖有妙想奇思灵，巧借地形添佳构，建成酒店传声名，胜境已然晋网红，众客好奇似秘境，秘境幽趣人添造，崖上乐园加新景，君若不作住店客，俯瞰奇景来此行，“深坑秘境”视角好，观景游乐共赏心。

深坑秘境

董其昌书画艺术博物馆赋

醉白池留有董其昌“四面厅”，为董思白[1]与文友觞咏泼墨之筑，荷香墨溢四百余载，四面厅冠以“轩豁爽恺”广纳四方风来，游客至此，悠然而起思董之情。今再于园内树茂景幽之处设“董其昌书画艺术博物馆”，不独为古典名园增添一处人文胜迹，更为云间书派、松江画派重展大纛于世，为社会各界添设观照文敏艺事之敞堂，诚可谓典出有绪，于斯有缘也。

头门四柱高擎门檐，石箍门框之上，木匾横列馆名。折身东向，拾级过砖雕门楼，白墙乌瓦南北相对，东首过厅置明窗而牵连两屋，壁面大片纯白

董其昌书画艺术博物馆

[1]“思白”为董其昌的号。

如水墨画之留白，平屋围拱，凹入方长庭院，庭后高树宏茂，庭前塑像入眼。观董其昌之雕塑，右握笏板，左持书卷，亦文亦官，坐姿舒然而神情释然，是极目思白，抑或“顿释凝滞”，蔚成华亭派盟主后仍在自省“书道安得进乎”？

董其昌塑像

进得展厅，《夏木垂阴图》以巨制豁然当前，仰观近察，于浓墨与留白之间，树木繁郁，远山高峻，村舍疏淡，泉流蜿蜒，山石苍润，于超拔俊迈中见凉爽清幽。

溯身世，董思白乃松江府上海县董家汇，今闵行区马桥镇人，为世家望族之后，少时寄住叶榭外祖父家，历郡庠、秀才，当塾师，为举人，中二甲一名进士，授翰林院庶吉士，任礼部尚书。于松江有多处行迹。亦官亦隐四十五年，寄情山水慕自然，翰墨在手未曾弃管。

一代宗师前行路，路亦长漫漫。于会友之时得饱览前人佳作之良机，于临摹之功而求变古之生机，于研读之中领悟传统书画论之义理，于行旅之中把握自然山水韵致肌理，于鉴定之时纳前辈文气练审美慧眼，于赏识之中为松府顾绣增添文人画意，于“渐修”之中追求书画淡雅清秀蕴意。

观董其昌书法，自十七岁起意发奋学书，由颜门《多宝塔》入手，“学书必从真迹”，遍临诸家名帖，读万卷书，行万里路，以为真临古者贵在神会而非形似，临而通变，临书与探究并重，以法度成熟之功力，开随心所欲之新境，其淡雅虚静之南派书风，为世人所宗。展出之书作，寓清劲于平淡之中，含妍美于端庄之内，蕴禅意于淡雅之中，可谓圆劲秀逸而平淡质朴，流畅飘逸而又劲健稳重，正锋为主而用笔精到，布局匀称而浓淡相洽，观之雅而有法，端而流美。

观其画作，亦淡雅清新。《秋兴八景图》，以旅途所见景色入画，山势峻拔，深谷流溪，烟笼雾蒙，树奇石幽，芦荻萧萧，以集宋元诸家之长而形成苍秀雅逸之画风，望之既见雄峻伟拔之势，又有山宁水静之态，独具秋凉萧远之感，别出学古而变古之意。明代《画史绘要》云：“其昌山水树石烟云流

董其昌书画艺术博物馆展厅

润，神气俱足，而出以儒雅之笔，风流蕴藉，为本朝第一。”亦有学者曰，董其昌将心中的山水，与文人画先辈之笔墨血脉相融相合，讲究用墨技巧，多以书法之笔墨修养融汇于画作之中。或以浅绛之法，或以披麻皴法，或以没骨之法，或以青绿之法，勾、勒、皴、擦，山水墨色层次分明，笔墨秀朗明润，画面生机勃发，以诗书画印相谐的浪漫主义情调，达到写意与抒情俱美的境界。

松郡之明山丽水，是董其昌山水画的现实范本，府城的人文气息，是董其昌发奋临帖的外在动力，茸城的崇佛尚礼民俗，是董其昌以禅心入书入画，并用禅宗之理开书画南北宗之论的实践和理论之础。董其昌半官半隐一世，实为明代一大文人。赞曰：临古不泥古，端正不自拘，秀逸不癫狂，自然不刻板。转益多师师良师，知山悟水化墨韵，开宗立派气清劲。

出展厅，过庭院，西壁巨幅砖雕迎面，董文敏寄情九峰三泖之间，依然手不释卷，山高而水长，人敏而心定。于醉白池设展馆，示书画于云间，好似正合斯人旧愿。

松江民防科普馆赋

松江中山中路，民防科普馆立，致力民事防护，专业知识普及，馆外车来人往，馆舍素墙灰壁，展区一分为四，突出民防主题。

参观序厅区，概念讲清晰，民防须重视，护国护民益，民事防护事，平战皆涉及，政府作主导，群众须参与，备战防空袭，备灾抗灾孽，救灾又救援，减灾减危机。人民防空事，国防有关系，平时常防备，组织机构齐，宣传加培训，建设须布局；战时强防御，防范敌空袭，措施当落实，挫败敌诡计。

人民防空区，运用高科技，史料加科技，富有冲击力。民防有意识，轰“炸”来启迪，一次大战时，出现轰炸机，空中投炸弹，打击要冲地。要地重防空，英国最早起，机构与部队，集中建立起，灯火有管制，警报预警急，居民得疏散，防空洞隐蔽，举措见成效，民防始初启。二次大战中，民防成体系，防御建工程，工程显效益，空袭更频繁，伤亡未加剧，英国落弹多，损失有降低。二战结束后，民防更突立。现代战争中，应对高科技，民防筑工程，防护存实力，地位更显要，作用更有力。观览空袭史，图片有归集，多少大轰炸，城市夷平地，火光夹浓烟，平民在哭泣。美军原子弹，对日核突袭，岛国留惨象，教训须记取。空中搞袭击，飞机是载体，飞机工业史，展览有涉及，各型军用机，览图看仔细。海上防空袭，舰艇有威力，现代空袭战，飞机导弹袭，微电子技术，增强毁伤力。总结现代战，研究出规律：一是重突袭，作战抢先机；二是讲精准，直袭目的地；三是电子战，干扰失联系；四是奔远程，立体齐打击。规律要把握，防空要警惕，人民防空事，人民要参与，参观防空区，视屏有游戏，人机有互动，点击添兴趣。

松江民防科普馆序厅

灾害防护区，种类介绍齐。民防场所多，标识须熟悉，橙色作衬底，图案明含义，文字加标注，醒目又明晰。民防建工程，平战皆受益，功能与作用，展板介绍细。进入工程内，首先听指挥，安静不要动，卫生要注意。防毒防生化，毒气莫入鼻，施放形式多，杀伤有魔力，分类来防护，消毒须彻底。防范核生化，安全重隐蔽，案例加常识，讲解标示细。消防防火灾，互动演虚拟，视屏来教学，场景你处理，火灾有六类，一一来录记：易燃固体物，液体和气体，金属和电器，烹饪物火起。使用灭火器，扑火火能灭，用时须分清，类型与分级。临灾快逃避，逃生可应急，应急逃生绳，教你来打结。再看器材图，消防助你力，反光红马甲，八字环降器，应急救生包，自救呼吸器。消防安全标，标识指示你，白红绿蓝色，易懂又好记。人工呼吸术，抢救复生机。模拟上肢体，按压做练习。火灾现场图，火光腾天起，观图记教训，防火莫大意。沪滨水面多，防滑防溺水，落水莫着慌，自救解危急，抽筋拉脚趾，小腿手扳起，体力疲乏时，仰泳慢划水，不会游泳者，落水屏呼吸。水中救人起，复苏心与肺，仰卧平躺身，拍肩察呼吸，拨打120，按压有频率，仰头开气道，异物开口取，张嘴口对口，人工来吹气。骨折须固定，夹板做衬底，脊柱用颈托，前臂可挂起，有伤当止血，手压止血溢，采用加压包，止血带缠起，救护包扎法，三角巾包起，手足包裹住，头眼缠法异。地球在运动，地壳有压力，科学防地震，预兆知变异，地震来临时，屋角桌下避，奔向空旷处，不要乘电梯。一张分布图，震中点位齐，地震有分等，看表知震级。夏秋是雨季，灾害亦密集。沿海有台风，风狂最肆意，及早听预报，及时早撤离，尽量不外出，家中来躲避。上海有雷电，电闪吼声疾，树下莫躲雨，勿持铜铁器，室内较安全，门窗须紧闭。雨大现内涝，人行高处去，车莫闯深水，停车高处移，沿街设门挡，街水难入溢。国外沿海边，曾有海啸起，海啸有预兆，地震随后遇，速往高处跑，或扎木排离。灾害多种类，展览仅举例，图片加文字，模型视屏仪，介绍有重点，溯灾揭原理，识透危害性，防护作普及，科学作防范，救灾减灾力。

综合宣教区，互动信息递，情景许多种，选择随你意，或择路而逃，或勇敢对击，或临危救灾，或智慧答题，多类又多型，多样又多例。知识进游戏，游戏添兴趣，边玩边学习，知识好记忆，巧借声光电，引人来参与，扩大知识面，宣传有效益，参观又操练，乐在受教育。

民防科普馆，参观有意义，远观全世界，近身护自己，防灾防祸端，居安要思危。

洞泾乡镇企业历史陈列馆赋

松江中部，洞泾崛起，二十世纪九十年代，“中国乡镇之星”明星多亮丽；发展走向新时代，“人工智能产业基地”[1]国家级。大象起舞[2]，重磅发力，经济发展，人民受益，社会进步，城乡一体。而今洞泾实力增，乡镇企业曾出力。白手起家办工厂，农民闯进新天地。得沪松公路之顺，以地利开先机；借城市工业之力，以外力增能力；施龙头引领之策，以毛纺创业绩；用能人巧匠之才，以企业纳劳力；举改革开放之旗，以集镇添人气；循市场经济之道，以科创激活力。四十多年多艰辛，记住初心不忘记，建起乡镇企业历史陈列馆，展示农村改革开放一面旗。

双狮蹲守，陈列馆入口承秉民族特色；一门洞开，展示厅阶上焕发朱红亮色。话说洞泾原名砖桥，一九八〇年，洞泾公社起跑。从农机修配站到企业集团，由手工业作坊至科创组团。回首望望，“小舢板”奋力划桨敢起航；大业皇皇，“大航母”依靠科技搏巨浪。初心探路，改革辟路，开放拓路，科创引路。一路奋进入胜境，乡镇企业应记铭。

放眼大厅，墙列企业名录；检视历史，大厂小厂标记清新。办工业，支援农业，开企业，搞活经济。洞泾港畔，农民办起企业六十多家，沪松路旁，集体经济造福乡里人家。加工厂、修配站、农机厂，为农服务初起步；服装厂、金属厂、机械厂，城乡联办多业务；毛纺厂、电子厂、化工厂，产业链条再加固；门市部、经营部、经理部，产销结合出招数。有限公司、集团公司，体制改革拓展新路；房产公司、资产公司，集体壮大集镇进步。一块块企业铭牌，一段段历史变迁，乡镇之星多群星，乡镇企业亮晶晶。

弧形光幕，来路回顾，洞泾由砖桥更名而立，工业因砖桥建社而启[3]。社

---

[1] 2017年，洞泾人工智能产业基地被国家科技部认定为首个国家级人工智能特色产业基地。

[2] 洞泾镇的版图酷似一头正在奔跑的大象，故有“大象起舞”之说。

[3] 1978年3月，由松江县泗联人民公社、城北人民公社划出部分大队，组建砖桥人民公社。泗联人民公社化肥厂（后改为化工厂）划归砖桥人民公社，社办工业由此起步。1980年，砖桥人民公社改名为洞泾人民公社。

洞泾乡镇企业历史陈列馆

办工业、队办工业沿沪松公路布局，社队企业、乡镇企业随改革开放兴起。老照片、老场景历历在目，新视频、新气象频频显露。小工场、小作坊早已不见，大企业、大品牌引人注目。镇域经济大发展，人民生活趋富足，农村走向城市化，农民成为新市民。产业园区集聚优质企业，住宅小区焕发盎然生机。社会事业与经济发展同步，教卫文体与交通商业均齐。屏幕上，凸现四十年发展数据，细对照，而今是当年百千倍[1]。时代潮流滚滚向前，乡镇企业多有贡献。

穿行于大事记载廊，一步步历程怎敢相忘？复苏于七十年代末，成长于八十年代初[2]，崛起于八十年代中[3]，兴盛于八十年代末[4]。农民办工业、乡镇办企业，一切从头而起，一心攻克难题。真可谓：历尽千辛万苦，说尽千言万语，走遍千山万水，想尽千方百计；实在是：以苦干激动人，以诚挚说动人，以坚韧感动人，以能干打动人。农民自有农民的情怀，农民当有农民的挚爱。爱厂如家，倾力付出；苦心经营，乡梓得福。集体经济添财力，集镇面貌变漂亮。企业继续加速生产，经济持续高速增长。时逢九十年代初，改

[1] 据统计，2017年，洞泾镇居民人均年收入41 834元，是1978年的192倍；工业总产值80.86亿元，是1978年的2 882倍。

[2] 1982年，洞泾人民公社成立工业公司，主管社队工业，社队办企业不断增加。至1984年，化工、五金、建材行业成为主要工业产业，工业在社会总产值中的主导地位确立。

[3] 1986年7月，洞泾乡工业公司与上海玩具进出口公司、上海开隆投资开发公司、香港福欣有限公司、香港申海有限公司合资设立上海海欣有限公司，以毛纺工业为龙头的洞泾乡办工业企业开始崛起。

[4] 1989年，上海海欣毛纺有限公司成立。同年，海欣公司荣获“全国出口创汇先进企业”称号。

革开放再继续。由闯市场到建规范，从看产值到重效益，整顿之后，提高至极。新设三家合资企业[1]，乡镇企业呈多种成分；企业改制开始推行，镇办企业转换身份；海欣公司股票上市，沪郊首家令人振奋；撤乡建镇地名不改，洞泾跨上新的征程。三年内，镇村企业数量减少，历三年，工业产值大为提高[2]。乡镇企业多转为股份制、民营企业，海欣集团仍保留相应集体经济比例。乡镇企业的称呼已经不被提起，但乡镇企业的基业仍在延续。大力招商引资，建立工业园区，多元经济多引入，工商地产抓契机。集体经济进入新领地，乡镇企业换装续活力。

不负乡民期望，劳模最为努力。艰苦奋斗，矢志不移，心系集体，倾情倾力，苦干巧干，带头进击，添砖加瓦，业绩亮丽。劳模照片上墙，劳模精神长传，功臣形象亮相，功臣当有荣誉！

实物展品，此件最奇异，突立展厅，原装圆盘机。顶上纱筒耸立，多锭多线穿起，底部圆筒稳安，任凭震来荡去，盘机刷刷不停，织出人造毛皮，当年列队成阵，场面壮观无比。毛纺行业见证，一台过时机器，盘机已成旧物，筒身斑斑锈迹，勤业精神不老，实物留存记忆，展厅灯光聚焦，装置艺术辉熠。

过往岁月，历程清晰，最喜晴天朗日，不畏风雨凄迷，农田耕耘之人，现代工业驾驭。国民经济有乡镇企业份额，城镇建设有乡镇企业出力。洞泾乡镇企业，全国范例之一，多少乡村农民，投身工业经济，多少农家儿女，创造惊人业绩！思想解放无禁区，先天不足人努力，不等不靠干起来，边学边干长志气，携手工人老大哥，邀集八方出主意。勇闯商海，敢碰难题。行程颠簸仍坚定，一路躬行成奇迹。体制改革，整顿之后提高，企业重组，轻装以后再雄起。一九九三年开始改革体制，一九九六年产权制度改毕。乡镇企业已成历史，一股巨能仍在发力，洞泾设馆饶有意义。四个橱窗浓缩历史，图片文字实物汇集，四大年代各有亮点，创业创新共同主题。七十年代始上征程，八十年代领先举旗，九十年代辉光耀眼，二〇〇年后转型留忆。

展馆位于海欣大楼，海欣文化独辟展区，企业理念“关爱生命”，“一体两翼”提质升级，智能园区产城融合，医药纺织两业并立。企业发展不忘来路，设立展馆好有创意。

---

[1] 1992年，洞泾乡先后新设三星座化学品、东洋食品、东仓砖桥金属制品三家合资企业。

[2] 1993年，洞泾镇有镇村办企业77家，总产值9.14亿元；1996年，该镇的镇村办企业减至64家，总产值达16.81亿元。

九科绿洲中心路绿地赋

“九科”者，乃九亭科创之意；“绿洲”者，科创与生态皆绿意焕然之意也。

产业园区后花园，产城融合新空间。大公园包含生命健康科技园，科技园镶嵌城居共发展。位于G60高速科创走廊龙头区位，延续外环生态绿廊环境品位。如蝶翅翩然合围，道前世旧貌经历“拆违”，生态环境综合整治，化蛹为蝶蝶变收尾。产城融合松江发力，九科绿洲亮丽翡翠。绿地一千五百亩，城市更新旧地新辉。

中心路居于“蝴蝶”身之中，北沙港引水一号河引灌，水势蜿蜒东西贯穿，内曲外弯河湖牵连，碟形水系升腾水乡灵气，绿地缘水自然纹理舒展。“九科绿洲”，巨石迎面大字稳健，叠石栽树，开宗明义主题景观。四大入口，市民随时可来游玩，一条步道，过河上坡穿越林间。集树成林，林如飘带七折八弯，种草造坪，开阔空地团队拓展。水上森林，树下湿地水清浅，水道

九科绿洲中心路绿地全景

九科绿洲中心路绿地一角

如弦，音符参天是水杉。河凹流曲处，垂钓辟区间；水岸繁花地，临阶拾花瓣。高树摇枝，造福绿道步行人，河畅湖深，润泽佳木添年轮。放松心情，沿河休闲看水中倒影，敞开肺腑，滨水吸氧享空气清鲜。穿过中心路，森林花溪水中漫，落英缤纷水轻颤。市民健身区，东北方向大空间，把控健身器，体育运动好喜欢。踏上蝴蝶岛，四面环水路绕圈，西边四小岛，宛如逗号点。亲水大平台，连接绿地与湖湾。水低湖面宽，隔岸叶色鲜，步道通东岸，远近连折三道弯，人行步道上，数次穿行绿林间。长堤如弧线，湖夹长堤水相连。漫步过长堤，东方风来润脸颊。北沙港河边，苗木葱绿尽伸展，高矮树丛间，乡土树种无妍颜。

九科绿洲，生产、生活、生态，“三生”融合新实践；生态园林，自然、优雅、和谐，现代林地多景观。

上海科技影都规划展示馆赋

影视创制，上海当为全球中心之一，电影工业，松江力筑中国制作高地。

科技影都，辉灿耀世。“科创芯”驱动新发展，形成产业集聚中心；“世界窗”交流新动态，增添影视文化魅力。新理念、新规划、新科技、新空间。

工业文明催生电影问世，现代科技推进电影发展。中国电影百花齐放，影视市场繁花似锦，科技影都立足松江，高新科技未来引领。

进入展厅，气势非凡，战略目标，清晰展现，科技影都，创新发展，科技领先，集聚资源，综合信息，全貌概览，既有成果，图示圈点，优惠政策，概括要点。弧幕电影，视野宽展，规划布局，立体画面，经典片花，灼灼闪现，特色场景，接连化变，明星风采，夺目亮眼。领军企业，投资领先，三大项目，陆续进展：昊浦基地，屋宇铮然，特效影棚，扩量增建，水下影棚，技术高端；国际中心，百亿投缘，五大板块，制作超前，人才集聚，科技固

上海科技影都规划展示馆

上海科技影都规划展示馆

元；摄制基地，长廊串联，策划制作，置景车间，高端拍摄，交易会展。屋里屋外，联动空间，现代建筑，产城互含，生产生活，功能互鉴，文旅文创，一体发展。影厅展厅多功能厅，多少影都探访人争相目睹；廊桥花园星聚广场，全球旅游观光客陆续游览。大格局、大集聚、大制作、大影都。立志高远，前景壮阔，规划引领，着意开拓。

规划看罢，历史溯源。活动画面，启发"诡盘"，发明摄影机，影像动感，发明放映机，电影生诞，连接留声机，有声画面，创数字技术，活力倍添，想"未来电影"，创新无限。

观众观展，亦可体验。戴上VR眼镜，虚拟实景游览，巡天俯瞰大好河山，瞬间掠过涛涌海面，小坐小型观影厅，红色电影点看，或长征漫漫，或浴血抗战，或珠峰登攀，或扶贫攻坚。影片主人公，为民意志坚，奋斗不忘本，观众多点赞。

科技影都，规划前瞻，规划展厅，当可观瞻。

冰天雪地主题乐园赋

申城分明度四季，此园全年游冬季，佘山旅游度假区，冰天雪地亦神奇。

入口迎面大照壁，雪界企鹅站雪地，迎来喜清好凉客，最宜夏日消暑气。

白雪公主形秀丽，七个矮人小玩意，卡通人偶来常驻，七彩城堡排列齐，超级飞侠待出发，小猪佩奇仍调皮，还有童话众明星，待你辨认看仔细。气寒地冻境冰爽，卡通主角竞唱戏，企鹅身雍自不言，惯于起居冰雪里。雪白添上多彩色，色彩缤纷不孤寂，是昼是夜难言说，冷色灯光意迷离，莫道城堡寒意浓，城前戏偶添活力，卡通明星来相会，寒界暖情是主题。

剔透晶亮是雪冰，冰莹清丽不藏密，透明世界爱透明，冰上玩乐须留意。速滑快滑有滑道，滑道晶清速飞激，红蓝隔出安全线，滑板顺驰不危急，别有通透冰滑道，弯来转去吸凉气，上下之际已一圈，冰制拱门好奇异。冰亮球道出球迅，保龄球赛也稀奇，球门有如冰城门，圆球滚动嗨声起。冰清冰洁看冰心，冰寒冰冷探奇趣，最是冰爽冰冻天，冰雪冰洋有人迹。

观冰玩冰入冰天，更有赏雪玩雪地。雪乡风光似北国，木栅半拦门户启，两盏灯笼映村红，一院白霜铺满地，屋顶覆满厚棉瓦，绿树伸展白羽臂，欢乐脚印储欢情，红鼻雪人留标记。梦里雪乡好圆梦，如见雪飘大如席，纷纷洒洒播祥瑞，飘飘扬扬添吉利，天上琼华降人间，无暇仙子临大地，皓然一色是本色，粉妆玉砌是天砌。孩子挖雪做雪球，滚动雪球雪人立，雪人游人相对看，一笑回到天真里，捏起雪球打雪仗，你投我来我砸你，追追赶赶打一场，似战非战做游戏。雪封雪阻雪满天，雪原英雄写传奇，眼前雪景虽人造，仍可健身练胆气。

冰天雪地主题乐园

冰天成冰人工制，造雪置景变雪地，冰天雪地好玩乐，乐在冰冷享冷气，寒中觅趣人清醒，乐园冷境不换季。

一枝玉兰文创产品展示展销中心赋

植根申城，花开沪上，“一枝玉兰”，昂然怒放，文化创意，精雅时尚，展示展销，平台开放。

大美松江，广富林旁，大学城边，宜于文创，高校云集，创意竞放，师生携手，灵感碰撞。精心设计，文化为纲，倾心研发，创新为王，匠心制作，精细为方，潜心包装，典雅为尚，耐心推介，公益担当，巧心运营，品牌开创。一枝玉兰，服务各方，汇聚力量，同心文创，大学学生，新作安放，大学老师，协力文创，名家大师，双创导航[1]，三“大”相汇，大业可创。

进入中心，满目琳琅，“蜂巢”展架，吸引目光，杯坐巢中，建盏述往[2]，釉面辉亮，再续荣光。茸城主题，集聚架上，满柜作品，取材乡邦，鲈乡遗韵，“国鱼”游荡[3]，富林湖上，屋顶辉煌，石板古桥，水乡路网。松江元素，创意宝藏，学子有情，真情流淌，激情畅想，思绪激荡，无拘无羁，敢想敢当，面向生活，引领时尚，海汇百川，创意之窗。

展厅开阔，一千平方，新品集聚，宾客来访。青釉黑瓷，仿古有方，器型古朴，精致端庄，大小错落，形制恰当；工艺陶瓷，萌鹿巧妆，卷鼻大象，白瓷闪光，福猪憨态，双耳朝上；工艺纸伞，竹竿承当，彩色靠垫，座椅承放，博古木架，摆件巧放；圆台圆面，展品呈放，方几长桌，卡通安装，铁木展柜，满格文创；工艺团扇，彩绘其上，文人折扇，书画清赏，双面丝巾，丽人饰妆。依托高校[4]，联通文创，三千展品，汇集文创。家居用品，服饰服装，旅游用品，艺术文创，四大品类，闪露锋芒。展示中心，双创课堂，长桌聚会，名师讲堂，经验交流，同学互帮，心得分享，齐聚一堂。创意叠加，

---

[1]“双创”指创新与创业。

[2]“建盏”指产于福建建阳的一种黑瓷茶盏，自宋代起就成为黑釉瓷的典型器具。

[3]“国鱼”指松江特产四腮鲈鱼，因曾作为国宴上的一道佳肴，故被有的文人称为“国鱼”。此处是指在展示展销中心陈列的茶杯上，绘有此鱼的图案。

[4]一枝玉兰公司联合复旦大学、同济大学、上海对外经贸大学等40多所沪上高校，组成了高校文创IP聚合平台，线上线下推介3 000多件文创产品。

一枝玉兰文创产品展示展销中心

思维碰撞，设计优化，工艺精当，对接需求，满足期望，创新创业，全程护航，展示中心，大度开朗。

自有品牌，努力开创，一枝玉兰，品质至上。“玉兰三宝”，海派食尚，玉兰糕，玉兰饼，玉兰酥，品牌新创，三款细点，好礼奉上，参加大赛，获得奖赏，最佳设计，荣耀上榜[1]，传统工艺，玲珑形状，香甜软糯，酥细金黄，层次丰富，唇齿留芳，上海口味，时尚包装，好尝耐品，匠心独创。玉兰文砚，花刻砚床，莹润品性，现代文房[2]；铜制艺尺，纪年刻上，文明历史，铭记不忘[3]；精油香氛，点燃烛光，清新宜人，幽香燃放；百花丝巾，百国清芳[4]，少儿绘就，绸面华光；“海洋薯条”，海味锁藏，脱水海鱼，营养脆爽。

一枝玉兰，优雅时尚，上海符号，奋发向上，饱含文化，凝聚荣光，情系沪滨，倾情文创，感恩上海，花语荐赏[5]。一个品牌，自主自创，一枝玉兰，根深树壮；一个平台，展示开放，一枝玉兰，创意产房。

一枝玉兰，使命高尚，高洁高雅，花开正旺。

---

[1] 玉兰三宝（玉兰糕、玉兰饼、玉兰酥）在2019年举办的第十四届“老凤祥杯”上海旅游商品设计大赛中获得设计类“最佳实用奖”。

[2] 笔墨纸砚被称为“文房四宝”，砚为其中之一宝。

[3] 创意标尺为铜制标准文具尺，上面镌刻着人类文明不同历史阶段的重要年份。

[4] 2021年，在庆祝中国共产党成立100周年之际，一枝玉兰公司开展了“百国之花，百花齐放”全国青少年描绘百国国花和我国各地名花征稿活动，从中选出优秀作品，结合丝绸印染工艺，重新创作后印在一枝玉兰系列芳华丝巾之上。

[5] 白玉兰的花语包括感恩、真挚。

松江布展示馆赋

衣被天下松江府，精工巧织松江布。

松江布，功绩著：广植棉花兴农事，纺纱织布多财赋[1]，商贾云集盛商贸，敦本尚新成民俗。男耕女织松江布，和和顺顺留符箓，经天纬地松江布，踏踏实实见功夫，素面红颜松江布，寻寻常常最耐读，入室登堂松江布，细细密密蕴风度。

天下尽知松江布，年产布匹数千万，纺车咿呀转，布机扎扎欢，各地棉花汇府城，松郡棉布运销远，元明盛行势难再，运随大清趋逆转。申城开埠，洋布涌进，松江本布，渐然缩减，只为农家自用之物，商品流通悄然不见。

松江布展示馆

[1] 据《弘治上海县志》序言王鏊统计：明朝中叶，"松一郡耳，岁赋京师至八十万，其在上海者十六万有奇。重以土产之饶，海错之异，木棉文绫，衣被天下，可谓富矣"。

松江布

幸得松江民风淳厚，黄婆技艺[1]乡间承传，嫁女必得土布陪伴，土布压箱至夫家，日长世久金不换，储入节俭之德，见证新娘能干，添衣做鞋铺床单，冬暖夏凉四季安。当年压箱之宝，不意样板留传，热心坊主[2]四处搜寻，而今得以进入展馆。

展示馆展示松江布，古仓城街头古意增，凯氏宅面街临河重整装，康氏宅[3]紧傍为邻同获新生，古建筑与老土布，各得其所，再续缘分。昔年漕运繁庶地[4]，布庄、染坊亦兴盛。续传统、做文创，展示馆新妆开门。

展馆试开某一日，五位阿婆先登门，李婆老眼生新辉，布若少年正青春，

[1] 黄婆，又称黄母，即黄道婆（1245—？），松江府乌泥泾（在今上海徐汇区）人，宋末元初著名的棉纺织家、技术改革家。早年流落崖州（治今海南三亚市崖州区），师从黎族民众，学会了纺织技术后回归故乡，教松江人捍花、弹花、纺纱、织布技术，并改进纺织工具和工艺，使纺织成为衔接有序、工艺完备、产出巨大、带动力强的产业。

[2] 松江布展示馆是由佘山九曲创意工坊创办人杨潘红和她的团队历经多年筹备而开设的。

[3] 凯氏宅、康氏宅是位于松江区市河北侧，永丰街道中山西路203号、205号的两座各三进二层的清代建筑风格的老宅。

[4] 松江仓城历史文化风貌保护区曾是松江府漕运的起点，市河两岸有松江府粮仓水次西仓，船舶云集、民居荟萃、商市繁华。

蓝底白线镶红边，正是阿奴[1]亲织成，喜闻要开展示馆，箱底老布捐至诚。吾伲七老八十身，纺纱织布不陌生，同行姐妹细把看，轻抚慢捋心沸腾，徐摇三锭棉纺车，稳坐竹椅转年轮，扬手扯出细纱线，一扯一放功夫真，木质布机仍可用，姐妹围拢注目深，梭子穿纱忙来回，一梭一线费时辰。俯看西墙嫁妆箱，储放土布一层层，谁家媳妇手艺巧，经纱做布样样能。阿婆重回少年时，你说我笑叹人生，展示馆中松江布，乡愁滋味最温存。

珍藏好布一万匹，好中选优示世人，走村访户历十载，觅得农家本色真。展馆厅堂尚紧促，裁方箍圆墙面陈，成匹原布列连排，布色弥新未裁分，扣布稀布三梭布，标布花布样纷呈，药斑又名印花布，轻薄耐用绫布胜。条纹顺畅意通达，大小方格气息正，用色最多是素蓝，白底也缀红蓝纹，芦纹细密格子清，雪青织罢串斗纹，繁花红中见蓝绿，亦有绛红为主尊。紧紧密密可透气，柔柔软软亦坚韧，细细巧巧尚朴素，大大方方底蕴深。

布标店标老商标，证书广告有年份，衣架布柜展示台，品类介绍有细分，筒管细纱木梭子，经线轴架靠墙身，扁担染缸晾布架，樟木箱子老桌凳，更有细纱大线毯，寄意五谷长丰登。观展览，意趣增，布里纹间织青史，千变万化新意生；访旧居，思古人，当年黄婆倡革新，衣被天下百业盛。府城风云录，过眼勿忘本，土布渐消隐，旧物见精神，务实又勤勉，开放强自身，后来松江人，开拓有巨能。

最喜手作开新篇，当代生活布艺魂。靠垫团扇电脑包，童装裙衫鸳鸯枕，幽静居室布灯罩，布铺书案笔飞腾，布帽布衣布凉鞋，时尚旗袍饰丽人，布包精巧布毯宽，飞行夹克赛英伦，贴画人偶手机袋，书包书封传后人。土布风采未逝去，巧搭妙配创意生，老布自有民俗美，奇变幻化作品珍，百年材质时尚款，念旧爱新当代人，款款文创新产品，多有欢喜鉴赏声。

观之而喜，喜而当赞：三进旧宅回溯农耕社会经济盛况，松江老布蕴藏江南水乡创新脉根。

---

[1]“阿奴”是松江本地人的一种自称，相当于“我”。

明治制果科普教育基地赋

百年老品牌，明治巧克力，设厂松江工业区，科普教育在厂区。前身为“东京果子”，一九一六年成立。拓展“美味、欢乐”世界，制作全心全意；对应“健康、放心”需求，追求顾客满意。

门厅摆设产品，造型包装有趣，果粒小巧可爱，场景充满喜气。明治制果工厂，厂房辟出展区，门首画有彩图，画面洋溢童趣：可可果树壮硕，访客走下飞机。中文配上日文，欢迎光临此地。双扇大门启开，彩图画满双壁，底层科普讲堂，课程精心设计，公司历程悠久，创新赢得生机。分发参观手册，结队走上楼梯，楼梯拐角作画，画上问答问题，老师启发提问，访客回答尽力，用好拐角空隙，楼厅长廊开辟。可可豆树模型，长廊起首端立，果实金黄如瓜，凹槽两头尖细，可可来自热带，果肉包裹豆粒。

一侧玻璃明亮，车间实景看取，原料加工开始，直至包装完毕，整个生产过程，机器衔接紧密。精磨精炼可可豆，调温醇香出溢；巧克力注入模板，产品外形各异；粒粒脱模成型，输送不断延续；精心查验成品，披上彩妆外衣。另侧长廊布展，科普展板挂壁，剖析可可结构，直观展示揭秘。“可可来自何方?”“地球最热地区。”长在赤道南北，二十度内是产区，产在非洲南美洲，当地发酵加工着力。豆粒变成巧克力色，此时散发独特香气；继续干燥加工，储存运输航行万里。明治工厂加纳采购，保障品质，可可林内建有基地。

系列产品介绍，展板举出实例，小糖果小巧甜蜜，排块果浓淡各异，夹心果甜中带脆，雪吻果清新细腻。亦苦亦甜巧克力，亦甜亦苦复合味，适量食用有好处，营养元素分析细：含有钙、镁、铁、锌矿物质，更有维生素和膳食纤维。多酚成分舒血管，食之血压可降低；多酚抑制荷尔蒙，咀嚼也可降压力；多酚着力抗氧化，动脉硬化预防起；多酚可防皮肤氧化，美容功效也具备。我道须有辩证观，适量食用才相宜。

参观结束有礼品，现场品尝巧克力，滋味浓香口中含，好味得来殊不易，产品源自大自然，人类加工品质提，可可豆到巧克力，精制美味靠科技。

明治科普基地，介绍生产原理，拓宽访客视野，感受人文魅力。

八十八亩田赋

“米”字构造佳，田中开好花，上部花开是个“八”，下部“八”字喜开花，中间“十”字如田沟，通联两个“八”字花。八十八，“米”字巧当家，八十八亩田，稻米在田家。

八十八亩田，民宿新概念，植根田野之中，触摸自然清鲜，做足“米”字文章，农耕文明续传。

农家旧楼，变身小院，摆桌置椅，装饰简练，乡土气息，农耕画卷，一砖一瓦，朴素平凡，一草一木，乡愁牵连。草帽作装饰，莫忘锄禾日晒如焰，簸匾挂墙上，再忆扬谷风顺如愿。晴光直射后院，地坪外方内圆，盆花淡红如粉，桌布浓绿似田。竹作隔墙如入林中，木搭廊棚似进果园。楼梯搬至庭心，钢管扶栏劲健，台阶步步而上，盆花层层缀点，走道亦为阳台，老屋面貌焕然，床宽墙白地洁，乡下舒适房间。

八十八亩田

八十八亩田

厨房老灶大度，稻米画上灶面，大米粒粒亮白，吃口香糯回甘。新鲜大米，农家菜单，时尚酒品，手工糕团，乡间餐厅，农村体验。

稻米作主题，非遗有承传，叶榭出软糕，软糕香又甜。明朝万历年，施茂隆制范，粳米和糯米，清水浸三天，天天勤换水，到时水沥干，石臼舂成粉，细筛筛三遍，白糖拌粉中，筛粉入模范，豆沙加作馅，米粉刮平展，嵌上红绿丝，薄荷桂花添，端上土灶头，大火蒸成团。糕方馅心圆，雪白亮光闪，香甜又利咽，软糯牙不粘，软糕奘得好，米食新典范。

秋来稻熟，金黄满田，收获时节，亲子学玩。城里娃娃，走近农田，稻比人高，心比田宽，家长割稻，弯腰挥镰，摆放稻把，娃娃跟班，田头脱粒，掼稻对匾，抡起双臂，谷粒饱满，传统方法，劳动体验。学做米糕，精心装点，学包粽子，棕香弥漫，学烙塌饼，软糯香甜，学卷寿司，花色多变，乡间点心，米食关联。接过草帽，绘上图案，五颜六色，美术装扮。扎稻草人，兴致盎然，十字基架，四肢伸展，稻草人偶，姿态各现。稻谷喂鸭，林中捡蛋，鸡鸭成群，活泼可观；采摘草莓，红果满篮，拔起萝卜，根须毕现；抛下鱼食，钓鱼岸边；水杉夹道，空气纯鲜，田野漫步，清新好玩。

立身农田之间，栽种水稻一片，讲述稻米故事，开办大米网店，传承稻作文化，“米”字主题凸显。

冠华水景馆赋

好水润万物，美景盆中观。

莫道老屋已旧，但看藏美其间。明清案台，陶盆置放台面，墙面展架，中盆小盆绵展。山石生在水中，树桩嵌在石间。

老树有劲树型微，草地盛旺苔层厚。主峰挺立一侧，泉水穿越明沟，山势绵延起伏，沟壑环绕左右，枫林勃郁向天，涧草静卧溪头，枯藤暗含生机，虬枝刚中见柔，山顶耸峙宝塔，岸边轻泊扁舟。

大山石稳坐圆盘，如巍然苍山；斧劈石直落腰盘，似悬崖昂首。高盆栽瘦松，卧石伴松友；陶钵植细条，散开竞自由。室引晴光，光照半壁嫩苔；窗开明户，满宅芳簌穿透。云水趣味盈盆，辽远境界奔流。或展青青森条，或发彬彬俊秀，或振纷纷绿叶，或隐簇簇湿幽，或现渺渺云烟，或喷汩汩清流。

水艺与园艺契合，生态与生命相融。长桌开槽留微景，长盆造园水流东。远近高低呈化变，大小左右皆不同。一桌盆景如一园，一心付出营造工。惠兰郁郁茎叶连，藤萝缠缠软绵功。石崖深深跌曲河，水汽澄澄藏暗涌。细枝疏疏生雅气，纤针翠翠马尾松。山坡缓缓长绿藓，苍岩铮铮岚色拥。高山流水萦玉怀，低谷起雾仙境中。

赋砂砾以生命，教草木再兴盛。水绕山石水复新，山石吸水石滋润。

水景山景水韵深，幽境幽趣依水生。

冠华水景馆

中国国石印象馆上海馆赋

石蕴文化，印信传家。松江小昆山下，国石印艺开花。在展示中传承传统，在体验中光大文化。

展馆门口如书斋之门，匾额刻馆名书风沉稳。文人气息扑面而来，进得馆内宽而见深。

撷取史料，松江印信源远流长；古石古印，云间印派名声久扬。晚明时代人文炳蔚，诗文唱和篆刻为尚。篆刻名家钻研印学，印学学者刻下范章。康乾年间印人辈出，“云间派”为海派篆刻点燃火光。

醉情九峰三泖，追慕印家学养，取自然之精华，以美石刻印章。是艺术作品，从王谢堂上到文人室中，也是日常用品，由达官贵人至士工农商。端庄缘乎神定，精巧得于匠心。锲而不舍，金石镂出妙章，印而有信，朱颜恒留世上。中规中矩，严谨亦舒张，亦阴亦阳，稳健又跌宕。文人闲章向以短句警语为印，云间印派钞录大家名篇篆章，零言碎语固为箴，全文铭刻更难承当。阅览美文经典，印文与君共赏，再现古人佳作，展馆展示宝藏，阐发名家气度，印学史上辉光。

四大国石，传留精品。青田石基色为青，其质地温润，其硬度中性，最早被用于治印；昌化石，色泽沉静，其质地纤密，于清代盛名，帝王喜作玺印；巴林石，色泽清灵，其质地细洁，硬中见柔性，地理标志产品；寿山石，色泽天定，其质地细腻，天然蕴多晶，可雕可刻印。观展柜，原石形态多变：或如神山，或似握拳，或像官帽，或若树干；看实样，多种石材温润养眼，细巧生嫩，晶莹玉润，鲜丽美艳，华光斑斓。四大国石，硬度中等，宜刻宜赏观；国之宝石，质美质辉灿。昌化出美石，鸡血石著名，负重承压石不语，厚实强韧蕴冰心。粗犷里流动着细腻，自然中陶冶出坚定。石含红色辰砂矿物，选材切割适宜做印，血色亦浓亦淡，血块如泼如沁，鲜红艳压淡红，望之奇惊，紫红渐向暗红，见之沉吟。对石对章并立，方印圆印有形，名章闲章具备，印组印文对应。

更喜文人用印，心裁别出耐品。或以刻刀“写心”，或观“山随平野尽”，或决意“菩提只向心觅”，或望“湖上明月正我乡”，或“留住乡愁”慰乡情。印式与文字相谐，线条与文意呼应。有方圆兼备，平整中见灵动之印；有大小错落，界格分明之印；有虚实相兼，残破中见意趣之印；有疏密化变，线质流畅丰盈之印。更见松师印社佳作，朱文与白文皆以质胜，刀法与章法师出祖庭，笔飞刀舞，心驰意新，磨石砺人，力劲神清。“松师”乃松江师范学校之简称，“松师印社”蔚成云间印派当代艺林。忆想松师师生，金石传习用心，课上课下奏刀，文墨之邦传薪，城里城外治印，忘却暑热寒冰，笃志习艺弘文，而今斐然成名。

体验姓氏文化，伴你寻祖百家姓。亲子活动听讲姓氏历史，姓氏来历梳理分明。远古部落出现人类文明，部落符号图腾盛行。图腾演变，乃始有姓。炎黄二帝，先祖传嗣，人文有姓，姓氏分明。姓之要义，集图腾、族名于一体，同一部落由“姓”标明，望姓而知地缘相同，知姓可晓血缘相亲。古人由姓探寻家族渊源，古人辨姓可断能否婚姻。使用姓氏中华民族最早，秦代姓与氏合二为一，神州大地姓氏逐渐增加，不断壮大中华民族大家庭。

常言都道“百家姓”，五千六百多个姓氏文献载明，五千年来历经演化成型，司马迁言炎黄子孙根出一家，天下同源，华夏情亲。印象馆案台摆开，参观者体验沉浸。《百家姓》课程，图腾与姓氏由来可找寻。各姓名人事迹彪炳，前人功业今人仰慕，民族精神姓氏文化承秉。案台即是课桌，学过历史描摹图腾对应本姓。古老图腾舒张有致，姓之符号千年历经。仿自然之神灵，录山水之豪情，写龙骧之虎气，举文化之旗旌。画好图腾敬畏先民，学习篆刻入门有径。磨石研材章底细平，印稿上石印文写定，执刀行刀比划刻净。临摹经典掌握要领，操刀刻下三代姓名。家风传承，钤印庄重用劲，纪念册上，生辰工笔誊清。家庭名录类似家谱，印石传递社会文明。姓氏文化并非小事，百姓和睦国家安宁。

印象馆师石知印，四大国石硬骨柔情，天生美质，刻镂添金，刻石为文，文而传信，信以印传，世谓印信，印信文化，通古贯今。

长三角G60科创走廊规划展示馆赋（云廊版）

立足新阶段，贯彻新理念，增强新功能，构建新格局。

紧邻科创云廊，规划展示新馆高朗。大屏幕迎面，大规划豪放。中共中央政治局全体会议审议通过《长江三角洲区域一体化发展规划纲要》，一廊九城的探索实践，由《纲要》提升为国家战略的重要平台。

回顾发展路，领导起蓝图。时在二〇〇七年八月，习近平同志在上海市委书记任上来松江考察，希望大力发展先进制造业，大力发展生产性服务业，推动与长三角周边城市的合作与分工，不断提升产业能级和水平；时入二〇一四年五月，习近平总书记提出上海要建设具有全球影响力的科创中心；时至二〇一六年五月，习近平总书记提出上海要建设具有全球影响力的科创中心两周年之际，上海松江G60科创走廊建设正式启动，调整产业结构，

长三角G60科创走廊规划展示馆

长三角G60科创走廊规划展示馆

在G60高速公路松江段四十公里两侧重新布局九大产业功能区，作为上海科创中心建设重要承载区；二〇一七年，G60科创走廊的辐射效应产生，嘉兴市、杭州市乐与松江区共商、共建、共享G60科创走廊2.0版，是年七月，松、嘉、杭三地签约，G60科创走廊延伸至一百八十公里，三地力推要素自由流动，产业链一体化发展；二〇一八年六月，G60科创走廊由“2.0科创时代”向“3.0高铁时代”迈进，沪苏湖高铁沿线苏州、湖州、宣城、芜湖、合肥加入，高速公路一线一路由杭州推向金华。由此，松江、嘉兴、杭州、金华、苏州、湖州、宣城、芜湖、合肥九城市齐聚松江，发布《松江宣言》；二〇一九年，科技部牵头成立国家推进G60科创走廊建设专责小组，长三角G60科创走廊被赋予三大重任：科创驱动中国制造迈向中国创造的先进走廊，科技和制度创新双轮驱动的先试走廊，产城融合发展的先行走廊。

对标国际一流产业地带，发挥中国特色制度优势。卫星云图显示，星河最亮长三角，亮点最为密集，创新要素聚集，企业倾心会集，高端人才云集。

以科创引领产业发展，以合作跨越区域。G60科创走廊发展迅猛，经济指标上行，专家智库认同，大数据作支撑，新闻媒体关注，研究机构评优，综合指数领先，核心指标居前，先导指标亮眼，科创板上市企业陆续增加，上证G60综合创新指数和战略新兴产业指数两大指数走势稳健。

展馆布局重整，七大产业集群上品亮相，实物作见证，创新获成果，看点满满。

集成电路产业集群——超硅单晶硅片打破垄断；新阳清洗液填补空白；豪威半导体芯片全球第一；晶方科技晶圆可靠性高强；北斗卫星通信由正星全天候保障；一秒运算千亿次的芯片由中电科三十八所研发；业内最高算力

密度芯片由杭州嘉楠耘智出产；旦迪压缩技术业内领先；创运5G系列信号源应用广泛；斯达威填补一体化集成芯片空白；睿钰生物科技细胞计数仪打破国外垄断。产业链条日益完整，领先技术不断涌现。

生物医药产业集群——可利霉素入选国家新冠治疗方案；复宏汉霖填补生物类似药国内市场空白；昊海生科玻璃酸钠注射剂不断扩产；基石药业抗肿瘤药临床试验疗效良好；特瑞思生物抗癌药平价高品质；安科生物系列产品疗效独特；信达生物注射液专攻霍奇金淋巴瘤；诺普再生医药兼容多材3D打印；黄山胶囊提高药品有效性安全性；美亚光电产出中国首台超大视野口腔影像设备；安龙基因科技新冠核酸检测试剂盒有效安全；艾乐影像多功能取片机方便病家；形状记忆合金心脏病医疗产品销往全球；逸动医学科技外科手术导航定位系统精准高效；清谱小型采样质谱仪现场快速出报告；景仁医疗视频喉镜易操作；优亿一次性内窥喉镜减少感染风险；普然生物科技基因测序服务打破国外垄断；东胜兴业科学仪器实现聚合酶链式反应自动化；华道生物专注细胞免疫治疗药物行业地位确立。新兴企业赶上名牌企业，创新产品迭代令人刮目相看。

新能源汽车产业集群——恒大新能源汽车将动力、传动、制动系统纳入轮毂，新车更高效、更智能、更灵动；创驱新能源车动力系统国际领先；领跑科技八合一电驱总成紧凑实用；循道新能源充电桩拥有多种鉴权启动方式；中鼎高性能密封件行业领先；保隆空簧减震系列产品更优化；今飞凯达大巴轮+铸造铝轮性能优越；皖南超高效不锈钢电动机出口北美；阳光电源逆变器适合各种自然环境；国轩磷酸铁锂电池国内领先；天能智能机器人电池应用广泛；太平微特角位移传感器国际先进；爱德曼生物柴油闪点极高。新能源应用步伐加快，新能源汽车以轮毂驱动技术站在全球制高点。

重大装备产业集群——超硅450 mm大硅棒全球最大；C919飞机模型代表商飞面向长三角G60科创走廊协同创新进入新阶段；高实能源涡轮螺旋桨发动机列装翼龙战机；中电科申威服务器安全可控国内领先；昌强科技世界首台3.6万吨三向六工位模锻压机突破技术瓶颈；蓝剑航天制造国内首款液氧甲烷运载火箭；歼-10、歼-20超音速全天候战斗机英姿焕发；运-20运输机宽大雄强。胸怀为国争光壮志，重大装备为先进制造业提供发展保障，为增强国家经济和国防实力打下基础。

高端装备产业集群——垣信卫星着力为低热卫星组网；龙工精工液压成套液压元件替代进口；正泰电器750 kV电力变压器出口全球九十七个国家；智流-智云机器人精度标定设备大幅提升绝对精度；盘毂动力商用分布式电驱动系统服务新能源公交；航空测控所直升机健康管理系统及时预警；中航工业测控所飞机驾驶舱显示终端达到国际先进；天马轴承精密轴承达到最高精密级；搜派师双频云雨监测雷达保障国家重点工程；恒锋刀具轮机发动机涡轮盘轮槽精密拉削刀突破瓶颈；长庚光学四款消费级可换镜头国内领先；海康威视提供安防智能方案；格拉曼消防灭火机器人机动灵活。高端装备体现科创水平，升天着地显示科技魅力。

新材料产业集群——亨通集团光棒创下长度、直径、单棒拉丝三项世界第一，海底电缆突破国外技术壁垒；横店东磁为全球最大永磁铁氧体及软磁材料生产企业；蓝特光学高精度玻璃晶圆是高技术产品核心部件；特一新材料蜂窝夹芯板刚度与强度相宜；纳微科技高性能纳微打破垄断；高桥电缆矿物隔离型绝缘电缆防火防潮；疏博纳米科技抗寒材料、超疏水抗污材料性能优异；天臣3D云膜动态立体效果明显；晶瑞新材料高活性纳米二氧化钛高效净化空气；明世光学第三代无机蓄光发光墙地砖性能独特；弘徽科技全凝胶毡填补高端节能材料空白；臣石集团高性能玻璃纤维技术与产能世界一流；长信科技曲面双联屏增强人机交互立体感；维信诺柔性全景可视化智能音箱人机交互更直观；博纳智能二代智能膜视屏可透视。新材料功能特异助推人类进入新时代，体积小作用大力度强能量巨应用广材质新。

人工智能产业集群——科大讯飞系列智能学习、办公、翻译、会议产品智能度高；绿的谐波减速器多方面达到或超过国外水平；埃夫特毛笔字机器人实现重大突破；柯马教育机器人让人兴趣倍增；东超科技实现无触摸人机交互空中成像；海尔智能试衣镜智能推荐各款新衣；大专家由钟南山院士领衔打造全国首个医药健康工业互联网；德马科技智能物流仓储中心高效迅捷；清能德创伺服驱动器达到国际先进水平。人工智能进入各个领域，产品服务超乎常规，产业发展势头强劲。

七大产业领域企业与产业集群同发展，创新后劲足，产业能级高，带动能力强，辐射范围广，产城融合紧，经济效能好。喜见七大产业集聚度不断加强，协同力日益增加。

再看前沿科技，核心产品体现自立能力：上海天文台我国第一台全可动大型射电望远镜综合性能世界第三、被动型星载氢原子钟一千万年才误差一秒；G60脑智科创基地单体克隆技术国际领先；辰山植物园植物逆生长技术使盐碱地长出藜麦；国盾量子通信交换机安全性极高；达朴汇联区块链网关存储更安全；华创鸿度固体激光器打破国际垄断；合肥学院甲醛氢燃料电池可实时监测；湖州师范耐热氧化铁黄颜料达到国际水平；上海工程大碳化硅陶瓷膜及处理装备世界产能最大、轨道交通轮轨磨耗演化机理及控制关键技术达到国际水平。

前沿科技历经多年合力攻关，产学研紧密结合，手握利器敢于领先。

科创驱动动能强劲，先进制造业产业一体化发展实效明显，实物展示实绩，你追我赶竞争先，你我协同共登攀，激情飞扬思路开，作风严谨不畏难，盯住关键求突破，协力攻破技术关，核心技术须掌握，重要指示记心间，创出高效新产品，精益求精再领先，科创成果频频传，馆中展品尽高端，一一陈设作介绍，本赋逐一记笔端，喜看实物好丰硕，科创走廊走在前。

长三角G60科创走廊创出两条成功经验，制度创新作保障，党建引领勇向前。

科技创新与制度创新两个轮子一起转，双创双协谋发展，“五个聚焦”制度好，制度创新谱新传。聚焦机制先创新，国家战略国家管，九城联合同办公，联席会议设专班；聚焦政策共协同，进博会上共组团，共同发布“三十条”，扩大开放同发展；聚焦产融大结合，央行政策作指南，上证指数看创新，金融服务扎实干；聚焦要素作对接，科创云上企业现，科技成果常交易，创新活力再增添；聚焦服务再提升，九城一网可通办，涉企事项三十个，线上专窗加快办。

党建引领作用强，努力探索出经验。产业集群建组织，核心力量大无边，政治建设得加强，组织优势到一线，高端人才得引进，科研攻关得开展，重大要素得保障，上下产业续成链，市场开拓帮企业，提高效率支持干，党员骨干带好头，党建联动促发展。党建引领引力强，红旗飘扬最当先。

长三角G60科创走廊规划展示馆，浓缩着科创之路的亮点，集聚着科创成果的皇冠。

长三角G60科创走廊规划展示馆赋

高速公路G60，科创走廊功能新。合力共建，九城齐用劲，联通长三角，探索一体化发展新路径，九城发展呈新貌，八方瞩目来取经，设立展示馆，规划亮点话分明。

弧形银幕，播放领导指示，长三角一体化发展明确路径；宏亮展墙，展现九城风采，新时代高质量发展振奋群情。重在“一体化”，要在“高质量”，两个关键词，时刻记在心。

发展历程，可谓突飞猛进，连续升级，展示段落标明。1.0版，松江积极进取，规划调整，产业转型，“一廊九区”[1]空间布局二〇一六年确定。从东到西一路激发科创活力，着力带动松江全境。时至二〇一七年，重大产业项目被松江吸引，G60科创走廊显现热线效应，杭州、嘉兴欣然加入。2.0版，水到渠成，沪嘉杭签约共进。3.0版，长三角多城纷纷响应，高速路上浙江继续由杭州向金华递进，从松江交通枢纽出发，依托沪苏湖铁路，由江苏苏州向浙江湖州，经安徽宣城向芜湖、合肥西进，一廊蜿蜒呈“V”字形，联动九城围绕上海（市区）一核为心。科创驱动形成共识，融合发展倍添信心。连年升级、连续扩容，沿线九城发展势头更为强劲。其他城市亦为所动，欲申请加入，无奈名额有限，加盟暂停。

城市群融合发展前有先例，全球比较，G60特色鲜明：看沿线，城镇星罗棋布，企业高度聚集，是中国最具活力的区域之一，是城镇化水平最高的区域之一，专家关注沿路沿线，发展魅力早有论定。各地强项串成产业链，展屏图示清晰鲜明。

科技创新，尖端成果汇聚展厅。人工智能领先在前沿，各地纷纷提供展

[1]“一廊九区”是指松江区规划沿着G60高速公路松江段沿线40千米两侧101平方千米，重点建设九科绿洲（临港松江科技城）、松江新城总部研发功能区、松江经济技术开发区西区等三大综合科创板块，以及洞泾智能机器人产业基地、松江科技影都、松江经济开发区东区、松江综合保税区、松江大学城双创集聚区、松江智慧物流功能区等六大专业创新板块，形成包含G60高速公路“一廊”和九大产业创新集聚区“九区”的产业布局。

品。“科大智能”成系列，多城一体齐创新，视觉跟随机器人，智能识别随人行；消毒杀菌机器人，自动导航会喷淋；设备巡检机器人，异常迹象早提醒；“震界”压铸版机器人，高等级低成本，适宜放在铸造环境；“绿地”谐波减速器，突破垄断，让机器人关节更活灵；“埃夫特”毛笔字机器人，点按提捺，一笔一画皆有型；“大专家”云上医疗系统，全国连成网，顶级专家随时随地可诊病；“申威”超融合服务器，安全可控，众多用户用以更新；类脑科学新突破，克隆猴实验传佳音；集成电路争上游，关键技术靠创新；“松江超硅”单晶硅体生长系统，本土企业善研发，自主技术攀峰顶；“松江豪威”芯片薄茵茵，AR眼镜看得清。高端装备成规模，龙头企业造精品，“松江龙工”精工液压，替代进口，批量出品；“松江保隆”汽车动态摄像头，无愧于助力驾驶的“眼视神经”；“松江垣信”卫星成功发射，继续组网300颗卫星；“尚实能源”涡桨发动机，让翼龙战机凌空飞行；运-20、歼-10战斗机，控制系统八一〇所设计统领；飞行模拟系统，处于替代训练的世界领先水平。新能源汽车，后来居上，腾跃上顶，恒大新能源汽车（松江），轮毂电机全球最先进。生物医药，异军突起奋力行，“松江复宏汉霖”生物类似药，首创有声名；“松江昊海生物”，医用生物材料专注用心；小型质谱分析，原位采样小体型。新材料行业选取典型，柜中陈列好产品，“苏州亨通”新一代海底预制电缆，长度、直径、单棒拉丝三项世界第一名；“松江特一”蜂窝夹芯板，蜂窝结构刚度强度皆称心；“松江高桥”电缆，防水防潮性能稳定；“疏博”纳米材料，宇航服因之保暖又轻盈。新基建，新使命，合力抗疫，新常态下战略挺进。腾讯与松江携手，云计算、超算、人工智能齐头并进；海尔COSMOPlat，工业互联网赋能机电制品。纵观七大先进制造产业集群，参观国际领先成果展品。九城市各有特长，展厅屡屡更新展品。

党建引领产业集群，党旗鲜艳党员竭力尽心，九城联手，制度创新，“一网通办”服务企业，企业诉求快速响应。松江推出协同扩大开放政策30条，成立多个产业联盟，九城科学仪器共享试行。

聚焦规划对接，聚焦战略协同，聚焦专题合作，聚焦市场统一，聚焦制度完善。长三角G60科创走廊，九城协力，致力创新，长三角G60科创走廊，一条大通道，长三角一体化先试先行。

蓝精灵乐园赋

对应深坑秘境，探寻蓝色精灵。

模拟奇异景观，意在从小锻炼，参与快乐游戏，当可勇对艰险。经历道道险关，赢得重重挑战。亚太首座大型乐园，三万平方超大空间，游乐设施契入场景，游玩项目扑朔变幻，大美自然科技营造，声光数码奇趣迭现。

入口迎宾，歌舞表演。欢乐蓝精灵，动感演艺员，歌声抒欢情，舞姿添乐缘。

豁然大前厅，大戏在开演。尽兴欲游玩，区域分两段。冒险变"茂"险，世茂起名炫，历险成王者，"茂险王"先探。追寻蓝精灵，正义又勇敢，不怕格格巫，你我好同伴。首遇屋抖房颤，"地震"迎头考验；"糖果世界"空气香甜，欲尝美味先得闯关；走入"地心"步步小心，地底探行穿过熔岩；"星际翱翔"巨臂舒张，坐上飞椅尽情转旋；"数码职业体验馆"，消防队员灭火险；"茂险王碰碰车"，车碰车乐趣添；开动"灵石卡丁车"，智慧赛车快如箭；深度体验"奇境翱翔"，境界如幻天宇可探；来到"6D探索世界"，立体音画与您见面；能量站、大餐厅，餐食饮料任选；藏宝屋、卖品店，卡通偶像作纪念。"茂险王"区前缀后连，大屋顶下再造空间，大房小屋五颜六色，高山深窟仿造自然，开阔地带大如广场，奇险境界忽明忽暗，扑朔迷离好似童话，担任勇士真实体验。险阻重重，起伏连连，大胆细心，巧渡难关。游乐设施伴行伴游，"茂险"游戏可靠安全。

蓝精灵区主题升华，团结友爱同心向前。格格巫施黑色魔法，阿兹猫在

蓝精灵乐园

四处捣乱，蓝色精灵紧握双拳，一身正气睁大双眼，蓝脸蓝身模样怪异，活泼调皮心灵诚善，巧战格格巫越战越勇敢，解救蓝妹妹屡挫屡向前。大胆还需细心，灵活加以勤勉。“森林迷宫”七转十八弯，东兜西绕探最佳路线；“精灵望远镜”竖在路口，探看前行路山重水转；经历“魔镜大变身”，变变变成蓝精灵；“三个苹果”在比拼，绞来扭去本领添；“聪聪密室”奥秘重重，寻得密钥逃离苦难；“化妆间”里浮浮端坐，脂粉已上描眉涂脸；巨型“焙焙果酱杯”，化身座椅大转弯；“激光穿越”好艰难，设法移身避光线；“乐乐迷镜”八方折射，镜像迷乱前路难辨；“蓝爸爸宝藏屋”法宝可贵，蓝精灵要学习战巫经验；“疯狂屋”里找乐乐，乐乐疯疯又癫癫；“魔法墙”“魔法刷”，画画瞬间作变幻；“精灵摄影棚”，拍下怪照片；“灵灵建筑学院”，不用砌墙搬砖；小妹妹会见“蓝妹妹”，会见屋奔到奇花园；“过山车”上挂出莓果，快车突遭座位翻转；走进“蓝精灵小剧场”，剧情紧张正上演；闯过“神秘精灵门”，格格巫贼未现身；“格格巫宝藏屋”，魔法道具多怪诞；“黑暗实验室”，墨黑又阴险；“药水搅拌器”，格格巫捣蛋；“阿兹猫跳塔”，猫屋峻又险；“勇闯魔音亭”，魔法难施展；玻璃地坪象征“沼泽”水平如镜，小心穿越艰难走探光电敏感；“莓果摇摆”摆杆晃眼，东晃西摇低沉高悬；“健健大坝保卫战”，开闸放流避垮坍；“河流冒险”顺流而下，激流汹涌游向岸边；“森林滑道”转瞬滑下，林密树杂空气清鲜；游乐设施接踵而至，餐饮购物开出小店；“蓝精灵餐厅”开在城堡里面，“森林美食铺”提供洁简套餐；“礼品世界”的卡通向你眨眼，“乐乐小屋”等待你进屋游览。蓝精灵区密集布点，游乐途中使命在肩。从格格巫手中解救蓝妹妹，让达弗斯阴谋无法实现。一路盘旋周转，一路破解险关，一路柳暗花明，一路迎战磨难。森林里长出蘑菇屋，沼泽地闪出避险毯，屋里屋外进出忙，树上树下升降缓，蓝妹妹屋中喜见面，蓝精灵机敏解祸难。山高水长正好眼界放宽，峰回路转大可顺势应变。探寻蓝精灵的生活世界，变身蓝精灵的勇敢体验。

激发好奇童心，历险本领增添；锻炼勇敢品质，拯救责任在肩。游客成为勇士，游玩也是考验，不畏艰难险阻，不惧惊涛闪电。尽兴游乐，游玩之中战胜困难，奋力过关，过关之后身心强健。声色光电营造氛围，冲闯探穿勇气倍添。可爱的蓝精灵，活泼又聪明，可爱的蓝精灵，调皮又灵敏。感受蓝精灵，勇敢又灵敏，化身蓝精灵，除魔为人民。蓝色精灵，美好心灵，蓝色精灵，善良生灵。

松江枢纽新站房赋

云间升祥云，敞怀迎嘉宾，出门走四方，行移更迅敏，沪苏湖高铁，长三角连心，松江建枢纽，集散穿梭行。

仰看新站房，流变新造型，正面云正祥，排挞向前进，壳筒大结构，云涛马蹄印，七拱续相接，上圆下尖颖，弯而相交扭，曲而力坚劲，云相形简洁，千年文脉凝，云间繁华地，交通达而迅。昔日耀南吴，而今新城兴，服务长三角，体制勇创新，先进制造业，布局G60，缘在松江南，枢纽客如云。云起风正舞，智能云出行，站房多功能，枢纽组合型，祥云如铰链，穿梭好灵敏，最快是高铁，普速也沿行，城际联络线，市域线经停，长途发大巴，出租车开进，城市轨道线，公交车跟进，社会车辆来，有轨电车新。新老站房连，进站有广厅，轴线跨南北，一体进出行，九台廿三线，枢纽辐射劲。

云涌云流动，云涛塑造型，交通大发展，云飞云轻盈，站房立面巧，起翘如飞行，松江枢纽站，车流赛行云。

松江叶榭獐极小种群恢复与野放项目园区赋

松浦大桥南堍树茂林密，林间獐子种群自在自逸，桥上车来车往，桥南林带翠绿，桥下树多树高獐子隐蔽。獐为沪地“土著”动物，新石器时代早有足迹，近至十九世纪八十年代，偶见于青浦、奉贤两地，而后人类活动逐渐突入其领地，二十世纪初野生獐子悄然遁迹，生态圈中少却一节，生态平衡产生问题。人与动物皆为自然之友，獐子回归成为科研课题，生物需要多样性，互依共存最为适宜，獐子回归本乡本土，生态文明实事做起，从舟山引进十七头獐，在叶榭建立繁育基地[1]。浦江南岸涵养林区，近自然型混交林地，香樟、栾树、水杉峻拔高挺，银杏、雪松、枫香叶色随季，桂花、广玉兰花开花落，金丝垂柳与杜仲形态各异，林茂草丰适宜獐群野化，二〇〇八年试放在一百〇八亩林地，林边设围网，獐子无法逃逸，林中添水源，獐子爱亲湿地。添种地被植物，食物链条补齐，设置自然生境，獐子行动随意。

獐乃国家二级保护动物，贵为上海最大哺乳动物，獐子回归饶有意义，本地缺憾得以弥补，生态系统更为完善，生态入侵得以拒阻。獐子体型宛

叶榭獐极小种群恢复与野放项目园区

[1] 2008年10月，由松江区农业委员会、华东师范大学生命科学学院、上海市野生动物保护管理站等组成的“獐重引入种群扩繁技术和野化技术研究项目组”从浙江舟山引进了17头獐，在室内圈养适应上海气候环境后，放养在叶榭黄浦江水源涵养林108亩试验区内。

如野鹿，另有别名“中国水鹿”，生性胆小反应灵敏，水中泅泳行动迅速，滨海平原生息繁衍，通体棕色跳跃自如，食草食水调节植物生长节奏，小群集居分散行动爱伴林木，林业部门细心探索，悉心养护种群恢复。獐在林中逐渐适应，新家新园扩展有度，范围扩至四百五十亩，野化训练形成招数，放养区域轮换轮育，地被植物得空长出，草沟用砂石滤水，草滩让獐子散步，扩大池塘调水系，浅滩芒草绿毯铺，人工干预渐减少，自然生境野趣足，食源植物再播种，耐啃耐嚼生长速，獐子爱蹲覆树下，不再清理朽倒木，路沟宽度有讲究，獐子跳跃如飞虎。驯养繁殖老基地，十七头獐变百数，曾经育至二百头，引种园外有输出[1]，百头规模较恰当，食源植物尚裕如，家族聚散空间舒，分置小獐好照护，生活习性勤研究，“智能项圈”长看顾。

假如你来“獐园”中，林道蜿蜒放缓步，路旁杂花伴青草，小桥凉亭隐深处，树盛犹见晴隙亮，树下依稀灌木疏，指路标牌有风范，介绍布局兼科普。静静流水清见底，缓淌慢移向低处，湖塘吸纳洁净水，饮水獐子头低顾，母獐边上当警卫，幼獐欢然蹈蹄足，忽见有人将走近，群獐突然离水湖，渐而又有一獐子，卧木枝下当床铺，双耳高竖不放松，闻得人声忙跑路。时见地草留残绿，时见泥地光秃秃，野放训练获成效，脱离饲养草果腹。獐子机灵形态美，温文尔雅气不俗，林地已成新家园，野外生存扩繁速，选育、栖息区域广，纵深区域重科普，科普知识有宣传，生态教育识动物，驯得獐子愿近人，科普区中相应呼，本土环境渐适应，回归自然是正途，了解獐子知上海，本土动物应爱护，自然生态在修复，獐子栖息益林木。栈道石道相接续，林间步行看“水鹿”，松江本是鹿家乡，驯獐犹如在养鹿。

近自然林藏珍宝，叶榭“獐园”好去处。

---

[1] 当年引入的17头獐子，曾经扩繁到200头左右，后来引种输出至芦潮港、东滩等区域，获得成功，现在常年维持在100头左右。试验园区分为早先的驯养繁殖基地、野放栖息模拟区、宣教科普区，总面积450亩。

《新纪孵源》赋

临港松江科技城，“新纪孵源”赛城门。具象架构，抽象组成。貌似抽象，含义深深；采自具象，演化提升。双子楼前，景观添增。

坐落大地之上，托起创新之轮，如外空之奇星，似发光之神灯。椭圆外形，通体平衡，镂空内胆，交错纵横。银辉熠熠，蓝光铮铮，红粉美美，绿意生生。孔心通圆，扩散增生，主体透雕，电路字根，中式艺窗，科技亮萌。

松江是科创之城，雕塑有松江范本，松江出四腮鲈鱼，鱼卵是群鱼之根，鱼卵可化生鱼苗，鱼苗会使鱼长成，“松江鲈鱼”生于松江，出海洄游奋力衍生；科创企业松江诞生，市场游泳本领提升，松江鲈鱼鱼卵珍贵，孵出希望勇于竞争，小小鱼卵激发创意，参照造型雕塑建成。

松江底蕴化变为现代造型，电路符号连接出科创征程。如鱼卵般不断孵化成长，让科创企业在此集聚共生；如鱼卵般从幼小到强盛，让创新团队从此创业有成。扩展“卵”的含义，不仅仅是雕塑和图腾；强化“孵”的功能，不仅仅是引来和催生。生命不息，生生有恒；服务不止，兢兢必胜。服务好科创企业，建设好科创之城。

有本有根有意蕴，有力有范有扩增。立一件雕塑，使人思绪飞腾；抒一腔深情，令人信心倍增。

“新纪孵源”，望之有吞海镇波之豪迈神情；“新纪孵源”，察之有化育生发之无穷巨能。

《新纪孵源》雕塑

叶榭非物质文化遗产展示厅赋

叶榭历史悠久，盐仓随河筑就，公元之前成集，海盐转运扬州，此地初名“咸店”，运盐炼铁辐辏，大户叶、谢经商，集镇“叶谢”名就，叶家筑建水榭[1]，地名“叶榭”明秀。张泽舟来船往，郡、卫两城经由[2]，“浦南第一集市”，张泽聚集人流。两地同处浦南，民风勤慧淳厚，水乡人民勤勉，文化创造丰厚，现今两镇合并，非遗展厅营构。

国家级非遗，叶榭舞草龙，唐代传至今，仪式最隆重。君看展示厅，龙

叶榭非物质文化遗产展示厅

[1] 明朝书画家董其昌（1555—1636）幼年在叶榭外婆家读书，万历十七年（1589年）考中进士后，为报答外婆的养育之恩，重修其临近萧塘港的叶家花园，花园精巧别致，山石亭台廊榭具备，被时人称为“叶家水榭”，因“谢”与“榭”同音，“叶榭”也就渐而成了地名。

[2] 据记载，张泽为郡城（松江府城）至卫城（金山卫）大路途经之地。2001年，张泽镇与叶榭镇合并。

叶榭非物质文化遗产展示厅

首真健雄，竹编作骨架，稻草龙身笼，龙披金色草，地气接天通。稻禾盼甘霖，编草塑金龙，乡亲求降雨，乡民来舞动，稻草虽寻常，农人手灵动，就地取良材，虔心扎草龙。龙头见峥嵘，龙身壮健功，舞龙祭龙王，求雨为兴农，祷告复行云，叩首向天宫，求得消旱雨，取水洒观众，着地龙翻滚，龙水洒田中，纵情舞草龙，感念召龙功[1]，龙身节节连，盘旋复跃动，庄严《请神曲》，伴随龙舞动，传承近千年，壮美舞草龙。

叶榭出软糕，浦南称“三宝”[2]，清甜香味浓，松软好味道，种出好稻米，好米做米糕，节庆添喜气，平日口腹饱，细糯不黏牙，耐嚼又筋道。制法得祖传，粳糯好米泡，浸泡七天整，发酵挥发掉，米粒晾摊开，石臼舂棒捣，米粉细筛选，糕模摆放好，筛粉覆蒸格，刮平品相好，大火着力蒸，蒸熟香味飘。明代得创制，施茂隆先导，四百余年来，声名愈著昭，非遗入市级，自然品位高。

---

[1] 相传韩湘子云游时见家乡叶榭埝泾村烛烟升腾，了解到是由乡亲祈雨所致，立即吹起神箫招来东海青龙，瞬时，龙泼大雨，叶榭盐铁塘两岸久旱的禾苗喜得甘霖。其后乡亲们为报答韩湘子“吹箫召龙”之恩，用丰收后的稻草扎成草龙，祭龙仪式之后在当地表演。盐铁塘也更名为龙泉港，这一河道名一直沿用至今。

[2] 民间有谚：“浦南点心三件宝，亭林馒头张泽饺，叶榭软糕呱呱叫。”

水乡多见竹，叶榭竹飘摇，绿竹真娟秀，宅后青猗矫，亦劲亦温柔，中空风骨傲，乐与人相伴，全身皆是宝。锯竹剖篾丝，篾黄纤纤薄，篾丝软而劲，编出传家宝。君看陈列室，满架列珍宝，舞龙舞滚灯，竹材骨架牢，晒匾针线箸，花篮扁担挑，提篮水果盘，蒸笼加饭罩，饭篮扁而圆，鱼篓灯笼照，高腰杭州篮，小篮似元宝。人字梅花眼，十字菱形套，密时无隙缝，宽处洞六角，就地取竹材，村民手艺高，篾丝随化变，竹器造型巧，亦农亦手工，生活多创造。而今快节奏，竹器渐隐消，竹编真工艺，仍须传承好。

江南丝竹乐，叶榭乐音飘，二胡与笛子，乐队当主导，扬琴居中间，琵琶怀中抱，三弦分大小，横吹是洞箫，吹笙间鼓乐，木鱼碰铃敲。苏杭之丝可作弦，洞庭修竹制成箫，吴越佳音主旋律，弦索精粹声姣好，秀雅婉转多明快，优美抒情亦细巧，乐器简便好易得，演奏灵活舒而巧。《三六》《中花六板》，《行街》《云庆调》[1]，民间有知音，江南古今调，叶榭老年人，年老志气高，组建丝竹队，奏曲乐逍遥。

叶榭竹编球，滚灯舞艺高，男子扮武生，旋舞显力道，阳刚伴柔美，舞球逞英豪，竹球球中空，浑圆竹爿造，硕硕过半人，圆圆造型巧，接球晃过身，推球跃虎跳，举球势冲天，转球双缠腰，绝技双脱手，绳纲口中咬，滚球悬空转，颈项用劲道，雄劲又惊险，优美也精巧。

叶榭水族舞，场面好热闹，一大八小鱼，鳗虾蟹舞蹈，螺蚌拟人化，发噱逗人笑，色彩多鲜丽，动作有高招，灯会传欢乐，表演不辞劳，大鱼引小鱼，群鱼龙门跳，鳗鱼穿水游，左右皆得道，弓虾随后跟，舒张伸柔腰，青蟹步态横，比武挥钳刀，螺姑娘招亲，开合来拥抱，水族有个性，扮相皆出俏，时而各自舞，时而聚一道，水乡鱼虾多，伸缩姿态妙，轻翔又漫游，随波作舞蹈，水族抒乡情，欢乐逐浪高。

非遗展厅内，旧时场景造，药店药匣多，杉木柜台高，木架织布机，土布紧绷牢，客厅挂字画，桌椅配成套，书房博古架，案几摆一道，房间老大橱，卧床满工雕，灶间厨具满，三眼大土灶，农具和渔具，逐一排列好，大屋天井中，躺椅竹编造。

水乡溢灵气，叶榭善创造，非遗陈列室，留存老符号。

---

[1]《三六》《中花六板》《行街》《云庆》皆为江南丝竹传统乐曲经典曲目。

家绿彩虹农场赋

依托“家绿”品牌，发展休闲农业，田头多彩作物，化作采摘怡悦。

家绿系列品牌，西瓜番茄有名，精心培育种植，蔬菜水果出新。车过松浦三桥，松卫公路前行，人至叶榭四村，彩虹农场靠停。大型园艺大棚，大路东西连景，现代农业设施，种植绿色食品。

大棚敞开大门，进入接待中心，棚内高爽敞亮，场员笑脸相迎，田头鲜品上架，陈列方式新颖，游客观而赏之，如赏艺术作品，孩童摆开小凳，齐坐绿色地坪，木质课桌列阵，农艺知识受领，牢记绿色理念，乐赏乡村新境，提起红色小篮，走上采摘路径。

连栋园艺大棚，四季瓜果翻新，时值夏令季节，瓜果品种充盈。松江兰花小茄，地产特色农品，茄子微小如指，腌食味含芳馨；架上水果黄瓜，翠绿叶下露形，清脆鲜嫩多汁，夏令消暑佳品；西葫芦挂枝头，毛刺时现时隐，弧线坚挺可见，似弯似直外形；辣椒有红有绿，尖椒红辣强劲，绿椒乡土风味，黄椒颜色鲜明；生菜碧绿生青，叶片皱褶如裙，制作鲜食色拉，菜式可

家绿彩虹农场全景

家绿彩虹农场

口温馨；豇豆垂挂如带，豆粒皮中藏隐，恰似绿链条条，炒食鲜糯耐品；扁豆弯似月亮，豆荚饱满丰盈，扁豆花开朵朵，宛若蝴蝶驻停；玉米咧嘴微笑，嫩须飘逸清新，一秆长出多个，一掰一个开心；萝卜茎叶舒张，伸展白胖身形，还有红胡萝卜，拔出皆须用劲；橙色甜味南瓜，矮胖扁壶造型，大棚增添暖色，韧皮厚肉虚心；叶榭应时西瓜，翠皮墨绿外筋，大瓜小瓜中瓜，皮薄味甜水灵；三彩红黄绿色，小番茄好轻盈，分种不同大棚，一样大受欢迎；还有绿叶蔬菜，连年市场供应，大棚五百多个，常年生产不停。

体验乡村味道，瓜果制成甜品，蛋糕点缀番茄，番茄玉兔在顶；番茄串成葫芦，葫芦闪亮糖晶；番茄制成棒冰，口味带甜带冰；番茄浸入梅汁，一杯可嚼可饮；鲜榨西瓜汁水，斟入小杯慢饮；提供“村味简食”，饭菜水果点心；土灶排列河边，添油炒菜加薪；田野摆开餐桌，土菜土味上新；学做叶榭软糕，糯米豆沙夹心。

孩童喜爱动物，喂养抚摸有情。好兔棕身披雪，不时眨动眼睛；白羊黑羊混养，草地徐走慢行；坡下草鸡成群，黄嘴黄脚有劲；麻鸭划水游动，小孩投喂蚯蚓；白鹅列队出行，套圈甩向鹅颈；沟塘钓起龙虾，钓竿时挥时停。

草坪绿草铺展，团队拓展进行；田边野花开放，垄上泥土出沁。

家绿彩虹农场，农旅一家相亲，观赏蔬菜瓜果，采摘田头新品，品尝时鲜真味，亲近动物身形，饱览田园风光，体验农耕文明。

上海工程技术大学飞行模拟机赋

上海工程大，创新开新花，飞行模拟机，自主来研发。

松江校区内，机舱显丰华，稳坐支架上，俯仰可变化，后方似方舱，前端头尖狭，进入驾驶舱，飞行员驭驾。十年攻关路，宛若走天涯，瞄准第一流，组团苦研发，建立研究院，协作雄关跨，技术难题多，系统建构架，数据可解析，装配精准化，实时网络控，检测自动化，通信数字传，多路传音话，光栅组图形，渲染实景化，场域现全景，场景准到家，导航精度高，天象可变化，精准建模块，动感颠上下，技术有领先，国际声誉佳。

舱里仪表密密麻麻，课堂教学早已记下，按图索骥找到位置，提前准备表键按下，教员学员全神贯注，飞机起动速度渐加，驶上跑道前景开阔，一路起跑起飞令下，飞机昂首爬升而上，驶上天空白云无瑕，转弯升高飞行平稳，俯瞰地面距离拉大，忽报前方天气突变，电闪雷鸣暴雨叠加，地面指挥避开险区，稳开稳驾风险不怕，忽而浓云滚滚而来，天阴光暗沉稳进发，舱外不见远方天域，雷达导航自动飞驾，渐而气流又生变化，震感明显颠上簸下，教员稳稳抓住推杆，穿过气流有惊无吓。一路飞行一路操练，情景逼真应对变化，按时驶抵机场上空，塔楼矗立跑道迎迓，飞行高度降至地面，轻触跑道安然抵达。飞去归来几百公里，模拟机在原地演化，人未升空机未飞离，模拟飞行似上似下。

上海工程技术大学，飞行学院上海独家，飞行训练平台铸就，学生训练实战敲打，拥有完全知识产权，D级标准最高一家。测试工作烦难烦杂，奋力攻关难关攻下，飞行实训利器在握，大国重器品质上佳，技术领先同类设备，国内国外崭露风华。

飞行模拟机，模拟本领大，模拟情景多，应对天变化，感觉好逼真，实训添妙法。

宰相府酒店赋

风烟五百年，屋主是夏言，明朝老宅迁来，广富林中添景观。当年明朝首辅，行使宰相实权，历经跌宕起伏，乡里留得大院。赣地贵溪原建，材质至今牢坚，“进士及第”大宅，门头端丽庄严，高峻白墙青瓦在上，相望对狮蹲守两边，三门一正两侧，四柱分立夹嵌，三檐四层叠升，势若翼然冲天，脊兽立于屋脊，护卫家宅平安。门罩石雕与方柱相连，石雕有深有浅，瓶中插戟“连升三级”，文人雅士拱手问安，石雕镌故事，石雕传文明，石雕刻风俗，石雕饰外观。石鼓一对门首安稳，石箍门框清朗简练。进得三进前院，“云蒸霞蔚”高悬，渔樵耕读图案，场景石雕上悬。宽朗大庭心，大缸舒菡萏。及第厅中，格局庄严，花窗连门扇，开开两边散。圆柱对联明志，“极婺联辉”红匾金字依然可辨。浑圆金丝楠木，硕然构架厅间，细察圆木纹理，金色牵牵连连，宛若星光金闪，千丝万缕似线，淡然清香徐溢，古木风骨傲然。四壁布缀木雕，花鸟虫鱼呈现，渲染礼仪场面，雕版形象饱满，图像生意盎然。内庭别开一院，连廊前通后连，古宅生长新绿，院墙雪白清练。庭幽院深人更静，天旷地方思绵绵。第三进是“水云间”，柱立梁横意气闲，当年形制依然在，只是地点已改变，宽堂明厅古韵会聚，官宦人家气派非凡。

江西老宅大院，迁来装点酒店，徽派建筑重现，山水无以随迁，营造工艺精湛，宾客来此赏鉴，古人智慧高妙，今人当可体验。

一府融古通今，一宅安雅空间。

宰相府酒店

同建生态农庄赋

松江叶榭同建村，生态农庄人气盛。驰进乡间小道，望见村寨大门，高树迎宾客，宽楼接游人。

楼前小广场，通路向纵深，曲桥跨菱湖，巧亭水景分，木作大水车，湖边转高轮。乡野何处歇，茅屋林中横，泛泛路边草，青青亦可人，稀稀草中花，姿色皆本真。

栈道连茶屋，竹台竹坐凳，涤器煮新茗，品茶倚树身。仲春梨花白，花间枝叶嫩，夏末黄桃黄，甜汁黏双唇。菜园包菜圆，采采畦边蹲，小塘青菜绿，叶叶挺精神，椒青西柿红，茄紫菜瓜陈。麻鸭叫嘎嘎，草鸡自扑腾，有鱼待起钓，垂纶立身稳。树间影斑驳，径上留光痕，竹篱隔园廊，透风一阵阵。亲子游乐场，合家齐上阵，也有网球场，球手来回奔。一众骑游客，新来同建村，直奔烧烤池，炭炉火正升。

瓶酒排列齐，酒杯高脚跟，木桌铺台布，土菜装满盆，夜色初上时，柴灶火焰腾，大灶大锅菜，掌勺细细烹。园中野餐会，应时亮彩灯，把酒祝健康，放歌庆良辰。天黑耀天星，仰首看七星，举步归客舍，蛙鸣不倦声，草香和露湿，乡间夜正深。

同建清晨听鸟声，林下散步新氧增，庄外农家割新韭，菜蕻带花送进门，朝露已沾客发鬓，静谧境界好养生。

同建生态农庄

陆军戏剧教育馆[1]赋

乡贤陆君，生于华亭；躬耕艺苑，芬芳满庭：一剧立本，佳作频仍；砥砺学问，新科创领；“教学名师”，国家授勋；政府特贴，业内扛鼎；两获劳模，德艺双馨；文史馆员，海上精英。设立专馆，陈彦[2]题文；仓城老宅，谷水一景。

耕读之家，桑竹余荫；少年发奋，新浜启程。江南草长，“渡淡”烟汀；昼犁夜诵，书海衿缨。试做俚曲，渐显才情；故里约聘，郡邑延请。漫卷萤

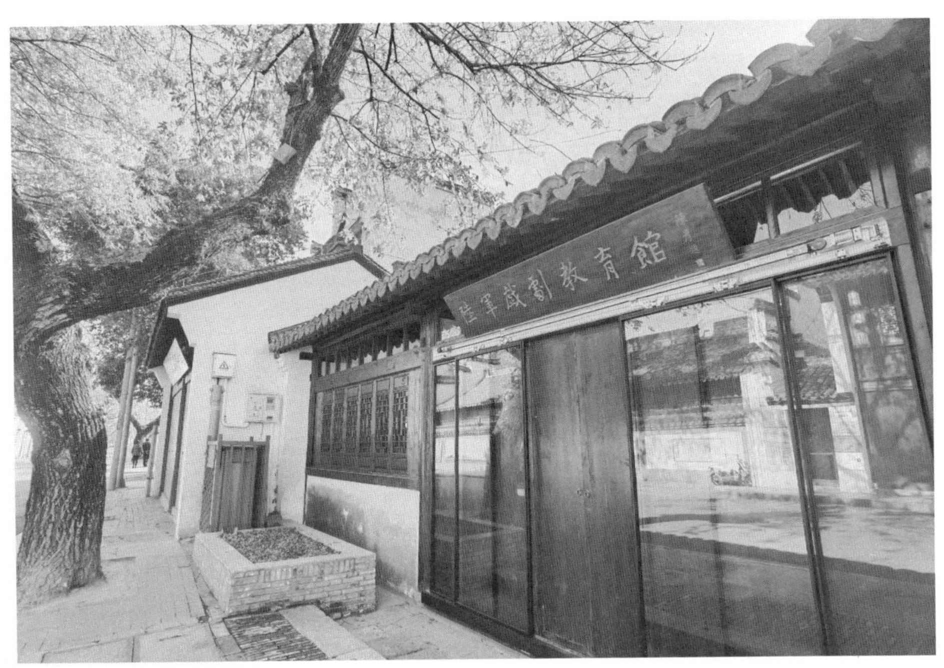

陆军戏剧教育馆

[1] 陆军戏剧教育馆坐落于松江区中山西路195号，原为建于清代中期的张世万宅，是一个濒河临街，由仪门、前楼、后楼组成的院落。

[2] 陈彦，一级编剧，中国作家协会会员，中国戏剧家协会分党组书记、驻会副主席。作品曾获茅盾文学奖。

松江戏剧简史展

陆军著作展

窗，鱼跃龙门；含英咀华，艺臻妙境。适逢改革，百业待兴；学成归里，剧坛纵横。《定心丸》出，时代先声；田园组歌，呼唤文明；滩簧越调，诙谐冷峻；剧作半百，部部赤诚；文集八卷，篇篇苦吟。

文曲人直，八方邀迎；重回母校，薪火相承；传道授业，一片冰心。编剧学科，成果丰盈。重大课题，国家使命；首度免检[1]，二度荣膺。创

[1] 陆军于2016年以首席专家身份申报国家社科基金艺术学重大项目获得成功，实现了上海地方高校零的突破；2021年申请免检结项，获得批准。

“百千万”[1]，习剧新径；有教无类，宗师胸襟。推“大师剧”[2]，铸魂塑形；学“大先生”，师生共铭。合作教学，中美双赢[3]；故事工厂，校地联姻。编剧技法，金针度人；著述百余，用宏取精。教材建设，全国先进；戏剧唯一，饮誉学林。卅载耕耘，杏坛著闻；“万人计划”，树功留名。

陆军艺术成果展

回馈桑梓，寸心耿耿；文联主席，两度旗擎。“上海之根”[4]，一语音定；茸城标识，九州共鸣。“一典六史”[5]，千载览胜；卷帙浩繁，史海彪炳。研究院启[6]，鸿儒接踵；奇隽奋发，老骥驰骋。名贤馆筹[7]，邦彦存影；云间风度[8]，身体力行。戏剧之乡[9]，惟实励新；续根延脉，蓝出于青。

人文松江，孕才育俊；德厚流光，同侪钦敬；沅茝醴兰，善哉斯翁。

---

[1] 陆军创立的百·千·万字编剧工作坊着力培养全国青年编剧人才，2017年获上海市高校教育教学成果特等奖，2018年获国家教育教学成果二等奖，2019年获国家艺术基金资助。

[2] 陆军主持上海校园“大师剧”文本创作16部，其中13部被上海高校搬上戏剧舞台。此项目是中共上海市教卫工作委员会开展高校思政工作、拓宽立德树人路径的重要品牌。

[3] 陆军从2015年起主持上海戏剧学院与美国哥伦比亚大学联合培养编剧专业研究生项目，指导哥大研究生创作，并将他们的12部话剧搬上舞台。

[4] “上海之根”为当代松江的雅称，陆军最先于1994年提出。详见《“上海之根”之由来》一文（载于2013年7月20日《新民晚报》）。

[5] “一典”即《松江人文大辞典》（8卷）；“六史”即《松江文学史》《松江绘画史》《松江书法史》《松江戏剧史》《松江诗歌史》《松江简史》。

[6] “研究院”指的是人文松江创作研究院，陆军于2019年创办时为民办公助机构，2020年2月，中共松江区委、松江区政府决定将该院转制为事业单位。

[7] “名贤馆”指的是上海根历代名贤故事展示馆（筹），已列入松江区“十四五”规划。

[8] 指的是陆军代表松江区文联于2019年元旦向全区文学艺术工作者提出的“勤修为，乐担当；善包容，重廉让；求率真，行欲方；喜雅集，声铿锵”的倡议。

[9] 以陆军家乡新浜镇为重点的“戏剧之乡”创建活动已取得阶段性成果，2021年新浜镇荣获“上海民间文化艺术之乡（戏剧）”称号。

图书在版编目(CIP)数据

松江百景赋 / 陆军主编；任向阳著. — 上海：上海辞书出版社，2024
(人文松江创作文库)
ISBN 978-7-5326-6177-0

Ⅰ.①松… Ⅱ.①陆… ②任… Ⅲ.①赋—作品集—中国—当代 Ⅳ.①I227.9

中国国家版本馆CIP数据核字(2023)第234151号

SONGJIANG BAIJING FU

松江百景赋

陆　军　主编
任向阳　著

责任编辑　徐　杰
装帧设计　梁业礼
责任印制　王亭亭

出版发行　上海世纪出版集团
上海辞书出版社®(www.cishu.com.cn)
地　　址　上海市闵行区号景路159弄B座(邮编：201101)
印　　刷　上海中华印刷有限公司
开　　本　720毫米×1000毫米　1/16
印　　张　22
字　　数　350 000
版　　次　2024年12月第1版　2024年12月第1次印刷
书　　号　ISBN 978-7-5326-6177-0/I・567
定　　价　158.00元